集英社オレンジ文庫

リーリエ国騎士団とシンデレラの弓音

―竜王の人形―

瑚池ことり

本書は書き下ろしです。

Contents

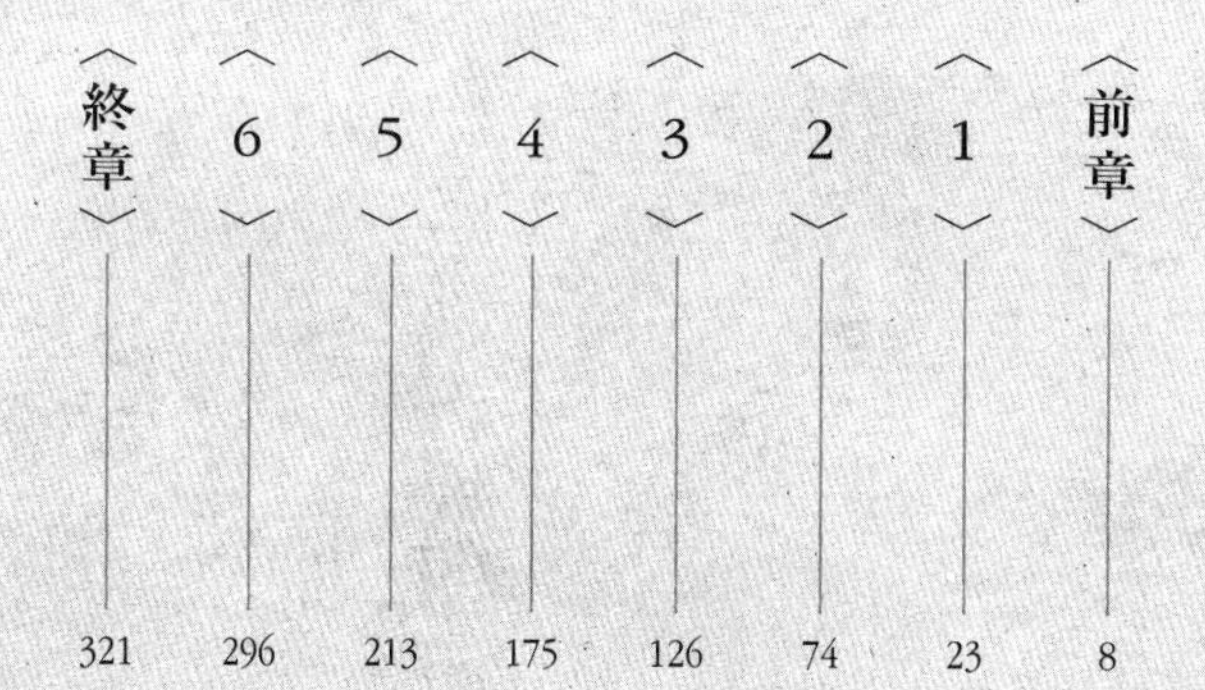

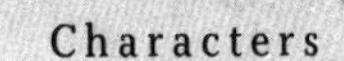

リヒト

甘い顔立ちの若き騎士。
ニナの才能を見出し、
騎士団へ勧誘する。
ニナの恋人。

ニナ

優秀な騎士を輩出する村に
生まれながら剣を振るえない。
戦闘には役立たない
短弓であれば、
誰より器用に扱える。

ロルフ

ニナの兄で、
リーリエ国の〈隻眼の狼（アイン・ヴォルフ）〉
と呼ばれる騎士。
とある事故で
左目を失っている。

ベアトリス
〈金の百合(ゴルト・リーリエ)〉と呼ばれる
リーリエ国の王女。
勇敢な女騎士。
メル
ニナが南方地域で出会った、
意志を持たない
人形のような少女騎士。
ユミル
キントハイト国
騎士団の副団長。
冷徹な切れ者。
イザーク
キントハイト国
騎士団の団長。
〈黒い狩人(シュバルツ・イエーガー)〉と
呼ばれる、
現在の破石王。

イラスト／六七質

リーリエ国騎士団と
Lily Nationale Ritter Erzählung
シンデレラの弓音
—竜王の人形—

前章

「しっかしここってたまんねえなおい。真っ暗でじめじめで暑くておまけに虫だらけって、最悪じゃね？　マジで地下世界？　やべえじゃん！　見える神たる国家連合のお膝元には、実は人を頭っから食っちまう悪鬼だらけの地下世界への入り口があるってか？　いいねいいねー。いかにもらしくて笑えるねー。あーまじいな。ぞくぞくしてきたわ。なんかいますっげ、殺りたい感じだわ」

闇にひびくのは軽口めいた独り言。

背筋をかけあがる戦慄に、薄ら笑いを浮かべた男の顔を手提灯が照らしだす。

暑いと文句を言ったくせ、外套のフードを目深にかぶった顔立ちは、洒脱な髭に飾られた口元しかわからない。騎士用の金属製長靴を履きながら、しなやかな中背の体躯で足音をたてず暗闇を歩くさまは、得体の知れぬ幻影がさまよっているようにも、彼自身が地下世界に蠢く異形のようにも見えた。

「ってことで、やっぱこのあたりかな。中心のどんぴしゃど真ん中。炎竜のご機嫌が多少悪くても、なんとかなるっしょ。たぶんね？」

　わずかな手提灯の明かりで手にした地図を確認する。地上の建物と地下の遺構を照らしあわせて、もっとも効率よく成果をあげられるのはどの場所か。

　火の島（イグニス・インスラ）の中央火山帯。太古（たいこ）の炎竜が封じられたとされるテララの丘は、かつては古代帝国の都として栄え、現在は国家連合が見える神としてその威を誇っている。帝国の最盛期には天を戴（いただ）く巨大な塔だったと伝えられるプルウィウス・ルクス城は戦乱に焼かれ、残存した基礎を利用して再建された現在の城の地下には、炎竜を鎮（しず）めるための神殿が遺構として残されている。最下層は水路として、有毒な成分が浸潤しているこの地の水の代わりに、山岳部から引いてきた良水で大地を潤している。

「――」

　年月と戦火で色あせた繁栄（はんえい）の名残（なごり）。場所の目印にと、亡霊のごとく並ぶ石柱の数をかぞえていた男が不意に柱の裏に移動した。

　手提灯を外套に隠して気配を殺す。

　完全な無となった暗闇に、しばらくするといくつかの灯があらわれた。手提灯を持った数名の影は言葉を交わしながら、柱にひそむ男に気づくことなく通りすぎていく。

　集団の何人かには見覚えがあった。目的は多少ちがうけれど、あちらもおそらくはこちらと同じ、当日の下見だろう。熱心さは認めてやりたいが、無防備で愚鈍（ぐどん）な行動には正直なところ萎える。

制裁で滅んだ亡国の残党や、国の施政からこぼれた元騎士に野盗の類。いくら使い勝手のいい道具とて、もう少しましな連中はなかったかと考えると、すんでのところで取り逃がした猛禽が惜しくなる。

ガルム国の異形の騎士。〈赤い猛禽〉こと王子ガウェイン。怪異な巨軀に粗暴を好む習性と、存外にまわる知恵をもっていた。戦闘競技会制度の矛盾の申し子のような哀れな存在が、枷を外され思うがままに暴れたならば、無辜の血が驟雨と降りそそいだろうに。

そう考えて、男はしかし口の端をあげて笑う。

「ま、あれで壊れちまったなら、その程度の獣ってことだ。気が合いそうな予感がしたが、谷底へ消えちまったならしょうがねえし。糸の先にくっつける〈人形〉の取り換えは、いくらでもいるってね。……そうだよ。替えがいりゃあよかったんだ。ていうかなんでいねえの？　おれのさ。おれの欲しい。どうして。取り換えがきかねえ……おれ……いやだ……」

ぶつぶつとつぶやいた男の目から光が消える。

闇よりもなお暗い、すべての喜びをそぎ落とした漆黒の瞳。

ぼんやりと肩を左右にゆらし、やがてはっと身体を跳ねさせる。あれ、なんだったたっけ、と我にかえったように頭をかくと、男は外套に隠した手提灯を取りだした。先ほどの虚脱が嘘に思えるほどの上機嫌で、鼻歌まじりにふたたび地図を照らしだす。

確認は何度でも。かつて彼が慕った武具の専門家が、甲冑の小さな蝶番の調整に、ネジをしめてあるいはゆるめ、最適な均衡を得るのに神経をそそいでいたときと同じように。

「だってさ、最後の皇帝の御前とあっちゃ、派手にやらないと失礼だからねー？」

楽しげにうそぶくと、外套をひるがえして歩きだす。

ずれたフードからのぞいた黒い髪が、闇の羽根のごとく禍々しく散った。

「いいね。覚えたねおチビさん。宿舎の共同食堂では朝の鐘から夜の鐘まで料理が食べられるが、酒は出ない。酒樽の在庫調整には注意しなよ。城下の商業施設は参加人数に対して少ないから、物資も武具も持参するのが原則だ。早々に飲みきったら、帰国まで髭面をそろえてぶーぶー喚かれる羽目になるからね」
「はい。でもハンナさん。火の島杯の会場となるプルウィウス・ルクス城の宿舎は、どうしてお酒が提供されないのですか？」
「テララの丘の西側には最後の皇帝が埋葬されたグナレク山がある。皇帝の眠る聖なる地で騎士が飲酒するのは不敬だから……ってのは建前で、泥酔した騎士団が乱闘騒ぎを起こして食堂を壊したとか、朝から晩まで際限なく飲まれたら酒場になっちまうからとか聞いたけどね、……なんだいこりゃ誰の荷物袋だよ。やけに臭いと思ったら、汚れた下着が入ってるじゃないか！」

リーリエ国の王都ペルレ近郊。

〈迷いの森〉と呼ばれる樹林帯に隠された、同国騎士団の駐屯地である団舎ことヴィント・シュティレ城。

居館一階の食堂に積みあげられた数十個の木箱を前に、火の島杯に持っていく荷物の最終確認をしていた料理婦ハンナは、団員の荷物袋の一つをあけて顔をしかめる。

いったい誰のものなのか。使いこまれた酒杯と賭け事用のダイス、魅惑的な女性の肖像画と下着しか入っていない荷物袋は、とうてい、三週間におよぶ長丁場の競技会に対応した準備とは思えない。

料理婦として三十年の経験が嫌な予感を告げたのだろう。むっちりした肥満体のわりに素早い動きでほかの荷物袋もあらため、中身が似たりよったりの惨状だと知ったハンナは、ち、と忌々しげに舌打ちする。

「汚れ物は手遅れになるまえに、回収役の老僕に提出しろってあれほど怒ったのに！　仕方ないね、いまからじゃ洗濯が間にあわない。このまま使わせて、臭いが非常識になったら引っぺがして洗わせな」

「臭いが非常識……あ、あの、具体的にはどのくらいで?」

「テララの丘は高原だから朝晩は涼しいが、昼間は日差しの強い酷暑だ。火山灰土の混じった競技場は少しばかり厄介で、乾けば土煙が立つし、防止の打ち水をまけば土塊が甲冑にこびりつく。汗と泥まみれじゃ、鼻をつまんでも三日が限度だね。ああ、風呂は最低でも二日に一回だよ。共有施設が多いから、白い目で見られない程度の礼節は守らせないとね」

細々とした指示を受けたニナは、はい、と生真面目にうなずいた。忘れないように書類の束に羽根ペンで記載する。

七月末に開催が決定した火の島杯につき、ニナは副団長ヴェルナーの補佐として物品の管理を正式に任された。

火の島杯とは名のとおり、火の島全土の国家騎士団が集まって覇を競う、島をあげての戦闘競技会である。

武装した騎士が命ではなく、互いの兜にいただいた命石を割って勝敗をさだめる戦闘競技会は、いまよりおよそ三百年の昔、戦乱の荒廃を憂いた古代帝国の最後の皇帝がつくった紛争解決手段だ。火の島杯は競技会を取り仕切る国家連合が、その代表を選出する議長選にともないおこなうもので、場所は古代帝国の都だったテララの丘――いまは国家連合の本拠地である、プルウィウス・ルクス城。

西方地域でも東部に位置するリーリエ国は中央火山帯に隣接しており、移動日数は東の国境を出て二日とわりあいに近い。不足品を早馬で送ることも可能だが、大会期間中は丘をかこむ防壁の検問が強化されるので、通行には時間と手間がかかる。したがって衣類に生活雑貨に娯楽品、装備品は予備を一人あたり三組など、西方地域杯の倍をこえる大荷物となる。

本来であれば物品の管理は副団長職がおこなうものらしいが、春先に副団長となったヴェルナーは細かな事務仕事が得意ではない。単純な負担の軽減と、ニナが競技会の雑務に幼少時から慣れているという適材適所。またいつまでも新人気分の〈お客さん〉では、この先に困るという理由からの任命となった。

告げられた当初こそ役目の重要さに、とんでもない、わたしには無理です、と真っ青になったニナだが、騎士団運営における副団長の業務は多忙だ。国家連合の職員となるために退団した、先の副団長クリストフの役割は王城との折衝から予算案の作成に団員の健康管理、ハンナの愚痴の相手まで広範囲にわたっていた。

多才だったクリストフの穴を埋めるべく、薬草園の管理を託された農夫のオドは初歩の医術を学びはじめた。商家生まれで算術に明るいトフェルは会計処理こそ隠し扉に消えるが、テララの丘の地中に棲む洞穴生物の図鑑を熟読するなど、悪戯妖精としての予習に余念がない。

　そんなわけで身にすぎた大役ながら、ニナは真摯な立礼で副団長補佐を拝命した。過去の大会に同行経験のあるハンナの指示のもと、荷物の一覧表作成から数量計算、不足品の手配もふくめて、出立前日の今日にいたるまで取りくんできたのだが。

　──でもまさか、下着の交換やお風呂の回数まで管理するなんて思いませんでした。穴のあいた衣類は繕って補修とか、夜は冷えるから腹巻きは全員に配布とか、肉ばかり食べる団員の皿には野菜の酢漬けを追加するとか。申しわけないですが仰々しい役職名のわりに、子供の世話をするお母さんみたいな仕事です。

　ニナがひそかに感じていると、中央の大扉が開かれてリヒトがひょいと頭をのぞかせた。

「ニナ……とハンナ。二人ともお疲れさま」

　人懐こい笑顔を見せ、どんな感じ、と食堂に入ってくる。

　リヒトは天井近くまで積まれた木箱の山をしげしげと見あげた。〈弓〉としてのニナの〈盾〉であり、恋人でもある青年騎士は、長毛種の猫に似た金髪を、うわーという顔でかいた。

「これは予想以上かも。馬車は四台用意したけど、荷積みを工夫しないと厳しそうだね。武具庫の装備品は団長たちが？」

「いえ。ゼンメル団長とヴェルナー副団長は、連絡役の方に火の島杯の組み合わせ表を届けられてからずっと、執務室にこもったままです。トフェルさんは荷積みがはじまってすぐに行方不明になって、兄さまは予備の大剣で均衡に違和感のあるものが見つかったと、その、裏の競技場で打ち込みを」

「……てことはオドと老僕たちと親父どもだけか。お目付役に最適なベアトリスは今回、臨席する国王に外務卿として同行するから別行動だし、監視がいないと兜がそっくり酒樽に代わってそう。現地で気づいたら悲劇というか喜劇だね。おれちょっと見てくるよ」

「わかりました。あの、連絡役の方はリヒトさんの領地の報告もかねて来られたんですよね。畑や施設の様子はその後、どうでしたか?」

「うん。壊れてた水車小屋の修理も終わって、冬麦の収穫期には間にあったみたい。おれ町育ちだし農村のことは詳しくないけど、麦を挽くのに水車小屋が使えた方がいいんでしょ? だから共有施設を直すなら、村人の要望どおりにしようかなって。代官の横領の件で予算もかぎられてるし、一個ずつだけどね」

情けない表情で眉尻をさげたリヒトは、己の腹ほどの位置にあるニナの顔に手をのばす。

柔らかい曲線を描く頬。もうほとんどわからなくなった、左目の下に微かに浮かぶ太刀傷ごと、愛おしげになんどもなでた。

「じゃあおれ、武具庫を手伝ってくるから、もし困ったり男手が必要になったら声かけて。遠慮も無理もしないでね?」

「はい。ありがとうございます」

「……いちおう言っておくけど、用事がなくても呼んで平気だからね。むしろ積極的にじゃんじゃん思いっきり呼んでほしいからね？」

「えと、は、はい」

「寂しいとかつまんないとか飽きちゃったとか。〈可愛い頭突き〉がしたくなったなら大歓迎。顔が見たくなったから……は、おれがなりそう。ていうかもうなってる。目の前にいるのに会いたくなる、この際限のなさが我ながらすでに終了っていうか。ともかくニナが望んでくれたらおれ、喜んで飛んでくるからさ」

澄んだ青海色の目で見あげてくるニナの額に、約束だよ、と軽く身を屈めてキスをおくる。肉厚の腕をむっつりと組み、だんだんと露骨に足を踏みならしているハンナに、ごめんね邪魔して、と愛想笑いを浮かべた。

そそくさとその場を去ったリヒトは、大扉に手をかけたところでふと足を止める。

「――……」

肩越しにそっと振りかえると、ニナが自分を見ているのに気づくなり首をすくめた。たかが団舎内での別行動で名残を惜しんだ自分自身と、それを知られたことを恥じているのか、あーという表情で鼻先をかく。

優しい苦笑いを浮かべた。

またね、と片手をあげて、今度こそ本当に食堂をあとにする。

「……顔が赤いよ」

ぼそりともらされた声に、大扉に向かって頭をさげていたニナは、華奢な身体を跳ねさせる。頬に触れるとたしかに熱い。いえ、あの、と視線をさまよわせると、抱えていた物品管理の書類に色づいた顔を隠した。

ハンナは上向きの鼻にしわをよせた。

「なんだろうねえ。ちょっとまえのあの子なら、フライパンで殴打しても平然とあんたにまとわりついてたのに。手癖の悪い野良猫に〈待て〉を覚えさせたおチビさんは、さすがわたしが認めた新人料理婦だけどさ。厚顔無恥の破廉恥行為より甘酸っぱい見つめあいの方が精神的にきついって、副団長が情けない顔で顎髭をいじってたけど、たしかに尻がかゆくなって仕方ないよ」

言ったそばから、前掛けがはち切れんばかりに肥えた臀部を乱暴にかく。

ニナはどう反応していいかわからず、いまだ熱の残る顔で、すみません、と曖昧に謝った。去り際の優しい苦笑を思い浮かべる。ここ最近、リヒトが見せるようになった表情に胸の奥がきゅっとして、唇を結んだ。

――たしかに、あの顔は人前での〈その手〉の行為より、ある意味で恥ずかしい気もしますが。

恋人としてやめてほしい行動を相談したのが功を奏したのか、それ以来、リヒトはニナに対して少しだけ遠慮するようになった。

　むろんべたべたするのが基本なのは変わらない。模擬競技の休憩時間にニナの膝枕で昼寝をして、ロルフと一対一になる騒ぎもあった。走力訓練の疲労で動けなくなったニナを抱きあげ、無事か大丈夫かと密着し、抱擁(ほうよう)の暑苦しさで失神させたこともある。一日七回は〈その手〉の行為ができるという約束はちゃっかりと使い、こなせない日のぶんは後日にまとめて、輝く笑顔で請求してくることもある。

　それでも木杭(きぐい)の外のニナの所有権は自分だと主張し、兜の飾り布のごとくついて歩くのは控えるようになった。右手をふりつつ左手で軍衣(ぐんい)の背中をにぎっているときもあるが、それ以上に、遠くからニナを眺めていることが増えた。

　願いながらも諦めている目ではない。なにかをしみじみと実感しているまなざし。そして気づいたニナが視線をやると、見つかっちゃったか、というふうに苦笑いをする。

　静かな幸福に満ちた優しい顔で。

　そんな恋人同士を見るたびに団員たちは屈強な身体をくねらせる。あちいぞ、換気をしろ、とりあえず麦酒だ、と頬を赤らめて怒鳴る。

　春先の南方地域での出来事から、リヒトが諦めに近い自己否定感をもっていることを知った。ニナにとってはいまのリヒトでじゅうぶんだけれど、彼自身が変わる必要があると判断して、望んだ方向に進めるならば嬉しい。

過去の悲しい喪失から放置していた領地のことも、庶子でいるうちは自分が運営すべきだと考えをあらためている。時間をつくっては様子を見に馬を走らせて、今日も連絡役の貴族から冬麦の収穫状況の報告を受けていた。

王籍離脱の交渉については、体面を重んじる宰相が諸外国の例を調べている影響で時間がかかってはいるが、火の島杯が終了したころには進展が報告される見通しだ。兄ロルフに勧められた早朝の走力訓練も、自業自得の口止め料だからと遠い目をして実行している。そのおかげか炎天下での模擬競技の直後でも、好物のチェリーパイに山盛りのクリームをかけて食べられるほどになった。

他人から見れば小さなきっかけで変われることは、出来そこないの案山子だったニナ自身が経験から知っている。ガルム国の〈赤い猛禽〉の軍衣をめぐる揉め事から、盾と弓としての関係に不安を覚えたときもあった。けれどなんとなく地に足がついてきたリヒトの雰囲気は、初参加となる火の島杯をまえに、なによりも心強い気がする。

そんな思いで書類の束をきつく抱えたニナの姿に、ハンナはふくよかな肉に埋もれた目を細める。

閉まった大扉を一瞥すると、ぼそりと告げた。

「……あの子は運がよかったね」

「え？」

「空いた〈穴〉を少しずつでも埋められてる。最初からだから時間もかかるし、失敗もまわり道もするだろうけど、機会が得られただけ恵まれてるよ。おチビさんが見た目のわりに大人しく腕におさまってないのがいいのか、抗えないなにかの流れなのか。たかが料理婦にはわからないけどね」

「あの、ハンナさん」

言葉の意味をはかりかねて戸惑うニナに、ハンナはふん、と鼻で息を吐く。

呆けてないで団長と副団長の荷物袋を回収してきな、用途ごとにまとめて管理が基本だろ、と睨まれ、ニナはあわててうなずいた。小走りに去った足音が小さくなるのを待ち、ハンナは食堂の壁際に視線をやった。

団旗が掲げられた一角にある長机は、団長と副団長の指定席だ。

娘の時分に料理婦となったハンナは、百をこえる団員の腹を満たしてきた。その歴史のなかでもっとも完璧だった騎士の中の騎士。洒脱な口髭がよく似合う、陽気で仲間思いだった黒髪の副団長を脳裏に浮かべ、眉をひそめた。

「……やりなおせる可能性のある奴はまだいい。豊穣と誕生の女神に見放された存在が得るのは白い翼じゃない。救いようもなく暗くて残酷な、真っ黒い翼だけだ」

低い声でつぶやいて、そんな自分に顔をしかめる。

料理婦には料理婦の分と誇りがある。己ができることに最善をつくすのは、誰であっても同じだ。荷造りを終えたなら、祝勝会の献立を考えて食材の手配をしなくてはならない。

勝つか負けるかさだかでない戦いを祝う準備をするのは、料理婦の願掛けだ。公式競技会であっても制裁的軍事行動であっても、全員が無事に帰ってくるように。叶ったときも叶わないときもあった。それでもハンナはリーリエ国騎士団の料理婦として、食堂に集う団員が一人として欠けることなく帰還するのを祈る。

大きな革袋を抱えてよろよろと戻ってきたニナにふたたび厳しい指示を出し、ハンナは荷物の最終確認をつづける。

そんな二人を無数の騎士の生き様を見てきた、壁に飾られた知恵と勇気を秘める団旗が、ただ静かに眺めていた。

1

濃紺色の軍衣が視界の隅をよぎった。

深い海を思わせるサーコートに凛と咲く白百合と、瑞々しく茂るオリーブの葉。豪奢な金の巻き毛を夏の太陽に煌めかせた〈ベティ〉の姿。お久しぶりです叔父上、ええこのたび外務卿に正式就任を、新しい髪型がとても似合う？　嬉しいですわね、あの無頼者には感謝を……いえそれより、国王陛下が馬車に酔ってしまわれて——艶やかな声で告げ、王冠を戴いた男性の背中を支えている。

〈メル〉と呼ばれていた少女は自然と足を止めている。

中央火山帯という地名のわりには緑の多いテララの丘。戦乱で焦土と化した地につくられた新市街区には、各国の理事館が集まっている。

ほんのいま到着したばかりなのだろう。警備兵にかこまれた馬車から次々に運びだされていく荷物や、屋上庭園を物珍しそうに指さす貴族風の女性たちを路地から眺め、少女の脳裏には黒髪の〈少年騎士〉の顔が浮かんだ。

目眩がする。喉が渇く。胸の鼓動が早くなる。

——彼女がこの地に。

市中偵察をかねた伝令の帰路。城下にはすでに複数の仲間が市井の民にまぎれ、あるいは廃屋に隠れひそんでいる。少女の主である男は理事館で采配をふるい、少女を殺傷の手足としてつくりあげた〈先生〉は、不吉な影のごとく暗躍している。

〈先生〉は隙のない人だ。つい最近も見張りの最中に革袋を触っていたところを見とがめられ、手ひどく殴打された。なーにやってるのかねメルちゃんは、おれに折檻の理由をくれてさ、と口の端をつりあげて、倒れたメルの背中を足蹴にした。

〈先生〉は少女の名前を嫌っている。メルちゃん、メルちゃん、ああいいね、呼ぶたびにぞくぞくして剣帯に手がのびるわ、と光の失せた虚無の目を細める。少女のすべてはモルスの子として与えられる命令だ。指示こそが存在そのもの。それ以外の行動を知られたら絶対に〈怒られる〉——でも。

少女はいつしか走りだしていた。

頭部を覆うつば無し帽子からのぞく白銀の髪と、真夏にはそぐわない外套を舞わせて、テララの丘をぐるりとかこむ防壁をめがけて駆ける。

理由など知らない。剣帯にさげた革袋に忍ばせた、〈少年騎士〉からもらった薬壺の重みを感じながら、乾いた石畳を走る。灰褐色の街並みも鮮やかな夏の緑も振りきって、走る。走る。走る。

防壁に到着するなり壁に跳躍した。

石材のあいだに指と靴先をかけ、体重を感じさせない身軽さでのぼっていく。屋上に飛びあがるやいなや胸壁に駆けよると、凸凹(おうとつ)の隙間から落ちんばかりに身をのりだした。

——来ないで。

——会いたい。

感情と名づける術(すべ)などもたない。

胸の奥でうねる熱い潮流に身をまかせて、水色の目はただ食い入るように、砂礫(されき)と岩が点在する大地に小さな姿を探した。

その空気を感じたとたん、身体の奥底がざわめいた。

過去なのか未来なのか。見たことがないはずの戦場がニナの脳裏を駆けめぐり、聞いたことがないはずの怒号や雄叫(おたけ)びが耳のなかにこだまする。この地で戦い、多くを失って、それでも譲(ゆず)れないなにかを懸(か)けて弓を射る己の姿。

——なんでしょうこの感覚は。テラの丘に来るのは初めてなのに、わたしはここを知っています。

白雲が青空に眩(まぶ)しい七月下旬(げじゅん)。

なだらかな丘陵地(きゅうりょうち)を見あげる街道に行列をつくる騎馬や馬車。リーリエ国騎士団とともに馬首を並べて手綱(たづな)をにぎり、長大な防壁の先に見あげるのは、かつて火の島(イグニス・インスラ)を統治していた古代帝国の都の名残(なごり)。歳月を感じさせる灰褐色の街並みと緑が入りまじる大地を足元にしたがえ、丘の頂上に圧倒的な威容でそそり立つのは、国家連合(リントヴルム)の本拠地であるプルウィウス・ルクス城。

ニナの郷里であるツヴェルフ村は、古代帝国の最後の皇帝に仕えた破石王(はせきおう)アルサウを開祖とする。雄々(おお)しい祖先の生涯(しょうがい)は、輝かしい武勇伝として伝えられている。

十倍の数の敵兵に包囲されながら軍衣の一片さえ断たせずに退けた剛勇。炎上する城に飛びこみ皇帝を救いだした献身。多くの国から臣下にと請われても、物乞(ものご)い同然に諸国を放浪した主君に生涯をささげた誠心。

村の子供は幼いころより、武器の扱いとともにアルサウの逸話を教えられ、それは貧弱なチビとして嘲笑(ちょうしょう)の対象だったニナとて同様だった。村長の足元で物語をねだる仲間の後方で、そっと耳をかたむけていた小さなニナは、華やかな偉業に胸をときめかせた。村の高台から背伸びしてグナレク山を遠望し、アルサウの勇姿を思い描いていたのだが。

——体格や身体能力を考えたら、わたしにアルサウの血が色濃く流れているとは思えません。それでも初めての地に既視感を覚えるなんて、王女殿下に特殊だと言われたように、幼いころからの環境や教育のせいでしょうか。

そんなふうに考えると、隣で騎乗している兄ロルフをちらりと見あげる。

強靭な体軀と類まれな剣の素質を生まれもち、破石王アルサウの再来と期待されたリーリエ国の一の騎士。あるいは自分以上に村の開祖が生きた地に感じるものがあるのではと思ったが、兄は騎士人形のごとき秀麗な顔に厳しい表情を浮かべて、城塞都市にも思える巨大な城を見すえている。

——兄さま？

戸惑いのまなざしに気づいたか。

ロルフは残された右目をゆっくり向けると、少し考えてから口を開いた。

「ニナ、おまえは破石王アルサウについて、なんと教えられた？」

唐突な問いにニナは面食らう。

視線をさまよわせると、記憶をたどりながら答えた。

「なんと、というか普通に……です。アルサウは最後の皇帝が皇子だったころからの家臣で、崩壊しかけた帝国を継いだ主君にしたがい戦乱の平定に尽力。しかし戦いの連鎖こそが火の島に滅びを招くとの皇帝の意に賛同し、和平を説いて困苦の十年を放浪した。戦闘競技会制度の反対派と賛成派との大きな戦いに勝利して、国家連合の樹立に貢献。勇敢で高潔な人柄の、理想の騎士を具現化した存在であった、と」

「そうだな。おれもそう学んだ。最後の皇帝オルトゥスが四女神（デア・ファトス）の啓示を受けた聖者ならば、破石王アルサウは平和を祈念した主君に生涯をささげた、忠義の勇者であったと」

ニナの言葉を肯定しながら、兄の声には乾いたひびきがある。

奇妙な違和感に、あの、と眉（まゆ）をよせたとき、ロルフが不意に馬首の方を向いた。隊列が移動しはじめたのを見てとると、行くぞ、と馬の腹を軽く蹴る。

左目の獣傷を隠す長い黒髪が高原の風に流れた。

ほのかな引っかかりを感じつつも、ニナは手綱をにぎり直して兄につづいた。

テララの丘の下方をかこむ防壁の南。厳めしい門塔へとつづく街道は、国章を胸に戴いたサーコートの騎士や護衛の兵士、荷物を運ぶ馬や荷車で埋めつくされている。

国家連合の本拠地であるテララの丘は、市街地をかこむ防壁と、丘上のプルウィウス・ルクス城を守る城壁で二重に保護される。国家連合は制裁という軍事力を背景に、文字どおり火の島を統（す）べている存在だ。代表の議長をはじめ四名の副議長、各国の理事たちの安全は重視され、大会期間中は丘への入り口である門塔の検問が強化される。したがって開会式を明後日に控えた今日、四地域の街道が合流する門塔付近は住民や商人、火の島杯に参加する各国騎士団の混雑が最高潮だ。

のろのろと動きだした隊列はすぐに停止した。

　ニナが首をのばして行列の先頭に視線をやると、街道の脇を走ってくる濃紺の軍衣が見える。

　トフェルと門塔の様子を確認にいっていたリヒトは、荷物袋を斜めに背負い、砂礫と岩の多い丘陵を軽快な足どりで駆けてくる。ニナに気づいて破顔した顔を気まぐれに彩る金髪が、七月らしい鮮やかな陽光に煌めいた。

　どうでしたか、と声をかけると、ぜんぜん駄目、とリヒトは首を横にふる。

「あと十カ国は並んでるから、到着は昼の鐘ごろかも。火の島杯はおれも初めてだけど、国籍の証明書から軍衣の紋章、騎士の指輪まで、あんなねちっこく確認するなんて思わなかった。それになんか、観戦にきた貴人を狙った窃盗団がうろついてるとかで、警備部が出払ってて人手が足りないみたいでさ」

「昼の鐘だと、あと砂時計二反転はかかるでしょうか？」

「だね。気温もあがってきてるし、団員も馬も水分補給した方がよさそう。天幕での待機組用の井戸があるって教えられてトフェルが探しに……もう発見してるし。相変わらず目端がきくっていうか、荷造りそっちのけで地下遺構の洞穴生物が捕まえられる場所を暗記してたから、ニナは背後に注意した方が賢明かも？」

　防壁に近い天幕のそばで、長い腕で丸印をつくっているトフェルの姿を見やり、リヒトは軽く笑う。

テララの丘の玄関口には街道に並んだ騎士団の隊列のほかに、数十個の天幕や騎馬の集団がある。最終日に議長選のある火の島杯は王族が参列するのが慣習だが、随行する警備兵は場所的な制約により、一定の人数しか城下への同行を許されない。したがって兵たちは閉会式までのおよそ三週間をここで待機する。宿営する彼らを目当てに付近の街から、食料や酒を売りに来る行商人もいる。

トフェルの位置を見て馬先を動かしたニナに、リヒトは、ああ待って、と急いで言った。

「そろそろ代わるよ。馬を習いたてで長距離移動は、鞍ずれしてお尻がむけちゃうことあるし。荷物袋に行商人から買った果実水が入ってるから、そっちをお願いできるかな」

リーリエ国の隊列は二、三名ずつ乗った二頭立ての馬車が四台に、騎馬が六騎。負担を考慮して騎乗は交代制だ。

てことでどーぞ、おれの可愛いお姫さま、と腕を差しだされ、ニナは頰を赤らめる。ためらいに唇を結んだが、小柄な体格では踏み台か誰かの介助がなければ乗りおりができない。大きな手に小さな手をおずおずとかさねる。手綱を離すと、ふわりと舞った華奢な身体はリヒトの胸のなかにおさまった。

「え、ちょ、あ、あの！」

「あーごめん。うっかりが故意な感じで？」

あわてるニナに、リヒトは涼しい顔で謝った。

あわあわと足をぶらつかせたニナを、恋人成分の補給とばかりに、ぎゅう、と抱きしめる。出立まえに料理婦ハンナが切りそろえた肩にかかる長さの黒髪。猫が懐くように頬をすりつけていると、反対の頬を固いなにかが唐突に突いた。

痛っ、と視線をやれば夏の太陽を背に、鞭を手にした仏頂面のロルフが鞍上から睥睨してくる。

リヒトは露骨に顔をしかめた。

「……いやおれ、馬じゃないいんだけど。ていうか最近はかなり我慢してるんだし、これくらいの役得は余裕で許容範囲でしょ？」

「馬鹿を言うな。おまえを馬扱いなど断じてしない。同列にとらえては、賢く忠実な乗用動物に無礼がすぎる。そもそもおまえの我慢とやらは、為して当然の常識だ。しかもここは火の島でもっとも礼節を重んじねばならぬ聖なる地。競技場での公正な戦いぶりはむろん、我欲を捨てて身を律する必要がある」

「我欲まみれなおれにその要求は、あんたから打ち込みなくすのと同程度には存在意義に関わるんだけどね。大会期間中は恋人より団員でいる……つもりだし。行動はともかく心の自由だけは認めてよ。あんたの底意地の悪い〈口止め料〉だって、胸がときめく魅惑的な空想してると、団舎の走路を十七周どころか二十周も余裕だしさ」

「魅惑的な空想……猛者との真剣勝負か」

「それは普通に地獄ね？　おれの頭なんてニナが九割に決まってるじゃん。細い手首に透ける血管と可愛い指のあいだの筋は、どっちが甘い味がするかなあとか。身長差が生みだす上目づかいは最強だけど、怯えるまなざしは庇護欲と同時に、犯罪的な本能の扉を開放しちゃうってねえちょっと！　ぐりぐり痛いんだけど鞭がさ！　数少ない取り柄の顔に穴があくって！」

「その発言こそが地獄であり、許しがたい不埒な妄想だ。穴をあけてすべて除去することを要求する。そして解放するのはふしだらな本能ではなく、腕のなかの妹だ」

厚革を合わせた鞭がしなるほど頬をえぐられ、リヒトは渋々とニナを地面におろした。果実水を入れた荷物袋を背中から外す。わりと重いよ、おれの気持ちの方が重いけどね、と手渡す流れに乗じて愛らしい額にキスをする。

防御に長けた〈盾〉を称するのは伊達ではないのか。すかさず飛んできた怒りの鞭をひょいと避け、おまけのキスを赤らんだ恋人の頬にもういちど。馬のあぶみに靴先をかけて飛びのると、じゃあお先に、と爽やかな笑顔で駆けだした。

これのどこが我慢だ、と苦々しい溜息を一つ。不埒な獲物を成敗し損ねたロルフは、黒髪を気だるそうにかきあげる。騎乗している中年組に声をかけると、灌木にかこまれた井戸を目指して馬の腹を蹴った。

遠ざかる馬蹄を耳に、ニナは隊列から離れた一群を見送る。

——さっきの質問のときも思いましたが、なんとなくいつもの兄さまとちがいます。疲れているというか、気になることがおありのような。

後方の馬車から現在地をたずねる団長ゼンメルの声がした。

はい、と答えて駆けよると、オドが御者台をおりて、ニナの腰をつかんで足置き板にあげてくれる。地面に立っても馬車の上のニナと視線の高さが同じオドは、荷物袋から三人ぶんの果実水を取りだしてニナに渡した。あとは自分が配るから、というふうに、小さな頭を優しくなでる。

ほかの馬車に向かった大きな背中にお辞儀（じぎ）をして、ニナは屋根のある荷台へと入った。散らかった書類や地図の横では副団長ヴェルナーが腕を枕にいびきをかいている。やはり寝ていたのか、木箱によりかかった団長ゼンメルは、乱れた白髭（しらひげ）と軍衣をととのえている。

ニナは門塔を見てきたリヒトからの情報を報告した。果実水の革袋を差しだすと、ゼンメルは知的な老顔に乾いた微笑（ほほえ）みを浮かべる。

「年はとりたくないな。先に発（た）った王女殿下は城下の理事館にとうに到着し、外務卿として精力的に会談をこなされているだろうに。じじいと髭親父は朝寝をかこい、行軍を任せきりとあっては面目がない」

「そんな。ゼンメル団長もヴェルナー副団長もお忙しそうですし、休めるときに休んだ方がいいです。……あの、でも、火の島杯のリーリエ国の対戦相手は、お二人が悩まれるほど、対応が難しい騎士団なのですか？」

出立前日、組み合わせ表を受けとってから執務室に籠もっていたゼンメルとヴェルナーは、道中の宿場でも腕を組んで相談を交わしている。おずおずとした問いかけに、ゼンメルは荷台に散乱する書類の束や銀製の書筒、白と黒の駒が転がる戦術図を見わたして溜息をついた。

「難しい、と言えばさまざまな意味で難しいな。火の島杯は勝ち抜き方式で今回の参加国は九十八カ国。組み合わせは各国の理事がくじをひいて決定し、六十八カ国は第一競技からの参加となるが、リーリエ国は運悪くそのなかに入った。団員が負傷する可能性はもちろん、夏期の競技会は暑気あたりを起こす場合もある。決勝が第七競技となることを考えると、交代騎士が三名という我が国の現状では、競技回数が少ないほどありがたかった」

「決勝が第七競技……」

到達できる可能性は低いがな、とゼンメルは眉尻をさげる。

「リーリエ国が編成された左側は強豪国ぞろいだ。しかも破石王を擁する四地域の国が名を連ねている。順当に勝ちあがれば、第四競技では東方地域のナリャス国、第五競技では北方地域のバルトラム国。第六競技では我が西方地域の雄たるキントハイト国か、南方地域のエトラ国のどちらか。なんとも豪華というか、西方地域杯のように多少の〈小細工〉

はしてくると思ったが、ここまで露骨とはな」

小細工、と訝しげにくり返したニナに苦笑して、ゼンメルは革袋のコルクをあけた。

リヒトが行商人から調達したのは黒葡萄の果実水だ。中央火山帯は火山灰土が堆積した土壌の影響で、葡萄の栽培に適しているとされる。同じ黒葡萄でも近隣のマルモア国などとは風味が異なり、渋みのある甘さが特徴だ。

大地が抱く歴史の重みのごとき味を堪能した老団長は、言葉をつづける。

「公式競技会を仕切るのは国家連合の審判部だ。そして現在の審判部長は西方地域のクロッツ国理事。組み合わせ表の右側に入ったクロッツ国は決勝まで強豪国との対戦を見事にまぬがれている。……いや、正確には少しまえまで強豪国だった、有力騎士が襲撃事件で負傷した国との対戦はある、がな」

「有力騎士の襲撃事件……」

ニナの脳裏にほんの二カ月まえ、南方地域で見聞した事象がよぎる。

キントハイト国騎士団の副団長ユミルが調べていた、ここ数年のあいだに同地域で起こった不可解な襲撃事件や、使用が禁じられている硬化銀製密造剣の流通。そして高額賞金の地方競技会で優勝したリヒトら青年騎士隊を船上で襲った、火の島の社会制度にそむく〈連中〉の暗躍。

交易船の拿捕で得た証拠品や首謀者の身元については、ユミルが調査を続行しているはずだが、その後の進展は知らされていない。けれど仮に密造剣を使った有力騎士の襲撃事件が、火の島杯で自国を優位にするための行為なら、ゼンメルの物言いからクロッツ国が〈連中〉ということだろうか。

考えこむニナの内心を察したか、そう急くな、とゼンメルは首を横にふる。

「目に見える事象のみが真実ではあるまい。緑の楽園のごときテララの丘の地中に、太古の火の島を焼いた炎熱の塊が眠っているとされるようにな。ガルム国からの一件をふくめて〈連中〉には奇妙な点が多い。出所への道筋が集まり正体が明確になるはずが、逆に曖昧になっていく。そのうえで火の島杯がどのような意味をもつのか、いまだ確信が得られぬのだ」

「……あの、ゼンメル団長にも、わからないことがあるのですか？」

戦闘競技会や装備品についての深い知見はもちろん、経験に裏打ちされた判断力と古木のごとき冷静さ。全幅の信頼をよせている老団長の言葉に意外な気持ちになるニナに、ゼンメルは白い眉毛に飾られた目を優しく細めた。

「まえにも告げたが、人にも制度にも、世に完璧などありはせん。たかがわしなど武具の扱いが好きなだけの、生きのびる運だけはあった老人だよ。最悪を回避するために幾通りもの答えを用意する癖がついている。それでも己が導きだす回答に納得がいかぬのだ」

「納得がいかない……」

「部品はそろいながら、完成した甲冑に違和感がある感覚だな。慎重かつ杜撰な〈連中〉の行動に、幻影を相手にするような得体の知れなさを感じる。リーリエ国は議長選にも立候補していないし、いっそ第一競技で敗退し競技場を去った方がと……そうだな。さすればわしも〈責任をとって〉団長職を辞し、まんまと郷里で隠居生活に」

「勘弁してくださいよ。逃げるのは道筋をつけてからって約束だ。こんな複雑な事態をおしつけられたんじゃ、おれの髭がぜんぶ禿げちまう」

　枕元での会話で目がさめたか、ヴェルナーがのっそりと身を起こした。

　寝汗の浮いた太い首をかくと、冗談だよ、本音は本気だがな、と口の端をあげたゼンメルを軽く睨む。ニナが果実水の革袋を差しだすと、一息で飲みほしたヴェルナーは、そうそうこの味だ、と野盗めいた強面に笑みを浮かべる。

　自身も革袋のコルクに手をかけ、ニナは少し遠慮がちにたずねた。

「あの、いまのゼンメル団長のお話だと、議長選への立候補と競技結果には、なにか関係があるのですか？」

「昔からの慣習としてな。国家連合にそむいた国への制裁的軍事行動のさい、議長を輩出した国の国家騎士団は本隊に配属される。軍議への参加や四女神の戦帯が許されるなど、さまざまな特権を得られるのだ」

　ゼンメルは教師然と説明する。

「名こそちがえど、制裁とはすなわち戦争だ。人の生死のかかる軍事行動で弱小の騎士団が中核をになうのでは、軍隊の統率という意味で心許ない。騎士のなかには己より弱い相手が、先陣をまかされ隊列を率いるのを諾としないものもいる」

「えと、つまり制裁のときの軍編成の都合から、強い騎士団のいる国の理事の方が、議長を目指すうえで支持を集めやすい、ということでしょうか?」

「そのとおりだ。事実として歴代の議長のほとんどが、火の島杯の上位十六カ国から選ばれている。しかし今回のリーリエ国は不出馬だ。理事である故王妃さまの弟公爵は、見える神の権力とは適度な距離を保たれる手堅いお人柄でな。初戦で敗退しても実害はないが、外遊のために臨席される国王陛下の面目や、リーリエ国内での騎士団の立場、軍事力としての示威的な側面も考慮すれば、その上位十六カ国がひとまずの目標だろう」

団長としてのゼンメルの言葉に、はい、と答えたニナは、ふと気づいた顔をする。

——そういえば国王陛下は、リヒトさんとはどのような関係なのでしょうか。

母親が女官の庶子ではあるが、リヒトも第七位の王位継承権をもつ王子だ。地方の騎士団に入ってから半勘当状態との話は耳にしているけれど、実際の関係性は知らない。国王もリヒトを〈黄色い鼠〉と嘲笑した兄王子らと同じく、意のままに利用して処分できる庶子だと冷遇しているのだろうか。貴人と騎士の観戦場所は別らしいけれど、なんとなく心配な気もする。

――それに競技結果が議長選に影響するのなら、騎士の戦い方が火の島の今後を左右するということです。重責を課された騎士団は、気高い闘志を厳粛な佇まいに秘めて、勝負の時をじっと待つのでしょう。祝祭のような競技会を想像していましたが、団長は〈連中〉のことも気にされていますし、いまさらながら不安になってきました。

果実水を飲むのも忘れて考えこむニナの姿に、ゼンメルはヴェルナーと視線を交わす。ヴェルナーはどこか居心地が悪そうに顎髭をかいた。

ゼンメルは軽く目を伏せて丸眼鏡をかけ直すと、とりなすように微笑んだ。

「初めての参加なれば、緊張や心配は当然にあろう。〈連中〉の件をふくめて悩ましい難題も山ほどあるが、現時点でのおまえの役目は副団長補佐であり、競技場において〈弓〉になることだ。それでも心がさだまらねば原点に還るといい」

「原点？」

「火の島杯は平和を祈念した最後の皇帝にささげるもの。これだけ理解していれば、騎士が道をたがえることはない」

「最後の皇帝にささげるもの……」

重みのある訓戒を胸に刻み、ニナはやがてうなずいた。

未熟ながら白百合紋章を胸に許された騎士として、決意を新たにするようにテララの丘を見あげる。真夏の陽光に眩しげに細められた青海色の瞳が、防壁の上に立つ小さな影をとらえた。

――え？

ぱちぱちと目をまたたいたときには、その影は消えている。

人のようにも見えたけれど城下を守る警備部だろうか。不思議にざわめく胸をおさえたニナの耳に、水場から戻ってきたリヒトらの馬蹄の音が聞こえてきた。

◇◇◇

「え、あの、イザーク団長、わたしそんなの、とても無理で」

「いくら子兎が片手で持ちはこべるほどの小柄とて、このくらいは入るだろう。ああ、冬山で寝食をともにした間柄で、いまさら野暮な遠慮は不要だぞ」

「遠慮というより、ほ、本当にもうお腹が」

「騎士である以上、身体を使える状態に維持するのは当然の義務だ。火の島杯における敵は相手騎士団と、男臭い宿舎と酷暑だからな。疲労や暑気あたりで食えなくなるまえに、蓄えておいた方が無難だ。それに今年十八歳と聞けば悠長にかまえている暇はないだろう。華奢な〈花〉より肉付きのいい〈花〉の方が、やはり食べごたえがあるからな」

熱いから気をつけろよ、と己の取り皿にのせられるのは、腕の太さの茹でた腸詰め。

木盆まではみ出ている巨大な肉料理に、ニナはぐ、と喉をつまらせた。十歳程度の小さな体格を動かすだけの、ささやかによそった夏野菜の酢漬けとチーズと丸パンは半分も減っていない。けれど騎士の義務を口にされたら、これ以上の拒絶の言葉は出せない。

火の島杯に参加する国家騎士団が滞在する宿舎。

共同食堂の長机に着席したニナの左隣で、キントハイト国騎士団長イザークは、骨付きの羊肉を悠然とかじる。

「しかしここでの食事も八年ぶりだが、相変わらず魚料理が乏しいな。大会期間中は陸の孤島と等しいほど防壁の検問が厳しくなり、食品の輸送にも手間がかかる。季節を考えれば仕方ないが、川魚の塩漬けと燻製だけではいささか萎える。乾いた肌より瑞々しい肌だ。そう思わないか？」

「えと、そ、そうです、ね？」

「ああ、内陸のリーリエ国育ちではさほど不自由を感じないか。まあ宿舎を使う騎士団は四十カ国で、人数も二千人に近い。四地域の料理をそろえるだけでも大仕事だろう。国家連合とて、好みの髪色の〈花〉を、端から寝台に並べるようなわけにはいかぬか」

野性味のある精悍な顔で小さく笑うと、肉片をこそげ落とした骨を専用の深皿に放り投げる。

腸詰めをちまちまと切りわけているニナを横目に、イザークは、お、それも美味そうだなと、対面のロルフの皿から牛肉をつまんで食べた。北方地域の香草煮か、と指先を舐める。とられた肉にフォークを刺す寸前だった、ロルフの眉間にしわが刻まれる。

——兄さまの料理をつまみ食いするのなら、なぜわたしに分けてくれるのでしょうか。暑気あたりのまえに食欲不振になりそうだと感じながら、ニナはあらためて長机をかこむ面々を見わたした。

兄の隣にはトフェルとオドが並び、自分の右横にはリヒトが座っている。気高い白百合が咲く濃紺の軍衣に加わるのは、左隣の獅子も雄々しい漆黒の軍衣。〈黒い狩人〉との異名を轟かせる破石王イザークは、兄の仏頂面などものともせず、気さくに話してよく食べる。ニナの木杯が空になれば果実水の壺を手にしてそそぎ、乾燥クルミを軽々と指だけで割って、ほら、と中身を分けてくれる。追加の皿を運んでくるキントハイト国騎士団員に、ああ悪いな、おまえらも適当にやれ、と気安く手をふる。

周囲から飛んでくるのは、なんだよおまえ、生きてたのか、という大声や、わっはっはと豪快な笑い声。むんとこもった汗臭さと喧噪は団舎の食堂と変わらない。陽気に肩を殴りあう大男たちを怖々と眺めて、ニナは首をかしげた。

——厳粛な佇まいとはちょっと……かなりちがいました。火の島の将来に関わる競技会という背景を考えれば、整然と着席して黙々と食べるのかと。公認競技場で共同食堂という形式は初めてですが、イザーク団長の隣で食事をすることも、あまりに予想外でしたし。

リーリエ国騎士団がプルウィウス・ルクス城に到着したのは、リヒトの予想どおり昼の鐘が過ぎてからだった。

門塔での身分確認を終えて城下へと入り、行軍用の大通りから丘上の城壁をこえた先。城塞都市ほどの規模がある巨大な城は、国家連合の総本部がある居館や主塔と、少し離れた円形競技場とに大別される。

競技場を四方からかこむ東西南北の宿舎は、四角い塔を並べて下層階をつなげたような構造だ。一階には通行のための回廊や水場があり、二階は棟ごとの共同食堂で、三階より上は専用階段であがれる各国の客室。滞在を示す旗が掲(かか)げられる屋上は、一対一や軽い運動ができる場所となっている。

リーリエ国騎士団は休む間もなく荷下ろしをすませ、遅い昼食となった。ニナは搬入された荷物を確認してから食堂に向かったが、数十もの長机が並べられた共同食堂は他国騎士でいっぱいの大混雑。壁際の台に四女神の軍衣を着た国家連合職員が、料理の鍋や大皿を配膳(はいぜん)している。見たところ自分で取りわけて席に運ぶらしいが、天井飾りつきの円柱が視界をさえぎって、リヒトたちが見つけられない。

立ち往生(おうじょう)していたところに、なんだ、リーリエ国も南棟か、と声をかけてきたのがイザークだった。

浅黒い肌に引き締まった顔立ちの偉丈夫(いじょうふ)。西方地域杯の夜会やガルム国での一件など、キントハイト国騎士団長イザークとは不思議と縁がある。

あっさりした再会におどろくニナの全身を眺めて、多少は背がのびたか、と手をのせて頭の位置をたしかめたイザークは、初参加のニナが共同食堂にまごついていると思ったのだろう。料理の取りわけ方を実地で説明してくれた。窓際の長机付近でニナを探しているリヒトらを発見すると、唐突な登場にぎょっとする面々にかまわず、久しぶりだな、息災だったか、と相席してしまったのだが――

頰を膨らませて大きな腸詰めをほおばり、ニナが右隣をうかがうと、リヒトは、にこっと爽やかな笑顔を見せた。

恋人騎士はイザークの存在をとくに気にしている様子はない。場違いな獅子肉の切り分け方について、うつむいたトフェルやオドと料理談義に花を咲かせている。

近くの長机に視線をやれば、他国の騎士たちの同席はやはり珍しくない。団長ゼンメルは旧知らしい老騎士と懐かしげに話しこんでいるし、副団長ヴェルナーや中年組は、同年代くらいの異国の騎士と真剣な髭面を寄せあい、本国から持ちこんだ酒樽の交換を相談している。

ニナは納得した顔で腸詰めをのみこんだ。

――いろいろと意外でしたが、でも火の島杯は四地域の騎士が集まる滅多にない機会です。最後の皇帝にささげる競技会として、他国の騎士団と友好を深める姿も、平和を表現するという意味で正しい気もします。

　ならば自分も、南方地域の遠征に同行したマルモア国の女騎士たちに会いたい。国家騎士団員かはわからないけれど、〈盾〉になってくれた東方地域の少女騎士メルがいるかどうかも、いちおうは探してみたい。

　そんなふうに考えたニナはふと周囲を見まわした。

　南方地域ではキントハイト国騎士団の副団長ユミルにも懇意にしてもらった。団長のイザークがいるなら、当然に近くで食事をしていると思ったけれど。

　所在をたずねると、イザークは広い肩をすくめた。

「ユミルなら今回は来ていない。ちょっとへまをして、療養中でな」

「え？　療養って、あの、訓練で怪我でもされたのですか？」

「というより奴が得意とする副団長の職務でだな。春先から海商の真似事をやらせてたんだが、無駄に優秀な商才が裏目に出た。高値相場で荒稼ぎしてたちの悪い野盗団に目をつけられ、南方地域の帰路で襲われたそうだ」

「野盗団に……ユミルさんが」

「ほう、子兎に心配そうな顔をさせるなど、ずいぶんと巧妙に手なずけたと見える。まあ療養といっても大怪我ではない。頭の切れる奴は己を過信するきらいがあるし、今後を考えれば安い勉強代だろう。奴の不在は騎士団にとっては痛手だが、うちは議長選にも不参加で、事情があって王太子殿下の臨席も中止となった。うるさい貴族連中に睨まれぬよう、〈ほどほど〉に勝てれば問題ないからな」

軽い口調で告げると、表情を曇らせていたニナの頭を優しくなでる。うつむいているトフェルとオドを相手に、べたべた無遠慮な獅子肉は細切れがいいかな、とリヒトの声が妙に明るくひびくなか、イザークはロルフの皿に目をやった。

それも美味そうだな、と肉団子の最後の一個をつまみ取られ、ロルフの眉間に二本目のしわが刻まれる。

青海色の隻眼が冷たく細められた。

「……意味がわからない。おまえが目の前にいる不本意も、妹に馴れ馴れしい図々しさも、騎士の身体をつくる機会を邪魔する迷惑も。開会式では四地域の破石王による展覧競技がある。おれを不愉快にしている暇があれば、西方地域の名誉のために、打ち込みの千回でも二千回でもすべきだろう」

「なんだ。ユミルがいなくて羽根をのばせると思ったが、ここにも小姑がいたのか。展覧競技は観覧台向けの見世物だが、給金代程度はせいぜい立派な見世物にするさ。女も飯も他人のものが欲しくなるのは仕方なかろうし、友人との相席になんの問題があるのか、それこそ意味がわからん」

「誰と誰が友人だ」

とうとう三本目のしわを眉間にはしらせたロルフに、野暮な男だな、とイザークは意味ありげな顔で答える。

「おれとおまえに決まっている。あんな貴重な体験をした以上、たかが知人とは二度と呼ばせんぞ。思いだしても最高に面白い〈一対一〉だった。飲ませたのはおれだが、まさか二人して泥酔し前後不覚となったあげく、乱闘のすえ酒場を破壊し、警吏に捕まって街のろ——」

ロルフが椅子を鳴らして立ちあがった。

礼節を重んじる兄には珍しい行動に、ニナは青海色の目をまたたかせる。兄さま、ご気分でも、と問いかけた妹の視線から、ロルフは顔をそむけた。打ち込みの時間だ、と低い声で告げると、食器をのせた木盆を手に立ち去った。

長机に頬杖をついたイザークは、にやにやと木杯をあおる。

戸惑うニナだが、兄とイザークの距離感が以前よりも近い気がした。〈極めて不本意な私用〉だと謙遜していた一対一で、騎士としての気高い心が共鳴したのだろうか。

大好きな兄と高名な破石王が友人関係になれたなら、妹として誇らしい。嬉しさに頬を染めたニナは、ふと思いだしてイザークに向きなおる。再会したらぜひ聞きたかった二人の勝負の結果。兄のまえでは野次馬のようで気が引けるが、席を外したいまならば。

内緒話のように身体をよせて、あの、とイザークを見あげた。

「お会いできたら、教えていただきたいことがあったんです。不躾だとは思うのですが、やっぱりその、どうしても気になって」

「子兎の〈教えてほしい〉は実に魅惑的な響きだな。人前では憚られる内容でも、むろん歓迎だが……ああそうだ。おれもおまえに会ったら、確認したいことがあったんだ」

「あ、もしかしてユミル副団長が報告した、南方地域の事件のことで……？」

「なあニナ、おまえ、おれと結婚する気はないか」

　周囲の喧騒が消えた。

　やがて細波のごとく起こったざわめきのなかで、ニナはゆっくりと首をかしげる。〈結婚〉には自分の知らない別の意味があったのか、それとも〈決闘〉の聞きまちがいかと考える。

　距離が近すぎる獅子肉は乱切りで――とのリヒトの声が途切れた。熱気に満ちていた食堂が涼しくなり、トフェルとオドが制止する形で両手をまえに突きだす。

　イザークは平然と言葉をつづけた。

「春先にロルフと酒を飲んで、奴が理想とする〈妹の結婚相手〉の話になった流れで思いついたんだ。おまえと結婚すれば、乙女よりも頑なな倫理観をもつ隻眼の狼を〈義兄さま〉と……ぶっ、だ、だめだ。腹がよじれる。あの夜もこれが原因で奴を激昂させたんだが、おまえの夫となればロルフを義兄さまと、くく、義兄さまと呼べる最高に〈面白い〉

展開になる、ということに」

いやすまん、しかし無理だ、と口元をおさえて横を向く。

どうにか堪えると、目をまたたいているニナの肩を軽くたたいた。

「それに義理の兄弟となれば、〈貸し〉など面倒な理由をつくらずとも剣の相手が頼めるからな。騎士として高みを目指すなら、奴ほどの獲物はやはり得難い。騎士団の内情に理解のあるおまえなら、妻としても手間がかからず気楽そうだし……ああ、いっそうちの団員になっても楽しいか」

「キントハイト国の団員、に……？」

「そうだ。他国人でも結婚して籍を移せば国家騎士団に入れるからな。弓の専門家は騎士の養成学校でも不足しているし、得手とするものがいないぶん使い出もある。黒い髪には漆黒（しっこく）の軍衣だ。子兎から黒兎になるのも悪くなかろう？」

まあ金髪に飽きたら声をかけてくれ、と砕けた口調で告げられたニナは、なんとなく理解した。

王族の政略婚姻のように、兄と親交を深めることや剣技の向上を目的とする〈結婚〉。自分がキントハイト国騎士団員になど滅相（めっそう）もないし、これは競技場に生涯をささげる破石王ならではの軽口だろう。勇名のわりには気さくな人柄で、以前にも冗談を本気にして焦った覚えが――

「……もういいよね。おれ、すっごい我慢したよね？」

　リヒトがすっくと立ちあがった。

　唐突な行動にニナが振りあおぐと、恋人は笑顔を浮かべながら青筋をたてていた。えっと息をのむと、いったいなんの料理だったのだろう。リヒトの取り皿には、原形をとどめない肉塊が無残な山盛りになっている。

　対面の席で身を寄せあうトフェルとオドが、同時にうなずいた。

「が、我慢した。存在自体が独占欲のおまえにしちゃ最大限に譲歩した。肉料理とおれたちの食欲は犠牲になったけどな。気持ちはわかるが、せめて誰もいない宿舎裏にしろ。オドも言ってる。人前じゃやべえぞ殺っちまっても誤魔化しきかねえぞって、心のなかで必死に叫んでる。な？」

「野菜の苗についてる害虫だって逃がしてあげるオドが、そんな物騒な発言するわけないでしょ。ていうかこれ、完全に親睦も友好もこえてるじゃん。あの細目の副団長の言うとおり、ほんと無節操が軍衣を着て歩いてる中年組じゃん。下品な発言を混ぜて〈おさわり〉したあげく、恋人の前で飽きたら声かけろって確信犯でしょ。殺害計画立案どころか実行段階でしょ？」

　イザークは意外そうに眉を跳ねさせた。

　ほう、と感心したように鼻を鳴らすと、けろりとした顔で言う。

「おれの殺害計画なら、いまさら一つや二つ増えても変わらんし、節操についてはユミルの悪態のとおりで微塵も自信はない。しかしいかにも軽薄な見た目のわりに、おまえの倫理観も狼と同じで古代帝国なのか？」

「はあ？」

「〈花〉を楽しむのに持ち主の有無は関係あるまい。愛でる自由も振られる機会もすべてにおいて平等だ。おれがロルフを義兄さまと呼べる立場になったとて、子兎がおまえと遊びたいなら止めはしない。むろん、妻を退屈させる甲斐性なしになる気はないがな？」

にやりと口の端をあげられ、リヒトから表情が消えた。

不穏な展開に、えと、あの、とニナがうろたえる。いやこれマジでやべえって、つかおやじどもはなんで他人顔で席を移動してるんだよと、トフェルが逃げる中年組に焦った声をあげた。

ここ数年、西方地域杯を連覇しているキントハイト国騎士団長の存在は他地域にも知れわたっているのだろう。例の狩人か、いまの求婚だよな、いや引き抜きだろ、おれは奴に一杯、おれも、じゃあおれは金髪、などと、他国の騎士は賭け事をはじめている。配膳の国家連合職員が警備部を招集するかどうかで小声を交わし、団長ゼンメルは目頭をおさえて首を横にふった。

や、やりすぎだ、馬鹿者が、と苦々しい表情でゼンメルが腰をあげたとき、開かれた大扉からドレス姿の女性たちが顔をのぞかせた。

——え？

猛々しい騎士の集団にはふつりあいな、華美な立襟に深い胸元の衣装をまとった三人の婦人。ニナをふくめて呆気にとられた空気のなかで、食堂内を眺めまわした女性たちは白粉と紅の塗られた顔をしかめる。

羽根扇で鼻元を隠したその横から、つづいて男性がひょいと頭を出した。

「どうした立ち止まって。ご執心の〈狼〉はいないのか？」

あらわれたのは金糸で縁取りされた上着をまとった初老の男性。

絹の光沢に輝く青いブリオーに、腰帯より長い大真珠の首飾り。一見して貴人とわかる豪華な装いに加えて、頭上に戴いた冠を見た騎士たちは次々に席を立った。酒場と等しい喧騒から一転、観戦にきた王族だろうと素性を察し、姿勢を正して立礼する。

衆目に頓着せぬ態度は、ある意味で衣装よりも高貴な身分をあらわす。示された礼節に対して、ん、とぞんざいに片手をあげた冠の男性は、食堂を見わたして新緑色の目をみはった。

「そうか、おまえも騎士団員だったな。あーとなんだ……そうラントフリート。ラントフリートよ！」

指輪が重たげな指をリヒトに向ける。あれもわしの息子でな、席次は七番目か八番目の、と婦人たちに笑いかけた。周囲にならって立礼をしていたニナは、隣のリヒトと男性を交互に見やると、おどろきに息をのんだ。

――〈ラントフリート〉って。

庶子としてのリヒトの名前を口にした。わしの息子だとたしかに。頭上の冠にはよく見れば国旗と同じ百合紋章が輝いている。ならばこの男性がリーリエ国の国王オストカールで。

――王女殿下とリヒトさんの、お父上……？

ニナはまじまじと男性を見る。

綺麗になでつけられた白髪まじりの金髪に明るい葉色の目と、老いに衰えながらも往年の美麗さを想像させる容貌。村の教会で見た堂々たる王者の肖像画にくらべると年かさで、そして血のつながりを確認する必要がないほどリヒトに似ている。

オストカールは、しかし暑いな、それになにやら臭うぞ、と高い鼻をうごめかせる。三人の女性にハンカチで汗をぬぐわれ、羽根扇で風を送ってもらいながら告げた。

「ラントフリート、リーリエ国の一の騎士はどこだ？　ご婦人方はマルモア国と我が国との親善競技を観戦し、雄々しく美麗な狼に心を奪われたそうなのだ。居館で会談する外務卿に同行していたら、宿舎棟に我が国の到着を報せる旗が掲げられてな。内陸交易の新街道整備だなんだ、小難しい話にも飽きたところゆえ、ちょっと抜けだして……」

「……あんたの身勝手と無分別は知ってるけど、さすがに理解できない。会談を放りだしたあげく他国の騎士がいる宿舎棟に、前触れも常識もなく、いかにもな愛妾をぞろぞろ引き連れて登場って。ほんと、なに考えてるの？」

そっけない声がオストカールの言葉をさえぎった。

国王に対するには不敬だろう物言いと、嫌悪もあらわな表情。甘さと優しさが常のリヒトが見せた別人の態度に、ニナは啞然として口元に手をやる。

あんた呼ばわりされたオストカールは、いまのはわしに言ったのか、と女性たちに問いかける。曖昧に微笑まれると、むっと眉をよせた。

「無理を申すなラントフリート！　侍従長のいない異国の地で、満足な先触れが出せるはずがなかろう。ああ、先触れと言えば新しい連絡役は順調なようだな。先の連絡役貴族が、〈迷いの森〉が恐ろしいと辞意を申し出て、成り手が見つからずに軍務卿が困っておったが！」

「……だから、そういうことを言ってるんじゃなくてさ。ていうか他聞だらけの場所で、どうしてそんな機密に触れることを軽々しく話すわけ？　あんたは自国の軍事力としての国家騎士団の存在を、いったいなんだと思ってるんだよ」

「もちろん、国家騎士団がどういう存在かくらい知っておる。競技場で兜のあれを……赤い石を割るのだろう？　ああ、赤い石と言えば、猛禽のそれを射ぬいた〈少年騎士〉はどこにおる？　団舎（だんしゃ）とやらで伏せっていて王城での勝利報告に来なかったし、この機会に顔が見たい。そうだな、あらためて褒美（ほうび）を授けてもよいぞ？」

リヒトは父国王と同じ色合いの金髪を苛々（いらいら）とかきあげる。

ふーっと大きく息を吐くと、音をたてて木盆を手にした。満座の注目のなかでオストカールの脇を素通りすると、壁際の台に木盆を返して食堂を出ていく。

ほぼ同時、ばたばたと靴音が迫り、侍従らしいお仕着せ姿の青年たちとベアトリスがあらわれた。金の巻き毛を白百合の美貌に乱れさせたベアトリスは、客室への階段に向かったリヒトと食堂内で貴婦人にかこまれている国王を見やる。

遅かったわ、という顔で額をおさえた——

◇◇◇

「——……」

頬（ほほ）をなでる柔らかい髪の感触。

くすぐったさに目をあけたニナは、風に揺れるカーテンが月光に輝くさまをしばらく眺めると、はっと身を起こした。

——いけない、わたし。

宿舎南棟の五階にある客室。就寝の準備をすませてから観客席に持ちこむ荷物の一覧表を確認していたはずが、長椅子の上で眠ってしまっていた。

昼夜の気温差がある高原ならではの気候だろう。

開け放たれた窓から入る夜風は昼間の熱気が嘘のように涼しく、袖なしの夏用下着に寝間着ではいささか冷える。腹巻きを持参させたハンナの、大雑把なようでいて目端がとどく気配りにあらためて感謝し、ニナは足元に散らばる書類を集めた。

窓辺に向かって硝子戸を閉めようとしたところで、夜闇に沈む競技場がふと視界に入る。月光と壁灯に照らされた円形の競技場。

宿舎とほぼ等しい高さの、アーチ状の風取り窓が連なる側壁の内部は見えない。壁にそって立つ四体の巨大な女神像が、国家連合旗の四女神の紋章と同じように、上縁部でぐるりと手をつないでいる。

大樹のような腕の上に並び立つのは、今回参加する九十八カ国の国旗だ。左に視線をやれば宿舎西棟の先に、夜闇にぼうとそそり立つプルウィウス・ルクス城の居館が見える。その果てには中央火山帯の最高峰であるグナレク山が、月明かりの夜に黒々とした山容を誇っている。

耳の奥を地鳴りのごとくふるわせるのは、山から吹きおりる強い風だ。頼りなく舞う己の黒髪が、目の前の光景が夢ではなく現実だと教えてくれている。

──本当に不思議です。ツヴェルフ村から遠く眺めていたテララの丘に、いま自分が、国家騎士団員としているなんて。

ニナは静かな感慨を覚えた。

到着時間が遅れたせいで慌ただしく雑務に追われ、こうして周囲を眺めるのは実にこれが最初だ。早朝に宿場を出立してから、今日はあまりにも多くのことがあった。門塔で行列に巻きこまれたのを皮切りに、予想外に賑やかだった共同食堂とキントハイト国騎士団長イザークとの半年ぶりの再会。初めて目にしたリーリエ国王オストカールと、そして険しい顔でそっけなく告げたリヒトの姿。

──あんたの身勝手と無分別は知ってるけど、さすがに理解できない。

オストカールは結局あのあと、ベアトリスに取りなされる形で外へと連れだされた。派手やかな女性と宿舎棟を訪問した件や守秘義務に抵触するような発言は、リヒトの言うとおり適切ではないかも知れない。けれど兄王子らに〈黄色い鼠〉と虐められていたという境遇から、ニナは正直なところ国王もまた、高圧的で無情な人物かと考えていたのだが。

──あんなに朗らかな御方だとは思いませんでした。リヒトさんに対しても普通に声をかけていて、外見もすごく似ていて。リヒトさんはともかく国王陛下には、半勘当状態と聞いていたほどのわだかまりがあるようには見えませんでした。

いくら恋人でも家族のことに無遠慮に踏みこむのは気が引ける。ニナだって兄ロルフの左目の怪我(けが)や、出来そこないの案山子(かかし)だった己が原因で、両親とは少し気まずかった時期があった。ましてリヒトの場合は国王と庶子だ。平民のニナと同じ感覚で考えていいのかわからない。けれど実際に目にしたオストカールがあまりに想像とちがったせいか、気になるような複雑な気持ちが胸に残っている。

硝子戸に手をかけて唇を結んでいたニナの鼻先を、夜風になぶられたカーテンがかすめた。くしゅ、と小さなくしゃみをすると、あれ、やっぱりニナ、との声が外から聞こえてきた。

——え？　これって。

青海色(あおうみ)の目が丸くなる。窓から頭をのぞかせると右側のバルコニーで、いままさに考えていた恋人が、手すりにもたれて頬杖をついていた。

リヒトはきょとんとした顔をする。

「……びっくり。本物のニナだ。さっきから近くにいる気配がしたんだけど、団舎なら就寝の鐘がとっくに鳴ってる時間だし、ついに五感までこじらせたかと我ながら呆(あき)れて納得してた」

もしかしてずっと起きてたの、とたずねながら、バルコニーの左端まで移動してくる。

「い、いえ。明日は競技会の規則説明や理事館への挨拶(あいさつ)があるので、いまのうちに明後日の第一競技の荷物確認をと。でも気がついたらうたた寝をしていて、起きたら競技場が目に入って、なんとなく眺めていたんです」

ニナは外套をまといながら外に出る。リヒトに応じるように、バルコニーの右の端に歩みよった。

公認競技場の宿舎は基本的に、上階にあがるほど貴人向けの部屋となっている。今回のニナは副団長補佐としての利便性から、最上階のヴェルナーの隣室を与えられた。競技開始時間によっては理事館に滞在するベアトリスが宿泊する場合もあるので、リヒトは反対の隣室となる二人部屋を使用することになっている。

「ニナはいつも仕事を探して動いてるけど、今日は三日ぶんくらい働いてたしね。本当にお疲れさま。でもまさかの偶然はすごく嬉しい。おれもいちど寝台に入ったんだけど、寝つけなくて外を眺めてたから？」

柔らかく苦笑したリヒトはいつからそこにいたのだろう。

猫を思わせる不揃いな金髪や、長身にまとった外套はしっとりと夜気を帯びている。月光が冴え冴えと照らす端整な容貌は、冷え切っているように青白く輝いていた。

国王との会話の途中で立ち去ったリヒトはしばらく姿を見せなかったが、談話室での夜の集まりにはあらわれた。とくに変わった様子もなく団長ゼンメルから競技日程や各自の仕事分担、第一競技の検品についての説明などを受け、そのまま客室に別れていまにいたる。

会えたのは嬉しいけれど食堂でのことが頭をよぎり、なにを話していいかわからない。顎の位置にある手すりに両手の指先をかけたニナは、なんとなくたずねた。

「リヒトさんも……その、競技場を見ていたのですか?」

「おれはどっちかっていうとリーリエ国の旗かな。月の光に染められると、濃紺がニナの瞳みたいな海の色になるんだよね。深くて澄んだ青。それが夜風にはためくと、シレジア国の岬から見た波立つ海みたいでさ」

ほらあそこの、と、リヒトはマーテル像の右腕のあたりを指さした。

「あのころはリーリエ国なんて遠い異国で、自分の素性も知らないで母親と海を眺めてて。それがまさか十何年後かに、その国の国家騎士団員として火の島杯に出るとは思わなかったなーとか。〈騎士〉にはなりたかったけど、別に高尚な志があったわけじゃなくて、貧民街の子供だったらわりと普通に考えることだし」

「普通に考える……んですか?」

「うん。だって孤児とか捨て子とか、国や親を失った子供は、自分で自分を守らなきゃいけないからね。騎士になればお金と食べ物が手に入って、理不尽なことや悔しい目に遭わなくてすむし、それに仲間のことも守れるから。まあほんと単純な、裏路地に生きる貧しい子供たちの発想だけどさ」

当時を想起するように目を細める。リヒトは夜風にたなびく国旗を眺めると、少し考えてから告げた。

「……昼間さ、いろいろとごめんね」

「え？」

「食堂でのこと。あの獅子肉……じゃなくて破石王。場所的に大人の対応をするつもりだったんだけど、妙に絡んでくるし。あげくの果てに口に出すのも剣帯(けんおび)に手がのびる〈冗談〉まで言ってさ。理性が飛んだところに国王が登場で、脳天気で無分別な行動は知ってたけど、まさか愛妾と宿舎棟に来るなんて考えてなくて。あんな苛々(いらいら)した態度を見せちゃって、ニナも嫌な思いをしただろうなって」

「嫌な思いだなんて、そんな」

　おどろきはしたけれど、批判めいた気持ちを抱いたわけではない。あわてて否定すると、リヒトは夜空をあおいで溜息をついた。

「領地の件で反省してから、不思議といろんな物事に意識が向くようになって。ニナのことも多少は手を離せるようになって、ちょっと順調かなって。……だけどやっぱりおれは〈おれ〉で、どうにも抑えられない感情も記憶もあるし。〈面倒見が良くて親切で素敵な人〉までの道のりは、あの月にのぼるくらい遠いのかなって、あらためて実感？」

「そ、そんなことないです。リヒトさん、たしかに少し雰囲気(ふんいき)が変わって、いままでもいい感じですけど、さらにというか、な、なんというか」

「ニナはほんとおれに点数が甘いよね。できればその魔法が、おばあさんになるまで解けないといいけど。でも残念だけど、基本の部分は面倒で重い恋人のままだよ？　ニナ関連で空想することだってロルフに馬以下認定されたとおり、団舎の公序良俗に違反する内容が……わりと頻繁(ひんぱん)でいつもだし。まあでも最近よく考えてるのは、二人の新居の案なんだけどね」

「新居の案……って」

そういえばまえに、婚礼衣装と新居も決めていないのに云々(うんぬん)と話していた気もするけれど。ニナが首をかしげると、リヒトは、忘れちゃったの、と少し唇を尖らせる。

「ニナとはゆっくりっていうか、段取りを大事にしたいって言ったじゃん。そりゃあ時々は暴走することもあるけど、なるべく大切にしたいの。あくまで退団後の構想なんだけど、まず一つ目はね、〈難攻不落の城塞〉」

「……え？　あ、あの、新居の話ですよね？」

「もちろん。頑丈な城壁を地下世界の門番なみに凶悪な騎士が警備してて、〈狼〉が暴れても侵入できないの。ニナが住む居館の周囲には畑も水車小屋も教会も、生活に必要な施設はぜんぶ完璧(かんぺき)に用意する。食料や衣類の商人には定期的に来てもらって、退屈防止に芸人を呼んだり……あ、もちろん競技場もつくるよ。おれ以外の男は入れたくないから、訓練相手はマルモア国の女騎士がいいかな」

「なんかそれだと、わたし、一生そこから出ないで暮らせそうです……けど」

「うん。だってその城塞は、ニナを閉じこめる場所だから」

不穏な犯罪予告を堂々と告げられ、ニナは啞然と口をあける。まじまじと恋人を見ると、リヒトはいまさらだよね、と、少しばつが悪そうに言った。

「別に隠してないし、ほかの団員はみんな知ってて生温い目で見てるけど。おれ、大事な人と離れるのが不安なの。理屈や常識では平気ってわかってても無理で、視界から消えると二度と会えない気がして怖くなるんだよ。仲間と不本意な形で別れたり、なにより母親の最期が原因かなって考えてるんだけど」

「お母さまの最期……？」

「あれ、話さなかったっけ。おれの母親、働き過ぎて胸に病を抱えて、朝起きたら亡くなってたって」

ニナの黒髪を、グナレク山からの夜風が大きくさらった。

青海色の目が動揺にゆれる。リーリエ国の女官だったリヒトの母親が国王の寵愛を受けて、嫉視した故王妃に辛くあたられ国を出たとの話や、頼るもののいない異国でリヒトを産み育て、身体を壊して亡くなったとの話は聞いてた——聞いていたが。

言葉を失ったニナの姿に、リヒトはあーという顔をする。待って、失敗、と頭をかいた。

眉尻をさげて笑いかける。

「ごめんね急に。国旗を見て、シレジア国のことを思いだしてたせいかな。昔の話は重くなりやすいから避けてるんだけど、なんかおれ、ニナには無意識に話しちゃうみたいで。だからそんな、気にしないでっていうのも変だけど気にしないで？」

「で、でも……あの……」

「本当に大丈夫。〈リヒト〉を残してもらったし、おれのなかには生きてるから。まあそんな感じで、わりと心に残る別れ方だったから、ニナのことも好きになるほど手放すのが怖くなってさ。そういう理由からの安全な場所に閉じこめたい、なんだけど。でも駄目なのは理解してて、矛盾(むじゅん)してるけど自由なニナを見るのも好きなんだよ。だからもう一つの案はね、〈小さな家〉」

「小さな家？」

「そう。贅沢(ぜいたく)でも貧乏でもない、家族がささやかに住めるくらいの家。街は軽食の屋台が豊富な、海が見えるところなら嬉しい。おれの仕事は食べていける程度で、剣技がいかせる警吏(けいり)が現実的かな。ニナは迷子と人さらいと病気に注意してくれれば、それでじゅうぶん。そうしてずっといっしょに、平和でなにもない一生を送るの、きっとすごく幸せだろうなって」

目を細めて告げると、新居の提案にしては地味かもだけど、と苦笑いを浮かべた。

リヒトが最近よく見せる表情。視線に気づいてふり向いたときの、決まりが悪そうな、でもしみじみと満たされた顔。

——すごく幸せって。

手すりをつかんでいたニナの指に力が入る。

語られたその未来は、普通であればあえて望むようなものではない。騎士を目指すという特殊な状況こそあれ、ニナ自身がなんの疑問もなくツヴェルフ村で過ごしていた、多くの人々が日常として享受している生活だ。

それを願うリヒトは——彼の過去は、当然の暮らしとは無縁だったのだろうか。だから得られなかったものを欲して、掌からこぼれたものを拾い、喪失の穴を埋めようとして。身分を考えれば立派な城さえ手に入るだろう恋人が夢見る将来の、切ないまでの温かさ。

ニナは少し潤んでいた目をしばたいた。

柔らかい微笑みを浮かべると、胸をいっぱいにした気持ちに導かれて声を強めた。

「あの、すごく素敵です」

「素敵？」

「はい。リヒトさんの考える〈小さな家〉、とても素敵だと思います。城塞に閉じこめ……いえ、安全で不自由のない生活もいいですけど。海に近い街の小さな家で、特別でもなんでもない穏やかな生活。いつかできたらなって、わたしもそう思います」

「ニナ……」

リヒトはほっと表情を和らげた。よかった、さすがに引かれちゃったかと、と頬を指でかいたとき、ひときわ大きい夜風が吹く。

遮るものとてないバルコニーで身体をちぢめたふたりは、布がはためく音に視線をやった。競技場の上縁を飾る国旗が、疾駆する騎士の軍衣のように激しくひるがえっている。なんとなく眺めてから顔を戻したまなざしが、約束されたようにかさなった。

リヒトはじっとニナを見た。

新緑の奥底に熱を感じさせる瞳に、ニナの胸がざわめく。手すりをつかむ細い指が無意識に動いた。夜に冷やされた固い石の感触。これがリヒトの腕だったらと漠然と思い、奇妙なもどかしさに唇を結んでいた。

恋人たちの髪を渦巻く風が舞わせる。

肌寒さに肩をふるわせたニナに気づき、リヒトは月が中天に近いことを確認すると、困ったふうに首をかしげた。

「……駄目だなおれ。明日からの予定やニナの体調を考えたら、いますぐお休みの挨拶をしなきゃいけないのに。なんかちょっと……離れがたくて?」

「いえ、あの。わたしもまだ、ここで」

ニナが思いのままに答えると、リヒトは軽く目を見はる。ややあって、口の端を意味深にあげた。

「そんな可愛いこと言ってると、王子さまが就寝時間になっちゃうよ？　ニナはきっと無理って思ってるだろうけど、いまだって普通に射程内だからね。……どうしよっかな。つけこむのは気が引けるけどいまさらだしおれの特権だし。しばらくは恋人より団員の時間が長くなるし、まとめ払いでがっつり補給させてもらおうかな」

「がっつり補給？」

「ああ、欲望駄々もれなこっちの話。……ほら、開会式のあとは第一競技で、次の日からも観戦とか訓練とか別行動が増えるじゃない？　二人でゆっくりなんて当分ないかもなのに、バルコニーのあっちとこっちなんて残念だなって。新手の拷問っていうか、おれ今夜、ロルフに微塵切りにされても文句いえない夢とか見ちゃいそう？」

　手すりからおーいと腕を突きだしたリヒトに、ニナも背のびして手をのばす。けれどバルコニーの間隔は数歩ほど。互いの指はなにもつかめない。

　廊下からリヒトの客室に直接まわりこもうかと一瞬だけ思ったニナだが、団舎では夜の鐘を合図に男女の宿舎塔の行き来は禁じられている。団員である以上は旅先でも規則を守るべきだし、礼節を重んじる兄に知られたら、それこそ微塵切りにされるに近い白眼視を受けそうな気もする。

　虚しく戻した手を強くにぎると、ニナは眉尻をさげた。

「そうですね。わたしも、リヒトさんと会えて嬉しかったんですけど、見えてるのに近づけないのは、残念……です」

「本当？　ニナもそう思ってくれる？　おれは我欲の塊でニナは遠慮してばかりで、ほとんど合わせてくれてるでしょ。……ときどき心配になるんだよね。おれに触られるの、本音では嫌だけど、我慢したり無理してるんじゃないかな……って」

しょんぼりと肩を落としてたずねられ、ニナは急いで首を横にふった。

「嫌とか我慢だなんてそんな。あの、な、慣れてないというか、まえにも言いましたが、恥ずかしいだけ、で」

「……ちっともぜんぜん少しも微塵も嫌じゃない？」

「あ、は、はい」

「よかった。じゃあ遠慮なく存分に」

リヒトは嬉しそうに笑った。

え、と戸惑うニナにくるりと背を向ける。バルコニーの反対側まで歩き、リヒトは石造りの手すりによじのぼった。おどろきに目を丸くしたニナが制止するより早く、長靴がおさまるくらいの細い手すりの上に立つ。とくに気負いもなく走りだすと、突端の部分で身を屈め、リヒトはいきおいよく跳躍した。

「！」

星空に舞った外套が翼のように風をはらむ。

両手で口元をおさえたニナの頭上を、リヒトは金髪を月光に煌めかせて飛びこえた。

金属製の長靴がカツン、と、バルコニーを鳴らす。片膝をついた姿勢で短い息を吐くと、リヒトは肩越しに振りかえった。

「射程内だって言ったでしょ？」

悪戯っぽく笑いかけられ、恐怖に首をすくめていたニナの足からへなへなと力が抜ける。

あわてて駆けよったリヒトの長い腕が、崩れ落ちた小さな身体をさらった。一瞬で愛おしい体温が互いを包む。うん、おあずけのぶん最高、と目を細めると、リヒトは夜気に冷えた黒髪にいくつもキスを落とす。すがりつくようにリヒトの外套をつかんでいるニナは、青ざめた顔で顎をわななかせた。

「な、なんで、リヒトさん、飛ぶ、お、おち、ここ、ご、五階で……！」

「落ちないよ？　おれ、つぶしがきくのが売りだからね。大工の手伝いも煙突掃除もしたことあるから、高いところも平気だし野良猫くらい身軽だよ。今日は迷惑かけたし、大人の余裕のある恋人として爽やかに手をふる予定だったけど、思う存分好き勝手に〈おさわり〉し放題の許可がでたら、ねえ？」

「好き放題って、ち、ちがいます。わたしはそんなつもりじゃ……！」

「知ってる。届かないって思いこんでたから安心して寂しがって、美味しい言質をとらせてくれたんでしょ。ニナの可愛い迂闊さは、基本的におれを助けてくれるんだけど、さす

がにちょっとは自覚した方がいいかも。……いくら軽口でも〈飽きたら声かけろ〉って、
かけられて困る相手にはきっと言わないからね」
「え？」
「冗談に本音を混ぜて探るのは、おれだけじゃないかもなーって心配性？　いまいちつか
めないんだけど、ニナの弓術に興味を持ってるのはたしかだし……って、つまんない要注
意人物の話はおしまい。それよりほら、残念だったんでしょ。〈おさわり〉しなくていい
の？　〈優しい頭突き〉でも〈情熱的な頭突き〉でも、まえみたいに喜んで倍返しする
よ？」
ニナは一気に真っ赤になる。
口づけのつもりがなぜか頭突きになってしまった、南方地域の交易船での恥ずかしすぎ
る出来事。ニナにとっては失敗したこともその後の弁明も、すべて海の底に沈めてしまい
たい羞恥の記憶だが、リヒトはことあるごとにとろける笑顔で口にする。
青海色の目を潤ませたニナは、情けない顔でリヒトを見あげた。
「も、もうその表現はやめてください。お願いですから、ぜんぶ忘れてください」
「えーやだ。だってこの世でいちばん最強な頭突きだよ。おれあと一万回は思いだして幸
福に浸る予定だし。そもそもあんな悶絶級のニナが忘れられるわけないじゃん。頭を抱え
て丸くなってる姿とか、しまったって動揺してばればれの嘘な言いわけを」

「ですから、や、やめてくださいって。恋人だって嫌なことはあるって、ま、まえに話して」

「そんな涙目で訴えなくても。もうかっわいいなあ。ほんと、なんでこんな存在がいるんだろ。頼りない上目づかいも必死に言葉をつむぐ唇も最高。ねえ一回だけ。一回だけでいいから、ニナからおれに〈頭突き〉してよ。いいでしょ?」

「そ、そんなこと無理です。本当にもう……っ⁉」

「ん？　なになにそんな丸皿みたいな目をしてそれも可愛いけど。……ていうか急に寒くなったよね。冷気っていうか殺気？　背後で靴音みたいな幻聴も聞こえたし、おれも疲れてるのかな。これはやっぱりニナの〈甘い頭突き〉をもらって、そのままいっしょに寝台に入って夢の世界に朝まで……じゃなくてね惜しいけど。本能は勝手に段取りを計算してるけど、黙りなさい眠りなさい理性よがんばれ――」

「頭突きならおれがしてやる。夢の世界なら一人で逝くといい」

覚えのある低い声がひびいた。

バルコニーにただようのは憤怒の気配。ひ、と悲鳴をあげて振りかえったリヒトの頭を、鉄槌のごとき衝撃が襲う。

重い殴打音が飛んだ。己を拘束していた腕から解放されたニナの身体は、ほぼ同時にふたたび腕のなかへ。ただしこんどは感触がちがう。頬に触れるのは先ほどより広い胸と、自分と同じ匂いの黒髪。

「兄さま……？」

呆気にとられるニナを懐に深く抱え、ロルフは剣帯の大剣を抜きはらった。膝をついて頭突きされた額をおさえて苦悶しているリヒトに、剣先をぴたりと向ける。

「痴れ者が。申し開きは不要だ。制止を求める妹に破廉恥行為を無理強いするなど言語道断。火の島杯の出場騎士が一人欠けること、ゼンメル団長にはおれから謝罪をしておく」

ぞっとするほど静かな声音は、不吉な未来を露骨に宣告している。

リヒトはやがてよろよろと立ちあがった。

なにいまの、お花畑どころか地下世界が見えたし、と涙目でこぼす。バルコニーに難攻不落の城塞のごとく立つ兄と、そのなかにしっかりと守られる妹をきょとんと眺めた。周囲をうかがい頭上を見あげて、呆れたような顔で言った。

「もしかして屋上から来たの？　いや、隣のバルコニーから飛んだおれが言うことじゃないけど、あんたもニナに対しては隻眼の狼ってより、隻眼の番犬だよね。……でもちゃんと普通の頭突きでよかった。ちがう〈頭突き〉だったらおれ、バルコニーから飛びおりてたと思うし泣き叫びながらね？」

「申し開きはいらないと言ったはずだ。号泣して自発的に身を投げたとて、不埒な行為の強要が許されるはずもない。屋上にて瞑想をしていたところ奇妙な気配を感じた。警備部が窃盗団を警戒している話は聞いている。宿舎の屋上をすべて見まわり、戻ってきたらまさに眼下で犯罪行為がおこなわれていた」

「って、屋上は各国ごとに胸壁で区分けされてるんじゃないの。いくら異状を感じたからって、堂々と入りこんだあんたの方がよっぽど犯罪――」

ひゅっという風音が夜気を切り裂く。

「！」

ロルフがニナを抱きこんで身を伏せ、兄妹を背中にかばう形でリヒトが両手を広げた。ほぼ同時、がちゃん、と耳障りな高音が弾け、散った窓硝子の破片が月光に煌めく。

「――……？」

リヒトは新緑色の目を油断なく動かした。

灯の落ちた宿舎棟から中庭に正面の円形競技場。風音だけが満たす夜に、不審な姿はどこにもない。

足元を見おろせば、灰色の石材でつくられたバルコニーには割れた窓硝子が散乱している。銀砂を散りばめた輝きのなかには、命石ほどの石塊が転がっていた。

「……なんだってこんなのが」

身体を折って拾いあげると、リヒトは闇に沈む世界を見わたした。ひときわ強く吹いた山風に、硝子片が砂粒のように流れた。

2

朝の空気に飛ぶのは激しい金属音。

大剣が凧型盾(たこがたたて)を、甲冑(かっちゅう)を、あるいは刀身を弾く。高所の観客席から距離こそあれ、耳に馴染(なじ)んだそれらの音は、動きを追うのがやっとの攻防を如実(にょじつ)に伝えてきてくれる。

――すごいです。こんなの、本当に。

遠望鏡(えんぼうきょう)を持つニナの手に、暑さのせいだけではない汗がにじんだ。青海(あおうみ)色の目をいっぱいに見ひらいて、一生にいちど拝めるかどうかだろう、四人の破石王(はせきおう)の戦いをつぶさに眺める。

火の島杯の開幕となる七月の末日。

すり鉢(ばち)状の観客席にかこまれた大競技場では開会式もすでに終盤、四地域の破石王による展覧競技の段階だ。出場するのは北方地域のバルトラム国と西方地域のキントハイト国、南方地域のエトラ国に東方地域のナリャス国の各騎士団長。選びぬかれた四名が互いの命石(めいせき)を取りあい、残った一名が勝者となる決まりだが、そこは各地域杯でもっとも命石を奪ってきた騎士たちだ。

示し合わせて誰かを狙う汚い真似も、本番にそなえて手の内を出しつくす軽挙も決してしない。卓絶した妙技を披露する〈見世物〉との意味をじゅうぶんにわきまえ、祖国と自身の名誉のために、女神を描いた肩布を颯爽とひるがえして大地を駆ける。

長靴が土煙を生み、不規則な風が渦巻いた。

視界をよぎる黒いものをよけて遠望鏡を動かしたニナの目に、キントハイト国騎士団長イザークが飛びこんできた。

対峙する相手は白地に金の竜を描いた軍衣のバルトラム国騎士団長。

短い首と盛りあがった両肩。まるで大きな石像のような騎士に向きあうイザークは、〈黒い狩人〉の勇名に恥じぬ圧巻の身ごなしを披露する。ふっと一瞬で姿が消え、遠望鏡であわてて探せば上空で大剣をしならせている。嵐のごとく斬り結んだかと思うと、漆黒の軍衣を残像となびかせ、地を這う姿勢から土煙を切り裂く剣風をうならせて牙をむく。

食堂で笑っていた姿とは存在感がまるでちがう。胸に躍動する獅子とまごう苛烈な獣に対し、バルトラム国騎士団長は押しこまれながらも動じる素振りはない。展覧競技としての体裁を歯車のごとく守りつつ、無機質なまでに淡々とした防御を見せている。

ニナの視界にもう一組の騎士たちが入ってきた。明るい格子柄の軍衣はエトラ国騎士団長、可憐な雛菊が咲いている軍衣はナリャス国騎士団長。

手にした得物はそれぞれ曲刀と長槍。南方地域で多く使用される曲刀については港町の地方競技会で対戦経験があるが、長槍を使う騎士を目にするのは初めてだ。

――射程が長いという意味ではわたしの短弓と同じです。こんな接近戦で、懐に入られたらどう対処するのでしょう。

ニナの遠望鏡の前を、触角に似た黒いものがふたたび横切った。

身体を斜めにしてよけると、眼下の勝負に注意を向ける。すると曲刀をひっさげたエトラ国騎士団長が、遠くから突きだされたナリャス国騎士団長の長槍を反転して弾き、そのいきおいのまま懐に飛びこんだ。

このまま破石までいくかと思ったニナだが、長槍の弱点ともいえる近距離に肉薄した相手に対して、ナリャス国騎士団長は柄を後方に突きだす形で穂先の近くをにぎった。攻撃を予測していなかったエトラ国騎士団長の命石を狙いにかかる。凧型盾で防がれるやいなや、こんどは柄のなかほどをつかみ直すと、棍棒のごとく振るって強打をくわえた。

――長槍がまるで手足の一部です。こんな使い方があるなんて。

やがて失石の角笛を待たずに終了の銅鑼が鳴った。

歓声が競技場を満たすなか、木杭の外にでた四人の破石王は観覧台の前に整列する。臨席した百名をこえる各国の王族、ならびに屋上庭園にそそり立つ最後の皇帝の銅像に堂々たる立礼をささげた。

誠心と美技があますところなく披露された展覧競技に、万雷の拍手が弾けた。武器を高々と掲げてこたえる破石王のなかで、イザークはただ一人、北西の空を見あげてふたたび右拳を左肩にあてた。

――もしかして、故国の国王陛下への敬意でしょうか。

キントハイト国の王族は、今回の火の島杯に参列していないと聞いている。鍛え抜かれた長身で背筋をのばし、マーテルを描いた肩布の端さえ微動だにさせぬ立礼は、雄々しい獅子が前脚を折るような敬虔な美しさがあった。見惚れたニナは遠望鏡をかまえたまま、先ほどから視界でうごめく虫のような黒いものを、無意識に払いのける。

次の瞬間、ぎゃ、なんだこの奇怪な生物は、との叫び声が飛んだ。

「!?」

ニナはおどろきに肩を跳ねさせる。

なにごとかと右隣の観客席を見ると、椅子から腰を浮かせた騎士が、頭にのった黒い甲虫を青ざめた顔で払っている

天馬を描いた紫色の軍衣の彼らは、同じ西方地域に属するクロッツ国のものたちだ。大競技場をかこむ観覧席には綱が張られ、参加各国それぞれの観戦場所として割りあてられている。

テララの丘の地下遺構には暗闇を好む洞穴生物が生息するそうだが、陽光も眩しい観客

席にまで出没するとは思わなかった。外庭にある遺構への階段扉は国家連合の管轄として施錠されているけれど、わずかな隙間から這いでてくるのだろうか。

身をすくませて座席のまわりを確認したニナは、トフェルが丸皿のような目と口を唖然と開いていることに気づいた。遠望鏡の前にぶらさげていた〈道具〉をすげなく払われた悪戯妖精は、いや、と首を横にふった。

「……無視する図太さにも呆れたが、復讐に使うとは想定外すぎたわ。鏡台の引き出しで死体の真似する奴は、さすがに発想がちがうよな」

「死体の真似？　あ、あの、なんのことですか？」

「そうだよな。考えたらおまえ、クロッツ国の奴らには西方地域杯の硬化銀製武器の件で女子供扱いされてたしな。マジですげえよ、今日は一匹で小手調べのつもりだったが、甘かったわ。八年ぶりの大舞台に恥じぬよう、おれちょっと作戦を練りなおすわ」

「え？　トフェルさん、第一競技の作戦に、なにか変更があるのですか？」

ニナがたずねると、大丈夫だ、おまえは期待して待ってろ、と肩をたたかれる。

クロッツ国の団員たちは探るような目をむけてくる。まさかリーリエ国が、例の女子供か、我らの戦意を悪戯でくじこうと――ひそひそと小声を交わされ、ニナはともかく頭をさげた。国旗が手すりにかけられた最前列の席で、トフェルの陰に隠れるように身をちぢめた。

階段状に椅子が並べられている観戦場所のなかほどでは、中年組が左隣の他国騎士団と、郷里の酒事情について話しこんでいる。陣所に持ちこむ荷物が置いてある最上段では、オドが通路にうずくまる少年に水の革袋を差しだしている。見習い騎士が大舞台への緊張から貧血でも起こしたのだろうか。巨体を丸めて案じているオドの近くでは審判部の案内係が、自国の席がわからない騎士に地図板を指さして説明をしている。

眼下の大競技場では各国の騎士団が整列しはじめていた。

今回の参加騎士数は五千名ほど。場所的な制約から西方地域杯のように全員が並ぶことはできず、それぞれが団長と副団長、二、三名の旗持ちが列をなしている。リーリエ国は団長ゼンメルと副団長ヴェルナー、一の騎士であるロルフが白百合紋章の国旗を手にする。観覧台の国王への配慮(はいりょ)とリーリエ国を代表するという意味もかねて、王女ベアトリスと庶子(しょし)リヒトが加わっている。

——開会式も、あとは国家連合議長の挨拶(あいさつ)だけでしょうか。

現在の議長は東方地域出身で、任期の八年を過不足なく勤めあげたと耳にしている。どんな人物かと観覧台の前にすえられた平壇に視線をやると、周囲の騎士たちが立ちあがった。

「！」

地鳴りのような長靴の音で観客席が大きく揺れる。

ひゃ、と呆気なく椅子から落ちかけたニナの首根っこを、トフェルがつかんだ。小さいのは図太いのか弱えのかどっちだよ、と眉をひそめられ、す、すみません、とよくわからないまま謝ったニナは、周りにならって立礼をする。

静寂が落ちた競技場に、鐘の音が高らかに鳴りひびく。

弦や笛や太鼓など、古代帝国時代の古い楽器が幻想的な祝歌を奏ではじめた。観覧台の下方から数十羽の鳩が飛び立ち、雲一つない青空に白い軌跡を描いて消える。

平壇に若草色の軍衣の五名があがった。遠目ながら、人数からすると議長と副議長だろうか。式典用ケープと金糸で装飾された垂れ布をまとい、頭には黒葡萄の蔓で編んだ冠をのせている。その手には破石された命石の破片でつくられた賜杯や、過去の優勝国が記録された旗、副賞の目録を恭しく抱えている。

議長らしき中央の一名が進みでると、通路の案内係がラッパ型の拡声器を手にした。眼下の平壇で述べられる祝辞を観客席にも届けるため、進行にあわせて羊皮紙に記された文章を読みあげはじめる。

列席した王族や国家騎士団の健勝を祝う言葉を皮切りに、火の島の平和を創造した最後の皇帝の功績を称え、戦闘競技会制度の意味や国家連合の存在意義をうたう。美辞麗句を連ねた文言を聞きながら、ニナはあらためて周囲を見まわした。

——なんでしょう……なんていうか。

公認競技場としては最大規模だろう観客席を満たすのは、各国の軍事力そのものの屈強な騎士たち。側壁の上縁を飾るマーテル、モルス、シルワ、ビエンティアの四女神(デア・ファトス)の巨像は、美しく荘厳な微笑(ほほえ)みを浮かべている。眼下には団長格のものが整列して頭(こうべ)をたれ、屋上庭園に最後の皇帝の像を戴(いただ)いた観覧台には各国の王族や名代貴族が、式典用礼服で高雅な花をそえている。

力と身分と権威。文字どおり火の島を統(す)べるものが集(つど)う競技場で、すべての視線を一身に受ける国家連合議長は――

「……議長自身が、それこそ〈皇帝〉みてえだな」

傍(かたわ)らのトフェルがふーんと告げる。

同じ感想を抱いていたニナはどきりと胸を鳴らした。

そんなふうに考えて不敬(ふけい)ではないのかと思いつつ、少し迷って問いかける。

「あの、国家連合の議長というお役目は、なんというかその、そんなにえらい存在……なのですか？」

「まあ普通に考えりゃ、この世でいちばん〈えらい〉んじゃね？　いまの火の島が戦闘競技会制度のうえにあって、それを運営する国家連合の頂点なら、つまりはおれらをしたがえてる存在って意味だからさ。っても制裁とか裁定競技会の可否とか、多数決で物事を決めるなら、古代帝国の皇帝みたいな専制君主じゃあねえだろうけどよ」

国家連合は総本部と呼ばれる意思決定機関と、下部組織として業務をおこなう複数の専門部からなる。

総本部を構成するのは各国一名の理事と四地域を代表する副議長、立候補した理事から投票で選ばれる議長だ。理事は当該国(とうがいこく)の王族や貴族がなることが一般的で、副議長の選定は持ちまわりなど、各地域の裁量に任されている。総本部のものは定例会議や、臨時の決議に出席する義務を負う。

専門部とは審判部や警備部など仕事の内容で分けられた各部署のことで、理事は必ずそれに所属し、配下の国家連合職員とともに役目を果たす。議長の任期は四年で、つづけられるのは二期の八年まで。交代するときは専門部の所属理事もあわせて改選となる。

各国の意見をとりまとめて、最後の皇帝より託された平和を実現するのが容易な仕事であるはずがない。八千万ともいわれる人々が暮らす火の島の将来をさだめる立場は、高潔な覚悟が必要な重責だろうし、そんな背景からの皇帝とまごう威風だろうか。

そう感じたニナの鼻を、トフェルが呆れた顔で、ていや、と指で弾いた。

「裏だらけの金髪の野良猫を良い人だって信じてる、性善説なおまえの頭のなかの想像はつくが、奉仕するだけの慈善(じぜん)事業に手をあげる奴なんかいねーよ。〈旨味(うまみ)〉があるから議長に立候補する理事がいて、出身国の経済上の便宜とか、おいしい専門部への配属を確約とか、水面下での票固めがおこなわれてるんだろうが」

「旨味って……あの、議長になると利益が得られる、という意味ですか？」

「たとえば硬化銀の産出量が少なくて相場が高騰しそうなら、武具関係の商人に情報を流して謝礼がもらえる。国家連合の運営に使う備品や資材だって、自国の業者に高値で発注することも可能だ。まあそれでもいちばんの実入りは、領土が手に入る制裁だろうけどな」

「制裁で領土が手に入る……」

「だって戦争が禁止されてるんじゃ、どんだけ国政に励んでも発展の基盤になる国土を増やせねーじゃん。だけど合法的な戦争――制裁的軍事行動で国が滅べば、その土地は他国の領土になる。制裁時の国家連合軍の本隊には、議長の国の騎士団が入る慣習だし、勲功が得られそうな戦線を優先的に引き受けるとか余裕だしな。軍事侵攻の疑いでバルトラム国王が自死した一件だって、そのへんの事情からだろ」

　軍事侵攻、自死、とニナはくり返す。

　聞き覚えのある顛末に、千谷山でガウェインを追跡していたとき、キントハイト国の副団長ユミルが語った事件を思いだした。戦争の定義が曖昧ゆえに悲劇的な死を遂げた大国の王と、それを契機として制定された行軍許可状の話。

　たずねると、トフェルは、そうそう、その大国がバルトラム国だよ、とうなずいた。

「バルトラム国は北方地域の半分を支配する超大国で、鉱山資源が潤沢で琥珀と鉄鉱石の産出量は火の島一だ。痩せた土地でも育つように改良した大麦は、他国に分け与えるほど余裕がある。近隣の小国から見れば、軍事侵攻の濡れ衣を着せて制裁で滅ぼして、領地を奪いとろうとしても無理はねえってさ。疑惑は晴れたけど国王を不合理に失って、だからこそ国家連合に恨みを持ってるとか、硬化銀の隠し鉱脈の噂があるんだろ」

「硬化銀の隠し鉱脈……」

「あれ。おまえ〈連中〉のことで騒動に巻きこまれたのに、聞いてねえの？」

ニナは頼りなく首を横にふる。〈連中〉も密造剣の現物も見たことはあるが、隠し鉱脈については初めて知った。

「まあ武具関係の商人のあいだじゃ昔からの噂で、現在でも〈噂〉のままだけどな。それにいまのバルトラム国王は、〈賢王〉って呼ばれるほどの人格者らしいしよ。先王の自死に恨み言をもらすでもなく、最後の皇帝の傍系を伝える王家として堅実に国を守り、制裁で親を亡くした孤児を育てる慈善活動までしてるってさ。必要最低限しか国家連合に関わらないって意味で距離はおいてるが、本当のところはわかんねえな」

トフェルは大欠伸をもらして腰をおろす。なんとなく考えこんでいたニナの軍衣を引っぱって椅子に座らせた。

いつのまにか議長の挨拶は終わり、開会式の終了が告げられていた。審判部の動きが慌ただしくなる。平壇が片づけられ、整列していた騎士団が移動をはじめる。

開会式のあとは第一競技の一組目だ。参加国数の都合で、第一競技に出場するのは九十八カ国のうちの六十八カ国。期日は五日間。勝利した国が第二競技に進めるが、リーリエ国は本日の最終組で、南方地域の国との対戦が予定されている。

山吹色の軍衣を着た集団が、南側の陣所まえに国旗を掲げるのが見えた。

――いよいよ、はじまります。

華やかな山吹色に国章の糸車を描いたサーコートは、マルモア国騎士団だ。副団長就任の親善競技や南方地域の遠征で隊を組むなど、近隣の友好国として深い親交がある。

宿舎の棟がちがうのかいまだ会えず、競技日程を見てから開会式後の第一競技を心待ちにしていた。ニナが遠望鏡を動かして確認すると、髪色を呼称としていた赤毛をはじめ、黒髪、焦茶、銀髪の女騎士が見てとれる。

組み合わせ表で同じ左側になった国については、団長ゼンメルより説明を受けた。マルモア国の相手は東方地域の山岳国。ここ二、三年で急に力をつけて、昨年の東方地域杯では上位四カ国に入ったとのことだった。

審判部が大競技場の中央に立ち、陣所から出てきた両騎士団が整列した。

火の島杯は最後の皇帝にささげる戦闘競技会とされ、観戦できるのは各国の王族や国家騎士団のみ。対戦の場は皇帝の銅像が屋上庭園から見おろせる、この大競技場しか存在しない。百をこえる競技数をこなすため、第二競技までは砂時計三反転の休憩なしという、短時間での勝負だ。

小さな手で遠望鏡をにぎるニナの耳に、八年ぶりとなる火の島杯のはじまりを告げる銅鑼の音が、重々しく響きわたった。

「――!」

マルモア国騎士団が颯爽と走りだす。

中央火山帯にあるテララの丘は、火山灰が積もった砂礫まじりの大地だ。西方地域でいちばん東にあるマルモア国も大半が火山灰土壌だが、噴火口からの距離のちがいで性質が異なる。テララの丘の火山灰土は乾くと土煙が立ちやすく、競技場には緩和のための打ち水がまかれている。

地の利という意味では平等だが、女騎士が多いマルモア国は腕力で劣る部分を、山猫の俊敏性と素早い連携でおぎなう戦術を得意とする。序盤でたたみかけて一気に主導権をにぎろうと考えたか。山吹色の軍衣が激しくひるがえり、風を切る大剣が獣の咆哮のごとき金属音を放った。

戦線を崩されてもおかしくない猛攻に、しかし山岳国に動揺はない。近接する味方と対峙する相手をこまめに変える動きにもうろたえることなく、淡々と防御に徹する。そんな競技会運びに、ニナは奇妙な違和感を覚えた。

――なんだか、マルモア国の行動を読んでいるみたいです。

想定外の冷静な対応に微妙な感覚がくるわされたか。

糸で結ばれたようなマルモア国の連携がずれた隙をつき、山岳国が攻勢に転じた。煙幕のごとく競技場を包む土煙のなかに剣戟が閃く。山吹色と濃灰色の軍衣が入り乱れ、状況を確認しようと動かしたニナの遠望鏡に倒れているマルモア国の騎士が——兜を失って横たわっている、赤毛の姿が飛びこんでくる。

「！」

ニナはあげかけた悲鳴を寸前でのみこんだ。

審判部の角笛が赤毛の退場を告げる。しかし起きあがらない様子に、控えていた医療係が応急処置の道具を手に木杭のなかへと入った。意識を失っている赤毛を担架にのせると、本館の連絡通路へと運び去っていく。

観客席にざわめきが走った。

「なんだなんだ。八年ぶりの火の島杯が、しょっぱなから医務塔おくりか……」

「打ち水を放ってはいたが、予想以上の土煙だな。ここからでは遠望鏡でも動きが追いづらい。足を打ち折られたようだが、どの流れでやられたか、ほとんど見えなかった」

遠望鏡を胸に抱き、ニナは眉をよせて唇を引き結ぶ。

逞しさと冷静さをそなえたマルモア国で最年長の女騎士。戦闘競技会に怪我はつきものて、ニナ自身も西方地域杯で同じく足を負傷した。でもまさか火の島杯の第一競技で。あの赤毛が——

主力である赤毛の退場で乱れが生じたマルモア国は、そのまま押しこまれ、一人、また一人と命石を奪われた。

砂時計三反転が経過する。第一競技の一回戦は結局、山岳国の勝利で幕を閉じた。

「いやー、まいった。よりによって開会式直後の大注目の一戦でやらかすなんてね。〈ベティ〉と〈ニナ〉の前じゃ先輩ぶって指図してたのに、砂時計一反転で負傷退場なんてさ。処置室で目をあけたとき、痛みより自分がいる場所に悲鳴をあげたよ」

赤黒く腫(は)れた額や平板で固定された右足。寝台に身を起こした赤毛は、まったく面目ない、と力ない苦笑を浮かべる。

枕元の丸椅子に座ったベアトリスと、その隣に立つニナは、なに言ってるのよ、そんなこと、と同時に首を横にふった。

「どれだけ実力があったって、当日の天候とか体調とか、競技会には不確定の部分があるわ。それに失石はお互いさまって言ったのは自分じゃない。年長者だって新人だって、団員として負うべき責任は平等よ」

「そ、そうです。公式競技会の記録を見たって、失石数がない騎士なんていません。競技結果は残念でしたけど、でもその、すごい重傷じゃなくて、本当に良かったです」

赤毛は柔らかく目を細めた。国益をかけて競技をする可能性もある隣国の騎士団員とはいえ、隊を組んで寝食をともにしたつながりは軽くない。ありがと、と照れくさそうに微笑む。寝台に散った赤茶色の髪を、開け放たれた窓からの夏の風が爽やかになでた。

競技場の本館横にある医務塔。

貴人用の観覧台を中心とする本館には、審判部が業務をおこなう管理塔と、負傷者の手当てや療養のできる個室をそなえた医務塔が併設されている。管理塔や地下の検品室、出場騎士の控室などは関係者以外の立ち入りが禁じられているが、観戦中に体調を崩すものもいるため、医務塔は誰でも利用できるように開放されている。

担架で運ばれた赤毛が心配になったニナは進行表を確認すると、リーリエ国の競技までには戻れると判断して様子を見にいくことにした。観客席からいったん競技場の外に出て、警備上の理由で別棟となっている本館に入りなおしたところで、開会式に出席していた王女ベアトリスと合流。

ニナと同じく赤毛を見舞う途中だというベアトリスと医務塔に向かい、受付の前で黒髪に焦茶に銀髪の女騎士と再会した。きゃーっと歓声をあげた彼女らに、やっぱりちっちゃい、かっるい、ほっそいわねーと抱きつかれながら赤毛の状態を聞き、搬送された上階の個室を訪問することが叶った。

土煙が立ちこめるなかの出来事で詳細はわからず、あるいは騎士の命を奪う事態なのかと背筋が凍ったが、赤毛の怪我は右足の骨折と全身の打撲。歩行を制限されるという意味では痛い負傷だが、医療係の見立てでは、三カ月ほどの安静で訓練も可能になるだろうとのことだった。

受傷による発熱か、汗ばんだ額をぬぐった赤毛の姿を見たニナは、丸卓の水桶に浸してある布をしぼって差しだした。

やっぱりうちにも一人欲しいね、と笑う赤毛に、ベアトリスは問いかける。

「ね、わたしは連絡通路あたりで観戦してたんだけど、あなたがこんな怪我をするなんて、山岳国にはよっぽど強い騎士がいたの？　たしかに前評判じゃ、ここ最近、急に対戦成績がよくなったって話だったけど」

「うん。四、五人くらい、かなり競技会慣れした団員がいた。一気に距離を詰められて命石に剣風が迫って、まずいって注意をやった瞬間に背後から別の相手に足を打たれた。……あとは全体的に、ちょっと妙な感じがしたかな」

「妙な感じってなによ？」

「対戦するのは初めてなのに、こっちの動きを奇妙なくらい知っててさ。地方競技会の遠征じゃ国家騎士団員としての素性は隠してるから、情報を盗られたなら去年の西方地域杯だろうけど、うちは主力が妊娠して連携を組みなおしたばかりなんだよ。そのこともふくめて、ぜんぶ読まれてたみたいで」

――読まれてたみたい。

ニナはどきりとする。観客席から見ていて、ニナ自身もまたそう思った。

国家騎士団が偵察されることは珍しくないが、公式競技会は基本的に、年に一度の地域杯と必要に応じておこなわれる裁定競技会くらいしかない。多くはない機会で、情報が入りづらいほかの地域の騎士団の能力を完璧に分析することは、そう簡単ではないはずだけれど。

知らない誰かに知らないところで観察される不気味さ。ガウェインと同行していた一部始終を〈連中〉は見ていたと、キントハイト国の副団長ユミルから伝えられたときの感覚がよみがえる。

窓の外や個室内をなんとなく見まわしたニナの姿に、赤毛はリーリエ国の競技はこれからだと思ったのだろう。ともかくは再会できて嬉しいよ、と明るい口調で告げた。

あらためて互いの国の状況を確認すれば、マルモア国は宿舎棟ではなく城下の理事館に滞在しているとのことだった。

宿舎の定員は火の島の国数の半分に満たない四十カ国ほどで、利用を希望する国は対戦の組み合わせと同じように抽選をおこない、はずれた国は自国の理事館に宿泊することになる。宿舎は競技場に近い利点はあるが、古代帝国時代の出城跡を改築した建物は古くて共有施設が多い。女騎士が主体のマルモア国は不潔な大男の集団を見る苦痛や、半裸とかわらぬ軽装で過ごせる気楽さもあり、以前より理事館を使う習慣なのだという。

ちなみに今回の火の島杯に出場する西方地域の国は、九カ国中の六カ国。

国情が不安定な噂のあるシレジア国は西方地域杯につづいて参加を見送り、ガルム国も〈赤い猛禽(ブルート・フォゲル)〉の弟である王太子の不調と、殉職(じゅんしょく)した騎士団長の後任が決まらないことを理由に欠場。ナルダ国は先代国王の病臥(びょうが)から、騎士団の長期不在を案じての不参加となっている。

話したら疲れたのか、赤毛は右足の固定に気をつけて身を横たえた。

大競技場とは建物の反対側にあたる個室にも、観客席の声援は遠く聞こえる。対面に見える宿舎西棟の向こうには、プルウィウス・ルクス城の居館が夏空を貫くようにそびえている。

凸凹の胸壁が特徴的な屋根に悠然(ゆうぜん)とはためく、若草色の国家連合旗を眩(まぶ)しげに眺めて、赤毛は大きく息を吐いた。

「……遠征や訓練をかさねてきて、呆気(あっけ)ない終わりに悔(くや)しさはあるけど、ま、これが現実だからね。あとは情報収集がてら、目の保養になりそうな騎士でも観戦するかな。西方地域の女神マーテルの微笑(ほほえ)みは、男前でも一の騎士の〈狩人〉と〈狼〉に任せるとするよ。

審判部長の権限で組み合わせに細工して、議長選で優位に立とうとしてるクロッツ国が最後まで勝ち残っちゃ、麗しのマーテルも角を生やして人食鬼になっちまう」

「そうね。クロッツ国は内陸交易での優遇措置と引きかえに現議長の支持を取りつけたり、硬化銀の供給で便宜がはかれる採掘部とか、〈おいしい専門部〉への配属を餌に票集めをしているみたいだし。まあそれでも次期議長の本命は、ナリャス国の理事である法務部長だと思うけど？」

「国家連合憲章を丸暗記してるって評判の厳格な方だね。議長職の三選を可能にしようとした、現議長の計画を阻止したって聞いたよ。検品体制を強化する規則をつくったり、常態化してる不正を禁止する法案を成立させようとしてるって話だけど」

「ええ。だから国家連合の利権をなくしたくない現議長とか、一部の理事には煙たがられてるみたい。でも破石王を擁するナリャス国は上位十六カ国は確実だし、一方のクロッツ国は西方地域杯で砂時計一反転ともたずに負けた弱小騎士団って有名よ。制裁で本隊を任せるには心許ないって印象は重いし、理事たちの支持も法務部長にかたむいてる。テララの丘の空気が綺麗になるなら、王女として騎士として嬉しいわね」

　はっきり言うね、と苦笑する赤毛に、ニナは戸惑い顔をする。

　先ほどトフェルも議長職の〈旨味〉や、議長選における票集めについて皮肉っぽく語っていた。話の全容まではわからないけれど、国家連合の上層部は不正をしたり、自国の利益のために都合のいい議長を選ぶような人たちなのだろうか。

そんなニナの不安を察したのだろう。平坦ではない道のりを経て、マルモア国騎士団の中核を担う女騎士へと成長した赤毛は、言葉を選びつつも説明してくれる。

「戦闘競技会に欠かせない硬化銀の独占採掘で巨利を得ている国家連合に、そのおこぼれを懐に入れるものがいるのは事実だよ。誠心しか知らないようなあんたには言いづらいけど、生産物の私的流用とか専門部の経費水増し請求とか。なあなあっていうか、お互いさまの悪しき慣習としてね」

「お互いさまの慣習……」

「ああ、もちろんだからって、全員がそうじゃない。戦術図の駒と同じで黒もあれば白もある。問題を正そうとしてる法務部長もそうだし、権力とはほどほどに距離をたもってる堅実な国もある。利権にはいっさい関わらない、バルトラム国のような国も存在してるからね」

「バルトラム国……あの、国家連合を設立した、最後の皇帝の血筋を伝える国だからでしょうか?」

「みたいだね。なんでも火の島にふたたび戦乱を呼ばないために、皇帝家が力を持つべきではないって祖先の教えを守ってるんだって。だから議長選には立候補しないし、専門部も利権とは無縁の閑職に代々ついてる。ただ現在の理事はバルトラム国王の甥で、地下遺構の保全が役目の史跡部に、不満を持ってるとかって噂も聞くけど……」

やがて薬湯を届けにきた医療係と入れかわる形で、ベアトリスとニナは赤毛の個室を後にする。またお見舞いに来るわね、と扉をしめるなり、ベアトリスはニナの手をむんずとつかんだ。

「あの、王女殿下？」

本館の横にある医務塔は、ホールから回廊でつながる一階が受付や緊急の処置室、階段をあがった上階が個室となっている。療養する怪我人も少ない大会初日とあってか、国家連合の関係者がまばらに廊下を行き来するなか、ベアトリスは出窓風に突きでた一角にニナを引っぱりこんだ。

鉢植えの植物が飾られた場所は、見舞客用の休憩場所だろうか。奥の長椅子にニナを座らせると、人目がないのを確認してから口を開く。

「外務卿の予定が詰まってて時間がとれないし、ここで会えてよかったわ。ねえ、リヒトはその後どう？　まさか春の季節の野良猫よろしく、バルコニーから不法侵入するなんてね。義姉として馬鹿にならない程度に……じゃないわね最初からそうだもの。ともかく爪紅が剥げないくらいには、拳骨を落としておいたわ」

ニナはぎょっとして首を横にふった。

「ふ、不法侵入とか、ちがいます。あれはバルコニーで偶然お会いして、話の流れでよ、よくわからないうちに。副団長には、本当にご迷惑をおかけしてしまいましたが……」

一昨日の夜に宿舎のバルコニーで生じた一件は、結果的に副団長ヴェルナーが始末書を提出する事態に発展した。

窓が割れた客室では寝られず、ニナはとりあえず階下のロルフの個室に泊めてもらった。しかし翌朝、事情を知らないヴェルナーが侵入の形跡も生々しいニナの部屋と、本人の不在に気づいて盛大な悲鳴をあげる。

とうとうやりやがったとばかりに青ざめて、リヒトの部屋に怒鳴りこんだ。寝ぼけ眼のリヒトを寝台から蹴り落として布団のなかを確認し、いねえ、まさか荷物袋か、いや衣装箱に隠したか、と大捜索をはじめた。早朝の鐘が鳴ってまもない時間帯だったため、他国騎士団から苦情が続出。ヴェルナーは滞在わずか二日目にして、駆けつけた警備部への謝罪と始末書の提出を求められる大騒ぎとなってしまった。

飛びこんできた石塊で窓硝子が割れた件は国家連合に報告したところ、当夜の気象状況から風害だろうとして対処してもらえた。朝晩の寒暖差が大きい季節はグナレク山から突風が稀に吹き、風にまかれた砂礫や枝で国家連合旗が破損する場合もあるとの説明だった。

ベアトリスは大輪の百合を思わせる美貌を、はあ、と憂慮に曇らせる。

「……国王陛下がああいう形で共同食堂に登場して、大丈夫かしらって心配してたのよ。リヒトは貴人の無分別な行動がとくに嫌いで、なんどか揉め事を起こしてるから。最近では〈銀花の城〉でも多少は冷静な対応を覚えてきたんだけど、当日の夜に暴走してロルフに成敗されるなんて。気持ちが揺れてたっていうか、そう簡単にはいかないのかしら」

ニナはリヒトと父国王の食堂でのやりとりを思いだす。

予想に反し気負いなく話しかけていた国王に対して、そっけない態度で接して立ち去った恋人。すべての事情を知らない自分が、しかも雲の上の世界のような王家の内情に踏みこむのも、無遠慮な気がするけれど。

「……あの、リヒトさんが王城の方々を忌避していることや、〈黄色い鼠〉の呼称や半勘当状態の話も聞いていました。ですから国王陛下もリヒトさんに、厳しくて冷たい態度なのかと思っていて。でも実際に見た陛下は、な、なんというかその……」

「ああ……そうね、うん。ニナの疑問は当然よ。だって国王陛下はご自分がリヒトに、母親のことや引き取った経緯で恨まれてるなんて、まったく思ってないもの」

ベアトリスはあっさりと答える。意味をとらえかねて不思議そうな顔をするニナに対して、深緑色の目に迷いを浮かべた。

話そうか話すまいか。それでもニナにも将来的に無関係じゃないものね、と断ってから切りだした。

「父王陛下はよくいえば鷹揚で、悪くいえば適当な、物事を深く考えない方なの。苛政には無縁だし、民が飢えれば食べ物を与える慈悲もあるけど、困窮の原因とか対応策にまでは意識が及ばない。政務が苦手で夜会と綺麗なご婦人が大好きで、専門卿の会議でも、うむ、わしもそう思うって、周囲の意見にうなずくだけでね」

「うなずくだけ……」

「さすがに守秘義務でお願いよ。それでもリーリエ国が安泰なのは、国政に秀でた兄宰相と戦闘競技会制度によって戦争が禁じられてるからで、口の悪い貴族は陛下のことを〈平和の象徴〉って呼んでるわ。空気は読まないし人の話は聞かないし、思いつきで行動して周囲を振りまわして……だけどそれは、それが許される立場だからで、わたしも似た部分があるみたいじゃない?」

同意を求められたニナは返答に窮する。

西方地域杯での夜会や南方地域への遠征。悪意がないことは理解しているけれど、事実として巻きこまれた経験を思い浮かべて、えと、あの、と言葉を濁した。

ベアトリスは眉尻をさげる。わたしも自覚したのはリヒトと親しくなって、〈銀花の城〉の外にも世界があるって実感してからなのよ、と小さく笑った。

「そんな国王陛下にとってリヒトは、悋気が強かった母王妃さまが亡くなって〈引きとってやった庶子〉の一人にすぎないの。気さくに見えても根っこの部分が王族で、悪い意味で王城しか知らないから、あの子の苦労が痛みとして入らない。酒場女の名づけじゃ将来の縁談に障りがあるって、歴代国王の名前から〈ラントフリート〉を善意で与えたりね」

「あのでも、リヒトさんはご自分の名前を、お母さまの形見のように大切にしています。シレジア国で過ごした日々の象徴でもある、唯一残されたものだと」

「それが理解できないほど、決定的に〈感覚〉がちがうのよ。……しかも引き取られた当時のリヒトは王城料理に顔をそむけて、ぼろぼろの服で床で寝るような子でね。酒場に残してきた仲間を思って気が引けたのかも知れないけど、陛下には扱いの難しい子供にしか見えない。兄王子の虐めも周囲はみんな兄王子の味方だから、反抗したリヒトが悪者扱いされる。こじれにこじれて、結局はリヒトが街騎士団に入ることになったの」

「それがその、半勘当状態……？」

ニナがうかがうように口にすると、ベアトリスはええ、とうなずいた。

「だから火の島杯を国王陛下が観戦するって聞いて心配になったの。陛下はある意味で、リヒトが嫌う貴人の代表みたいな方だから。揉め事を起こしたり精神的に苛々すると、騎士団に迷惑がかかるでしょ。臨席の中止も画策しかけたんだけど、でも先のことを考えて、このまま避けてるだけじゃ駄目よねって思いなおして」

「避けるだけじゃ駄目……あの、国王陛下を、という意味ですか？」

「……それもふくめて、理不尽なことや割り切れないことのぜんぶ。国家騎士団員なら、個人的なわだかまりより優先すべきことはあるわ。それに次代の王になる兄宰相は、野良猫が刃向かったら猟犬を放つ方だし、ニナとの将来のために立ちまわりを覚える必要もある。わたしもいつまでも義姉として、リヒトに拳骨を落とせるわけじゃないから」

お節介(せっかい)も焼けるうちに焼かないとね、とまなざしを柔らかくしたベアトリスの表情は、いままでと同じようで少しちがう。

ニナはふと、ベアトリスへのナルダ国新王からの求婚を思いだした。王女として断る理由がないという良縁の帰結がどうなったのか。同国の使者との対面後、おそるおそるたずねた団員たちに、ベアトリスは白百合の美貌を桜色に染めて微笑(ほほえ)むだけだったけれど。

搬送用の階段を慌ただしい足音があがってきた。

気づいた二人が視線をやると、担架にのせられたドレス姿の女性が医療係に運ばれてくる。女性につきそう貴族風の男性を確認したベアトリスは、まあ、シュバッツオ伯爵だわ、と声をあげた。昼食までには観客席に戻るとニナに告げると、知りあいらしい貴人たちに駆けよった。

漏(も)れ聞こえる会話からすると、現在おこなわれている競技で出血をともなう怪我人が出て、観覧台の婦人たちが数名、卒倒したとのことだった。

赤毛につづいての負傷者など、国家騎士団として幾多の戦闘競技会を経験した騎士たちであっても、初戦の緊張や慣れぬ競技場が影響するのだろうか。ニナは医療係が行き来する搬送用の階段を避けると、ホールへと直接おりられる階段へとまわった。

壁にかけられた荒ぶる炎竜(フラルゴラーゴ)を描いた神話時代の絵や、いまとは形が異なる古い甲冑に葡萄(ぶどう)が摸された金属製の手すり。古代帝国の名残(なごり)を感じさせる螺旋(らせん)階段をおりながら、ニナは重い溜息をついていた。

――ゼンメル団長に言われた〈お客さん〉って、こういうことでしょうか。

トフェルも赤毛もベアトリスも、自分の知らない難しいことを当たりまえの顔で語っていた。議長の存在や理事の思惑など、思いもよらなかった国家連合の見えざる部分や、予想以上に複雑そうなリーリエ国王とリヒトの関係。

ニナにとって国家連合とは基本的に審判部のことで、戦闘競技会は木杭(きぐい)のなかがすべてであり、王家とは群衆の一人として遠くから眺めるだけの存在だった。国家騎士団員となりさまざまな競技会や事件を経て、己の認識ではおさまらない事態があるのは漠然(ばくぜん)と感じていたけれど、身近に存在しながら別世界めいた問題を耳にし、正直なところ頭がうまくまわらない。

リーリエ国の第一競技は本日の六組目で、ニナは出場騎士となっている。装備品は昨日の夜に地下の検品室にあずけた。陣所に持ちこむ荷物は観客席に準備して、四組目の砂時計二反転が過ぎたら移動をはじめる予定だ。

本番のためにも水場によって顔を洗い、気持ちを切りかえた方がいいだろうか。そんなことを考えるニナは、階段の途中で同じくらいの背丈の騎士とすれちがった。

視界を横切ったのは白に近い白銀の髪。

──え？

既視感に誘われて振りかえる。

同じくふり向いていた騎士の顔を確認し、ニナは目と口を大きくあいた。

あまりに思いがけない。驚愕に、ただ唖然とするしかない。まさかだって──こんなところで。

「メル……さん……？」

呆然とその名を呼ぶと、階段の上段から見おろしてくる少女は、硝子玉に似た水色の目をまたたいた。

「──……」

まるで自分がどこにいるかをいま認識したかのように。ゆっくりと周囲を眺める少女を、ニナはまじろぎもせずに見つめる。

人形めいた無機質な顔立ちに、耳下までの白銀の髪とベレー帽に似た異国風の帽子。純白の軍衣をまとい、腰の剣帯には大剣と小さな革袋をさげている。なによりもニナとほぼ同じ背丈の、屈強な騎士のなかでは異質ともいえるだろう小柄な体格。

南方地域でニナの〈盾〉をしてくれた少女騎士。十五歳という若年に似合わぬ剣技をそなえ、あるいはどこかの国の国家騎士団員かと想像していた。いつか大きな競技会で再会できたらと願ってはいたが。

――本当に……会えるなんて……。

はっと我にかえると、ニナはまろぶように階段を駆けのぼる。

とっさに腕をのばしかけて、すんでのところで引っこめた。胸の前で両手をにぎり、あの、お久しぶりですと、いきおいよく頭をさげた。

「そ、その節は、たいへんお世話になりました。またお会いできて、すごくう、嬉しいです。ああよかった。あの、もしかしたら火の島杯に参加されてるかと思ってて。でもそんな都合がいいことがとか、だけど時間があったら探してみようとか、いえ、宿舎を、ですから、か、観客席で」

興奮と感激のあまり、言葉がうまくつむげない。

焦りに顔をゆがめるニナだが、それでもお互いがこの場所にいるということの意味に思いあたる。港街では国家騎士団の守秘義務から素性を話せなかった。けれどいま、公式競技会で騎士として、国章を戴く軍衣を着ている立場同士ならば。

ニナは居住まいを正すと、あらためて名のらせてください、と断ってから切りだした。

「あの、まえのときは明かせなかったのですが、わたしは西方地域のリーリエ国騎士団に所属する騎士で、名前はお伝えしたとおり〈ニナ〉といいます。ちょうど王女殿下――えと、〈ベティ〉さまといっしょに、〈赤毛〉さんのお見舞いにいってきたところなんです。赤毛さんたち髪色のお名前の方々は、マルモア国騎士団に所属されて……あ、もしかしてメルさんも、赤毛さんの様子を見にいく途中だったのですか？」

　上階に向かっていた姿を考えてたずねると、メルは無言で下を向く。

ニナは少し戸惑うが、この少女が受け答えに独特の癖があることを思いだす。うつむいて立ちつくす姿に、むしろ懐かしさにまなじりをさげた。競技を見て赤毛に気づいて駆けつけてくれたのだと、怪我の状態を伝えて微笑みかける。

「経験豊富な赤毛さんが負傷退場なんておどろきましたが、騎士の命を奪う大怪我でなかったのは幸いでした。二組目でも重傷者が出たそうですし、火の島杯という特別な機会の影響や、土煙で視界がききづらい競技場も関係しているかも知れないですね」

「…………」

「あ、リーリエ国は今日の六組目なんです。最近は多少は慣れましたし、裁定競技会のような重い感じはないですが、でも公式競技会はやっぱり緊張しますね。メルさんと出た地方競技会はいろいろありましたけど、協力したり工夫したり、いっしょに観戦したり……いま思いだしてもすごく、本当に楽しかったです」

「…………」

「えっ……と、メルさんの国はいつが初戦ですか？　東方地域のご出身とうかがいましたが、西方地域では見かけないその帽子、メルさんのお国のものでしょうか？　あ、そうです、帽子といえば頭の傷。あの、後頭部の炎症はその後ど……」

「……えて」

「え？」

「消えて、ここから」

メルが唐突にニナを突きとばした。

「！」

突然の行動に身構えるまもない。あっけなく体勢を崩したニナは、きゃ、と踊り場に尻もちをついた。冷たい言葉と乱暴な態度。己がされたことが理解できず、ただ唖然としてメルを見あげると、階下から男の声が放たれた。

「メルティス・ウィクトル・テオドニウス。おまえはそこで、なにをしている？」

他者が命令にしたがうのは当然といった傲慢なひびきの声。座りこんだ姿勢のニナが視線をやると、一階ホールから、メルと同じ白い軍衣の集団がこちらを見あげていた。

——メルティス・ウィクト……？　ずいぶん長いですけど、メルさんの本名でしょうか。ならあの人たちが、メルさんの所属する国家騎士団の。

ちょうど大競技場からの連絡通路に近いこの一帯は、いまだ開会式から戻ったままの騎士団員たちが残り、久しぶりに再会する知己を見つけては話しこんでいる。

大声が飛びかう喧噪のなかで異質な静謐をたたえている、白地のサーコートに高潔な金の竜を描いた騎士団。率いるように立つのは、メルに呼びかけたらしい四女神の軍衣に式典用のケープをまとった若い男性だ。装いからして国家連合の理事だろうか。とぐろをまく竜の尾に似た金髪で威風に満ちた容貌を飾った男性は、訝しげな視線を踊り場のメルとニナに向けている。

　その後方には男を守るごとく、石像のように無機質な大きな騎士が立っている。こぶ状に盛りあがった両肩を包む女神モルスを描いた肩布に、ニナは観客席で見たばかりの展覧競技を思いだした。

　四地域の女神を描いた肩布をまとえるのは、その地域の破石王だけだ。女神モルスは正義と死を司る北方地域の女神。ニナはいまさらながら、階下の騎士たちの正体に思いあたる。

　ならばメルは東方地域の国ではなく――

「あの、あなたは、バルトラム国の……？」

　呆然とつぶやいたニナに一瞥すらくれず、メルは階段をおりていく。

　立礼をして集団に加わったメルと金髪の男性が言葉を交わしたとたん、白衣の騎士たちがいっせいにニナを見た。

「！」

探るような視線と冷たい気配。肌が総毛だつ感覚に身をすくませたニナを、金髪の男性はじろりと眺めた。やがて怪訝な表情で首をひねったとき、ちょうどよかったレミギウス殿下、史跡部の件で、遺構の修繕報告書が——との声が聞こえてくる。金髪の男性は面倒そうな舌打ちをもらすと、顎をしゃくり、騎士たちをしたがえて立ち去った。

ニナは踊り場に座りこんだまま、微かにふるえる指先を口元にやった。

——メルさんが、バルトラム国の騎士団員……。

再会の歓喜から一転、知らされた本当の出身国にただ困惑する。ベアトリスが〈ベティ〉を名乗ったように、南方地域では素性を明かすのに支障のある騎士が、名前を偽って遠征する場合も珍しくないと聞いている。それでも先王の自死にまつわる硬化銀の隠し鉱脈の噂がある、破石王を有する超大国の騎士というのは、お腹に鉛が落ちたような特別な重さがあった。

——それに、どうしてあんな。

ここから消えて、とたしかに言った。そしていきなり突き飛ばしてきた。

いっしょに隊を組んだときも無表情で反応の薄い少女ではあった。だけど本当の意味で〈盾〉になってくれた競技も、交易船に乗りこんだニナを案じて追ってきてくれたこともあった。それがなぜ。なにか気に障ることをしてしまったろうか。それとも実は嫌われていて——

「どうした子兎、そんなところで座りこんで。また迷子……いや、まさかとは思うが、滞在三日目で暑気あたりか？」

低い美声が投げかけられる。

は、とニナが我にかえると、先ほどまでバルトラム国騎士団がいた階段の下方に、キントハイト国騎士団長イザークの姿があった。

引き連れている国旗や装備品を抱えた騎士たちに、先にいくよう指示を出すと、イザークは長靴を鳴らして階段をのぼってくる。漆黒の軍衣に女神マーテルを描いた肩布をまとった偉丈夫は、大丈夫か、とニナの腰をつかむなり片眉を軽く跳ねさせた。

薄さと体重が推定以下だったのか、あーという顔をしつつも立ちあがらせる。上階の個室を見やり、やはり迷子か、処置室なら一階だぞ、と心配そうにのぞきこまれ、ニナはぎごちなく首を横にふった。

イザークは少し考えると、ニナの乱れた黒髪とよれた軍衣を簡単にととのえる。

「体調不良でなければいいが、しかしなにやら頼りない風情だな。もしや第一競技が恐ろしくて身をひそめていたのか。あの赤い猛禽に怯まぬ〈少年騎士〉であっても、一万をこえる観衆のなかでの競技は、やはり緊張するか」

「い、いえ、緊張はもちろんしますが、赤毛さんのお見舞いから戻る途中で知り合いの方に会って。それでちょっと……その……」

言葉を濁したニナに、イザークはふと目を細める。

獲物の尾を見つけたような鋭い気配。〈黒い狩人〉たるそれを即座におさめると、ことさらに砕けた口調で言った。

「なんだ。〈知り合い〉と密会など、子兎も意外と油断ができんな。南方地域では十二、三歳程度の、正真正銘(しょうしんしょうめい)の少年騎士に宿の場所をしつこく聞かれていたとユミルの報告書にあったが、もしやそいつか。金髪に地下世界まで追われる気の毒な団員は、いったいどこの国のものだ？」

み、密会って、とニナはあわてる。情報収集が専門だというユミルは港街ジェレイラの港前競技場に日参しては騎士を観察していた。涼しい顔をして根こそぎ解剖(かいぼう)するような視線を放っていたが、自分もその対象だったなんて。

「少年騎士じゃなくて、お、女の子です。南方地域で隊を組んでいた女の子を見かけたのですが、聞いていた出身国とちがってて。北方地域の、バルトラム国の騎士団員だってははじめて知って」

「――バルトラム国」

「はい。……会えたのが嬉しくて声をかけたら、その、迷惑そうな対応されてしまって。それでなんていうか、びっくりしてしまって」

「なるほど。旧知のものにすげなくあしらわれては、たしかに戸惑うだろうが、しかし素性を隠して地方競技会に出る理由はさまざまだ。鍛錬に賞金稼ぎに情報収集。騎士団には伏せていた個人的な遠征だった可能性もあるし、他国の団員と懇意にするのを嫌う騎士団もある。深く考えるのも野暮かもしれんぞ」

「そう……でしょうか」

「なにしろおれ自身が、南方地域で公にできぬ遠征をした口でな。しこたま稼いだ金で娼館を買い取り、毎夜のごとく芳醇な花々を楽しんだ。娼館主として生きるのも悪くないと帰国を先延ばしにし、青筋を立てたユミルに迎えにこられて散々な目に遭ったこともある。子兎には耳の毒で国王陛下には内緒の、実に魅惑的な遠征だった」

イザークはすまし顔で告げると、だからそう気にするな、とニナの肩をたたく。なにかを感じたように階下の人混みに視線を投げた。ちょうどいい、あいつもユミルと同じで鼻がきくか、と薄く笑った。

ニナが顔を向けると、ホールに集まる騎士たちのなかに、きょろきょろと周囲を見まわしているリヒトの姿があった。開会式に出たリヒトは観客席に帰ったはずだったけれど、赤毛の見舞いにいったニナが戻らないことを案じて、探しにきてくれたのだろうか。

大柄な騎士のあいだを縫うように移動していたリヒトの目が、螺旋階段の踊り場に立つニナを見つけた。いた、と破顔して駆けだしたのも一瞬、小さな恋人のそばに異国の騎士団長の姿を確認すると、甘く端整な容貌をみるみる険しくする。

靴音高く階段をあがってくるリヒトに、イザークは呆れと感心がないまぜの声をあげた。

「まったくわかりやすい男だな。〈大人の余裕のある恋人の顔〉はどうした。酒の肴にもならん、お情けで努力を買ってやる程度の下手な演技だったが、もう飽きたのか？」

「なにそれ。てことは初日の食堂、やっぱ確信犯だったんじゃん。ていうかなに図々しく、おれの宝物の肩に手をまわしてんの。絵的に完全に誘拐犯だし、襟巻きを突っかえしたときに二度と匂いつけするなって注意したのにさ。とっくに中年組の無節操なおじさんは、記憶力が経年劣化して忘れちゃったってこと？」

「……なるほど、飽きたのか。しかし見た目はさすがに気が引けなくもないが、一回り程度の年齢差は許容範囲だろう。事実として、うちの国王陛下と寵姫たる姉は三十歳も年が離れている。それにこのくらいで匂いつけとは、おまえはやはりロルフと変わらぬ古代帝国だ。節度に欠ける年長者として、手本を示すのもやぶさかではないが？」

意味ありげに提案され、リヒトはあわててニナの腕をつかんだ。小柄な身体を胸に囲いこもうとした瞬間、さりげなく身をよせたイザークがリヒトの耳元で唇を開いた。

「――……」

階下の喧噪が熱気となって周囲を満たすなか、しかも頭上でささやかれた言葉は、小さなニナの耳には届かない。

はっと身を固くしたリヒトから離れ、イザークは何事もなかった顔でニナに向きなおる。

子兎の弓は厄介な獣に縁があるな、もちろんいちばんはこの金髪だ、と頭をなでると、第一競技の勝利を祈念してその場を去った。

悠然と肩布をひるがえした後ろ姿を睨みつけ、リヒトは眉をひそめる。

「……やっぱり〈確信犯〉だったんじゃん。てことはゼンメル団長もか。わかりやすい隠れ蓑の裏でやりとりとか、どっちが下手な演技だよ。二人とも見た目以上に食えないとは思ってたし、なんとなくそんな気はしてたけどさ」

言葉の意味をはかりかね、あの、と問いかけたニナをじっと見おろした。リヒトの耳の奥に残るのは、余裕のある態度とは裏腹に、たしかな緊迫感をはらんでいたイザークの声。

――〈少女騎士〉はバルトラム国の団員だ。子兎に接触したらしい。これだけ言えばわかるな？

新緑色の目に切なげな煩悶が浮かんだ。それでもリヒトは心を決めたように長い息を吐くと、両手で輪をつくる形で胸に抱えていたニナの額にキスを落とし、ゆっくりと解放する。

ひゃっと首をすくめ、焦った様子で周囲を見まわしたニナに、柔らかい微笑みを浮かべて告げた。

「大丈夫。これは匂いつけでも、〈その手〉の補給でもないから。なんというか……そう、おまじない？」

「お、おまじない？」

「うん。いよいよ競技がはじまるからね。ニナと……おれが、最後まで元気でがんばれるといいなって？」

はあ、と赤らんだ顔で首をかしげたニナの手をにぎる。ぎゅっと温かく包みこみ、リヒトは、じゃあ観客席に戻ろっか、と歩きだした。

「進行は昨日告げたとおりだ。対戦相手は小国ながら、去年あたりに高給金で団員を強化したとの噂もある。総合力ならこちらが優勢だが、大舞台の初戦で身体が硬くならぬものはない。砂時計三反転をすべて使用してもいい。堅実に勝ちにいけ」
団長ゼンメルの下知に、十八名の団員が、承知、と右拳を左肩にあてる。
第一競技の六組目。南側の陣所で開始の銅鑼を待つリーリエ国騎士団に、団長ゼンメルは知的な老顔に平素の落ちつきを浮かべ、競技についての最終確認をおこなう。
「……ただし、マルモア国をはじめ、これまでの五競技のうち三競技で、担架で運ばれる重傷者が出ている。相手騎士団が必要以上に気負っている場合もあろうが、さまざまな可能性も否定できぬ。向こうの〈出方〉によっては方針を変え、短時間で片をつける必要も生じるだろう。判断はヴェルナーに一任し責任はわしが負う。以上だ」

大競技場の中央には、土煙防止の打ち水を放ちおえた審判部が集まりはじめている。ニナはオドとともに、黒葡萄の果実水や岩塩の塊、冷たい井戸水に浸けておいた汗拭き布を絞ってからくばった。

競技開始前だというのに、兜から長靴まで戦闘競技会用装備を帯びた身体は熱がこもり、鎧下はすでに汗で濡れている。甘い果実水を一息で飲み干し、まかれた水が蒸気となる競技場をまぶしげに見やったニナは、陣所のすみに立つ兄ロルフに目をとめた。

——兄さま？

序盤の動き方を話している団員たちから少し離れ、ロルフは観覧台の最上階に立つ最後の皇帝の銅像を見あげている。

灰銀色の甲冑に濃紺の軍衣を凜々しくまとった長身と、獅子のたてがみのごとく流れる黒髪。妹ながら胸が高鳴るほど完璧な立ち姿を見せるロルフは、しかしその秀麗な容貌に、挑むごとき険しい表情を浮かべている。

幼少時の左目の事故の影響で十年ちかく疎遠だったが、わだかまりが解けてからは騎乗の指導など、普通の兄妹らしい関係になれたと思っている。それでも己の剣技を高めることに専念する兄は基本的に寡黙で、心のうちはわからない。

二日前に門塔で順番待ちをしたときも、いまと似た顔つきで丘上の城を見ていた。なんとなく心配になっていると、不安をかきたてる冷たい言葉がふとよぎる。

——消えて、ここから。

ニナはぎゅっと目を閉じた。

小刻みに首をふり、メルとの再会を無理やり意識から追いだす。

衝撃を受けたのは事実だけれど、いまは考えていい状況ではない。赤毛の女騎士から国家騎士団員としての気持ちの割りきり方には苦言をもらった。これまでに同じような失敗をなんどもくり返してきて、余所事から弓筋を揺らがせるのは避けたい。

——団長が目標とされた上位十六カ国までは三競技。まずは目の前の相手騎士団です。

そんな思いで木杯を置くと、リヒトが兜の留具をかけながら近づいてきた。矢筒は確認したよね、と背中をのぞきこまれ、大丈夫です、とうなずく。短弓と同じく、筋力の増加にともない大きくなった矢筒の中身はおよそ三十本。競技場の様子を見て移動の指示を出した副団長ヴェルナーにつづき、陣所をあとにした。

長さ二百十歩、幅百四十歩の大競技場。

周囲は歓声とも熱気ともつかぬ空気に満たされているが、観客席までかなり高さがあるせいだろう。こちらを見ているはずの各国の騎士も観覧台の王侯貴族も、色とりどりの軍衣や衣装が織りなす風景の一部のような錯覚を起こさせる。

喧噪は肌に伝わるけれど、どこか現実感がない。緊張と高揚が混じったような気持ちで大地を踏みしめ、ニナはリーリエ国騎士団員十五名の一人として南の端に整列した。大競技場の北の端には相手騎士団が、炎天にゆらめく人形のごとく並んでいる。

中央に立った審判部が片手をあげた。

それを合図に砂時計が返され、四方から鳴った銅鑼が夏空に弾ける。制限時間は砂時計三反転。火の島杯の第一競技六組目の対戦が幕をあけた。

「！」

黄褐色(おうかっしょく)の大地に絵筆を滑らせるごとく散っていく二色の軍衣。

堅実に、という指示のもと、横長に広がったリーリエ国は、仲間との距離をたもったまま相手国を迎えうつ。

ニナは隊列の左端にいるリヒトの後方で短弓を手にした。初戦らしく互いの出方を探るような展開のなか、右手の端に陣取っていたロルフが、まとわりつく熱気を断ちきる鮮やかな一閃(いっせん)で相手騎士の命石を割る。

審判部が角笛を鳴らし、観客席から歓声があがった。

──兄さま……！

矢筈(やはず)のくぼみに弦をかけたニナは、短弓をかまえた姿勢で感嘆(かんたん)の視線を向ける。開始前の様子が気になっていたけれど、やはり兄ロルフはどんなときでも期待された結果を出せる、リーリエ国の一の騎士なのだ。

前方のリヒトが弓射をうながす声をあげた。

仲間の失石に気をとられた一瞬の隙をついたか、合わせた大剣と盾で確実に相手を足止めしたリヒトの先には、赤々と輝く騎士の命たる命石。

短く息を吐き、ニナは弓を引きしぼった。

冷静な兄や落ちついたリヒトの対応に支えられ、身体をじゅうぶんに開いた綺麗な射形で。狙いをさだめた命石めがけて気負いなく矢羽根を離した——しかし。

「！」

軽快な矢音が走ったのと同時、金属が金属に弾かれる音が鳴る。

横合いから突如として駆けこんできた相手騎士の盾が、ニナの放った矢から仲間の命石を守っていた。

——どうして。

ニナはおどろきに息をのんだ。

大剣を使うものが大半の戦闘競技会で、短弓を扱うニナはさまざまな対応をされてきた。子供の児戯だと笑われたことも、武器こそちがえど騎士の一人と扱われたこともある。けれど初めて競技する相手に、リヒトが制止してニナが打つという機能を読まれ、しかも完璧に対処されたことはない。

——これって……まるで。

ニナの脳裏にマルモア国の第一競技がよぎる。

初対戦なのに動きを見切っているような相手に感覚をくるわされ、陣形の崩れから負傷退場した赤毛の女騎士。動揺に動きを止めていたニナを、矢を弾いた騎士が狙いにかかる。走りながら突きだされた大剣を、ニナ、ともかく考えるのはあとでと、飛びこんできたリヒトの凧型盾が防いだ。

そのころにはもう、ほかの団員たちも微妙な違和感に気づいている。正面の相手に集中しがちなベアトリスの背後が狙われ、粘り強さに欠けるトフェルは執拗な防御に手こずり、速さに劣るオドは小回りのきく騎士に翻弄された。

予想外の展開は団員の動きを不規則にさせる。横一列にとった隊列が徐々に乱れ、時間の経過とともに大地が乾き、長靴が生みだす土煙が大きくなっていく。

そんななかでもロルフは二つ目の命石を、中年組が一つ目の命石を奪った。残り人数のうえからでは優勢だが、土煙が霧のごとくたなびく混戦状態では、戦局の把握どころか味方の位置もわからない。前線で大剣を振るっていた副団長ヴェルナーは、小さな不具合を無視する危険性を経験とともに知っている。多少の失石は覚悟しても勝負を決めた方が上策だと合図を出したが、動いたのは相手の方が早かった。

「！」

相手騎士団の半数ほどが突如として身を返し、リーリエ国騎士団の右の端に——ロルフめがけて襲いかかったのだ。

事態を察したヴェルナーが血相を変え、付近の中年組を走らせたときにはすでに、ロルフの軍衣は群がった騎士たちの向こうに消えている。

激しい金属音が間断なく弾けた。

怒号が飛びかい混乱があたりを支配するなか、命石の破片が空に舞い、審判部の角笛が立てつづけに鳴った。

いったいなにが起こっているのか、隊列の反対側にいたニナからでは、激しく入りまじる敵味方に遮られてわからない。それでもリヒトに導かれて走りだすと、やがて土煙の向こうに、急襲に怯むことなく相手国の命石を打ち抜いているロルフが見える。

安堵の吐息をもらしたニナだが、濃紺の軍衣と黒髪を激しく乱れさせた兄の左手に、凧型盾がないのに気づいた。

だらりとさげられたロルフの左腕は、手首部分が斜めに曲がっている。

「兄さま……手を……？」

ニナが口元をおさえたとき、競技終了を伝える銅鑼の音が聞こえてきた。

残り騎士数十三名対五名でリーリエ国の勝利が宣言される。そこまでが限界だったか、ロルフが左腕を抱えこんで片膝をついた。ヴェルナーが審判部に声を張りあげ、木杭の外に控えていた医療係が担架を手に駆けてくる。

吹きこんできた妙に冷たい北風が、担架に横たえられる白百合(しらゆり)紋章の軍衣を虚しく揺らした。

「いい香りっすねレミギウス殿下。うん。こりゃあ上物の黒葡萄酒だ。上々のはじまりを迎えられた、祝いの美酒ってやつですかね？」

背後から唐突(とうとつ)にかけられた声。

レミギウスは、はっとしてふり向いた。

テララの丘の新市街区にあるバルトラム国理事館。夜の鐘が遠く聞こえるなか、執務室の戸口にたたずむ外套(がいとう)姿の男は、どーも、こんばんはです、と飄々(ひょうひょう)とした挨拶(あいさつ)をする。

窓からは高原特有の、昼の暑気(しょき)が嘘のように涼やかな夜風が入る。けれどこの男は祖国を失ったときから気温を感じなくなったとかで、真夏の日中であっても、見るからに暑苦しい外套を汗一つかかずに平然とまとう。

顔の上半分はフードに隠され、見えるのは洒脱(しゃだつ)な髭(ひげ)が特徴的な口元だけ。

後ろに立たれても気づかぬ気配をふくめて不気味な男だが、元国家騎士団員であるという剣技の腕は、有力騎士を一刀で地に伏せさせるほど巧みだ。それをいかし、国王ウィクトルが保護した戦災孤児から使える子供をひそかに集め、調査や抹殺の実行役である〈モルスの子〉として教育させた。制裁で滅ぼされた旧ギレンゼン国の残党だという男は、計画の歯車として得がたい存在だった。

　しかしそれでも、連絡をつけにくるたびに肝を冷やされるのは面白いことではない。

　バルトラム国王ウィクトルの妹を母とするレミギウスは、血気盛んな若者だ。軍務卿として北部地方の蛮族討伐に貢献しながら、現在は理事として史跡部の閑職に甘んじる境遇に不満をもつ。子に恵まれぬ国王ウィクトルの跡継ぎは己だと自負していたのに、母の降嫁先である公爵家の後継に決定された不条理を嘆く。バルトラム国王家に流れる最後の皇帝の血を誇り、その椅子を奪った国家連合を卑しい豺狼だと侮蔑している。ゆえに矜持も高い。

　外套の男の言葉に、レミギウスは、まあな、とそっけなく鼻を鳴らして酒杯をあおる。

　壁灯がともされた薄暗い執務室。丘上のプルウィウス・ルクス城を見あげられる窓辺で、古の地が育む黒葡萄酒の壺を木杯にそそいだ。

「それで、議長たち上層部の様子はどうだ？」

「とくになーんにも？　臨席の各国王族まで巻きこんで、議長選の多数派工作の方に夢中っす。国家連合憲章を丸暗記してるって噂の、石頭な法務部長が当選したら一大事っすからね。組み合わせ表を見ながらどの候補者を勝ち馬に仕立てるかって、居館の会談室にそろって頭をひねってます」

「笑えるほどの無能さだな。自分たちの足元で火がついたのにも気づかぬとは」

「ま、戦闘競技会での負傷は公然の前提っすからね。前回の火の島杯でも重傷者が二桁は出てましたし。〈不慮の事故〉ならお互いさまで、殺しさえしなきゃお咎めなし。開会式直後で観覧台には各国王族が勢揃いで、お上品なご婦人方のなかには卒倒して医務塔送りもいましたけど？」

けろりと答えて、男は金の竜が描かれた銀製の書筒を木卓にのせる。テララの丘での計画の指揮役である男の、軽口のわりに緻密な報告書に目をとおしながら、レミギウスは薄く笑った。

「最後の皇帝が遺した置き土産は、その不条理で罪なき先王テオドニウスを自死させ、子孫である我らに助けをもたらす。皮肉な話だな」

外套の男は思いだしたように、ああそうだ、と頭をかく。

「リーリエ国の〈狼〉だけは誤算でした。両腕を完全に潰せとの指示でしたがね。まあ盾が持てないんじゃ片翼を奪ったのと同じだし、競技会の流れは予測不可能な部分もあります。誰を、いつ、どの競技で。細かな調整は必要でしょう」

「〈狼〉といえば開会式のあと、メルティスが〈少年騎士〉と本館にいた。再会をおどろかれて声をかけられたそうだ。騎士団員が素性を偽り地方競技会に出ることは珍しくないが、万が一ということはあるまいな」

レミギウスの疑念に、男は、あらら、また単独行動ですか、と情けない声を出す。

「メルちゃん、南方地域から帰って以来、なーんか不安定なんすよね。名前が嫌いだったから特別に可愛がってたんすけど。いちおうは競技以外は城下にいるよう指示は出しときますが、それでも人形は人形です。国家連合は火の島の災厄そのもの。痛みで刻まれた常識は容易には覆らない。ほかの孤児と同じ忠実で哀れな道具です」

「ならばいいが。しかしあれが本当に〈赤い猛禽〉を落とした〈少年騎士〉なのか。進言を受けて排除対象にはしたが、吹けば飛ぶような小娘だ。おまえが襲ったキントハイト国の副団長のように、ほかにも排除すべき騎士はいるだろう」

「いやいや、片手で絞め殺せるちゃちな小娘ですが、谷風が吹きすさぶ千谷山で大剣を射ぬいた弓術は面倒です。盾の金髪も港街の一人制で遊んでみましたが、競技場以外の方が使えそうな野良猫でした。あの細目の副団長のように厄介な情報をつかんでいるわけではないですが、念には念を」

「慎重だな。というより臆病なのか。己の父国王を無為に奪われ、叛意を疑われながらも国家連合に諾々としたがっている、ウィクトル陛下の腑抜けぶりには及ぶべくもないがな」

「んーまあなんつうか、世話になった人の口癖が、世に完璧なものはない、だったんで」

　はは、と笑った男に、レミギウスは報告書で気になった箇所を質問する。

　テララの丘周辺に潜伏している仲間の動向、侵入路と予行演習の次第、硬化銀製大剣の保管状況、バルトラム国内で準備を進めている鉱山卿ルクルスとの連絡。貴人を狙った窃盗団の噂から警備部の巡回が増えたこと、こちらへの疑念が明白なキントハイト国騎士団長の動き——

　段取りに問題がないことを確認して、レミギウスは大きくうなずいた。

　満足げなまなざしを向けられた男は、恭しく頭をさげて告げる。

「でもこれも、史跡部長たる殿下の権限があってこそ。かび臭い地下遺構の保全がお役目の地味な専門部が、まあ意外すぎるほど有利にはたらきました。もちろん、国家連合の悪い慣習も、ですが」

「立案者はおまえだがな。奇怪な甲虫のうごめく遺構で、天井が崩落しただの石像の数が足りないだの、些事にかかずらってきた月日も無駄ではないか」

「はい。それでも殿下にお似合いなのは若草色の軍衣より、古より伝わる尊い御名でしょうが。この計画を成功させて先王陛下の復讐を果たせば、ウィクトル国王もあなたを後継とすることを認めざるを得ない。いいえ、後には引けぬはず。レミギウス・ウィクトル・テオドニウス陛下となられました際はぜひ、お約束どおりに」

「ギレンゼン国の再興だな。もちろん承知している。硬化銀の鉱脈だけではなく、おまえを同志として見つけだした鉱山卿ルクルスには感謝せねばなるまい。おまえはまったく役に立つ男だ。道筋をととのえて献策し、目的達成のために最適な手段を講じて実行する。わたしの優秀な〈人形〉だ」

レミギウスは木杯に黒葡萄酒をそそぐ。

壁灯に照らされた深みのある赤は、多くの戦いと死を経験してきた地に育まれた果実として、人の感情をも内包しているようだ。不合理に命を落とした先王の復讐と、見える神を気どる国家連合に対する憤懣と、次代のバルトラム国王たらんとする若い野心と。

それらをすべて飲み干したレミギウスは、窓の外に視線をやった。

夜の帳がひっそりと支配する古都。

濃紺に染められた世界に黒い山のごとくそびえる巨城を、目を細めて見あげる。勝者としての不敵な笑みを浮かべたレミギウスの横顔を、黒髪の男は光彩の消えた闇の瞳でじっと眺めていた。

3

夏風が真っ白な布をひるがえす。

プルウィウス・ルクス城の競技場にある、リーリエ国騎士団の観客席。各国ごとに分けられた座席の境目となる綱に干されているのは、数十枚ほどの汗拭き布だ。

一カ月近くの長期滞在ということで鎧下（よろいした）や寝間着など布製のものは、ハンナの指示のもと多めに準備してきた。しかしこの時期は観客席にいるだけでも汗をかくし、城壁と宿舎のあいだの外庭でおこなわれる訓練でも使われ、団員一人が一日に七、八枚は必要とする。

観戦日程によっては宿舎に戻れず、競技場の水場で洗って乾かして使いまわす場合もある。火の島杯の会場で洗濯物（せんたくもの）を吊すなど不敬（ふけい）ではないかとニナは思ったが、暗黙の慣習なのだろう。汗で濡れた軍衣（ぐんい）や鎖帷子（くさりかたびら）まで、座席や手すりを利用して干している国もある。

したがって第一競技も終盤となる大会五日目。

ニナは下方の大競技場でくり広げられる対戦を横目に、乾いた汗拭き布を手早く集めていく。屋根のある貴人用の観覧台とちがい、団員用の観客席は炎天下だ。砂時計一反転とかからず乾燥するのはありがたいが、フライパンで焼かれるごとき熱暑に耐えかね、日除け帽子をかぶる女騎士や側壁の陰に避難している騎士もいる。

半分ほどの汗拭き布を抱えたニナは、左隣の他国騎士と話しこんでいる中年組のもとへ向かった。

首にさげているものと取りかえてほしいと声をかけると、なんだよ、まだ臭くねえよ、と渋られる。数度の懇願でやっと交換してくれる強面の男たちだが、ニナとて好んで、汚れ物を奪いにきたわけではない。

かつてリヒトにリーリエ国騎士団は〈きつい、きたない、きけん〉だと評されたとおり、団員たちのほとんどは身だしなみに無頓着だ。歩くと土塊が落ちるほど汚れた甲冑で共同食堂に入り、着脱が面倒だという理由で、そのまま寝台で昼寝をしてしまう。目上の大人に生活面で意見するなど気が引ける。けれど観客席に遊びにきたマルモア国の黒髪らに回れ右をされたり、近くをとおる他国の女騎士に鼻をつまれては、友好親善と騎士団の体面的に口を出すしかない。

料理婦ハンナに厳命された下着と入浴の件も、結局は水場での洗濯を見守ったり、男性用の浴室まで追い立てるように付きそう羽目になった。そのほかにも穴があいた靴下の補修やなくした腹巻きの捜索に、日に日に減っていく酒樽の在庫調整。観戦予定に応じて観客席に持ちこむ軽食や飲み物の手配まで。

──みたいじゃなくて、かなり〈お母さん〉でした。競技会の雑用は慣れてますし、寡兵の騎士団として協力は必須ですが。

複雑なニナの内心をよそに中年組は、他国騎士と肩を並べて遠望鏡を手にしている。いちおうは偵察役として観戦しているのだが、あの黒髪の女騎士の胸すげえな、胸ならおたくの王女さまだろ、あれは見た目は女神でも中身は猪だ、マジで、つい最近も香料を借りただけでぶん殴られてよ──他聞をはばかる内容にニナが首をすくめると、おい、そこの子供、と声がかけられた。

右隣の観客席を見ると、紫に天馬の軍衣をまとった騎士が、ぶすっとした表情で白い布を手にしている。

えらが張った堂々たる風貌の騎士は、同じ西方地域に所属するクロッツ国の騎士団長だ。ニナは綱に干した汗拭き布が消えていることに気づき、あわてて駆けよった。

おそらくは風で飛んでしまったのだろう。すみません、ごめんなさいと、黒髪が跳ねあがるほどいきおいよく頭をさげる。クロッツ国騎士団長は座った姿勢でも自分より目線が低いニナを、じろりと見すえた。

腹立たしげに鼻を鳴らして、腕を組む。

「開会式で奇怪な甲虫を投げこんだ嫌がらせにつづき、汚らしい雑巾まで。リーリエ国は騎士団としての礼節がまったくなっていない。不潔な身なりに低俗な会話。食堂では激励にきた国王を一介の団員が怒鳴りつけ、客室では早朝から非常識にも大掃除。しかも外務卿たる王女は男性用浴場に乱入して、団員を殴打する事件を起こしたというではないか」

甲虫と雑巾には身に覚えがない。けれどおおむね正しい指摘に、ニナはただ小さくなる。

とくにベアトリスの一件は、副団長ヴェルナーが二枚目の始末書を提出する騒ぎとなった。

発端は下着の交換についてニナに確認された中年組が、消臭剤で誤魔化そうと、ベアトリスの花香を無断で使用したこと。水仙の花でつくられた香料は、ベアトリスの健闘を祈念したナルダ国新王からの贈り物であった。事態を知った王女は烈火のごとく激怒し、入浴中だった中年組を浴室から引きずりだして、裸のまま正座させて殴りつけた。野次馬が集まり警備部が駆けつけ、不幸にも居合わせたヴェルナーは制止と釈明と謝罪に追われた。ふたたびの始末書を涙目で書かされる結果となってしまった。

信じがたい暴挙だ、嘆かわしいと、クロッツ国騎士団長は忌々しげにつづける。

「日頃のおこないは競技結果を左右する。そのような姿勢ゆえ、主力の〈狼〉が初戦で負傷するなど無様な失態をおかすのだ。マルモア国とラトマール国は昨日までに、シュバイン国も本日の一組目で敗退した。西方地域で第一競技を勝ちぬいた国はわずか二カ国。あとはキントハイト国だが……」

うん、という顔をすると、眼下の大競技場に視線を投げる。

銅鑼の音とともに開始されたのは、本日三組目となる第一競技。黄褐色の大地に散った漆黒の軍衣の一群をしばらく眺めると、クロッツ国騎士団長は面白そうに口の端をあげた。

「いや、これでは我が国のみに、西方地域の名誉が託されたやも知れんな。仮にも破石王が第一競技で手こずるとは情けない。こたびの参加は副団長を欠いたうえ、控えの騎士だけで臨むと耳にしたが、噂は本当のようだな」

「控えの騎士だけ？　あ、あの、それって」

「おまえのような子供には十年は早い話だが、なんでも宰相だか軍務卿だかの奥方と不埒な関係となって国王の不興をかい、王太子の観戦が中止されたあげく、正騎士の同行をも許されなかったそうだ。昨年の西方地域杯でも我が国の女副団長をたぶらかして朝帰りさせ、今大会でも食堂にて年若い女騎士に土下座して求婚し、遊び人風の騎士と取っ組み合いの争奪戦をしたなど呆れた話も聞く。国王の処分もさもあらん。〈黒い狩人〉などともてはやされていい気になり、無節操に〈花〉を摘んだ報いだろう」

こちらもまったく嘆かわしい、西方地域でまともなのは我が騎士団だけだなと、クロッツ国騎士団長はうなずく。

国王の処分、とくり返し、ニナはあらためて大競技場を見おろした。青海色の目を忙しなく動かすと、やがて困惑の表情で眉をひそめる。

——これは……。

相手騎士団は南方地域杯で優勝経験もある沿岸部の大国。小隊同士が交戦している展開で、ざっと見わたした感じではキントハイト国が優勢に思える。

しかしクロッツ国騎士団長の言葉どおり、その競技会運びは西方地域杯での圧巻の強さにはおよばない。中央で黒衣を舞わせるイザークの剣技は傑出しているが、疾風のごとき身動きに、猟犬たるほかの騎士が遅れ気味に見えるのだ。

キントハイト国騎士団の正騎士とそれ以外を弁別するのは、同じ獅子紋章ながら王冠を戴いた〈獅子の王冠〉と教えられた。数百名の団員で十五名にしか許されぬ猛者の証。遠目では確認できないけれど、本当に主力の騎士が参加していないのだろうか。初日に食堂で会ったとき、王族の観戦が中止になったとは聞いたが理由までは知らない。

大地を潤す打ち水がじりじりと乾いていく炎天下。

次第に濃さを増す土煙のなかで、団長イザークが対峙していた相手の命石を鮮やかに跳ね斬った。声をあげて乱れている隊列を立てなおすと、すかさず次の騎士に突きかかる。

ニナの知るかぎり、イザークは大人びた余裕と遊び心をもつ破石王だ。〈黒い狩人〉の異名に恥じぬ剣技の腕を尊敬し、雰囲気が兄と似ているので、兄に近い親しみを覚えてもいる。

祖国の安寧のために硬化銀製武器の密造を憂慮していた彼が、騎士団の不利益につながる問題を起こすとは思えない。けれどマルモア国の女騎士から、多くの女性に好かれているらしい風聞は耳にした。共同食堂での出来事が妙な噂になっていたように、気安い態度による誤解からの国王の不興だとすれば、可能性はなくもない気がする。

クロッツ国騎士団長はくどくどと言葉を連ねていく。

「しかし今回の火の島杯における負傷事故は目にあまる。第一競技最終日の本日までに、二十人をこえる重傷者を出すなど前代未聞だ。これでは我が国の理事である審判部長も心を痛めているだろう。審判部長は公正と信義を重んじる、次代の議長にふさわしい誠実なお方なのだ」

「あ、はい。えと、負傷はたしかに、避けるべきだと」

「ほう、ふざけた悪戯(いたずら)で騒ぎを起こす子供にしては、物の道理をわきまえているな。そのとおりだ。騎士の大剣が狙うべきは命石のみ。……ちなみに制限時間内に相手騎士団の総退場で完勝した、我が国の第一競技は実に完璧(かんぺき)だったぞ？　わたしは四つの破石数を記録したのだが、まず一人目は」

素直な返答に気をよくしたのか、破石の過程を詳細に語りだされ、はい、お見事です、とニナは相づちを打つ。

非礼ではない程度に大競技場の進行をうかがうと、軍衣の裾(すそ)をもぞもぞといじった。六組目にはバルトラム国の初戦がある。落ちついて観戦するために、それまでには追加の果(か)実水(じっすい)を調理場から受けとってきてしまいたい。

競技のない日のリーリエ国騎士団は、それぞれが分担を決めて行動している。

団長ゼンメルは客室を仮の武具庫として、土質が蝶番を傷めやすい装備品の手入れに余念がない。オドは甲冑が落とした土塊で汚れた専用区画の雑巾がけをしがてら、水場にて多量の洗濯物に苦労する他国の騎士見習いを手伝ったりしている。中年組は半分が偵察役として競技を観戦。残りの半分は副団長ヴェルナーやリヒトらと、外庭にて第二競技についての新しい隊列の相談をしている。

王女ベアトリスは外務卿として、テララの丘を馬で駆けまわり他国王族との会談を砂時計刻みでこなす。休息日となったトフェルは布袋と虫取り網を持って、丘上に点在する地下遺構の階段扉付近を真剣な顔でうろついている。

ほどなくして競技終了の銅鑼が鳴った。

審判部が十三名対八名でキントハイト国の勝利を告げたとき、干されていた汗拭き布がふたたび風に飛ばされる。次に四人目の命石を華麗に――と語るクロッツ国騎士団長に頭をさげると、ニナは逃げていく布をあわてて取りに走った。

広大な競技場をぐるりとかこむ通路を半周ほど追いかけて、観覧台と観客席を隔てる階段の手前でようやくつかまえる。息を切らせて額の汗をぬぐうと、数人の女騎士と話している兄ロルフの姿が視界に入った。

――兄さま？

ちょうど階段をのぼりきった先の展望場所。

　年若い女騎士たちは、やがて焦ったように首を横にふる。赤い顔でそそくさと立ち去る彼女たちとすれちがう形で、ニナは木柵にかこまれた展望場所に向かった。兄ロルフは医務塔に、怪我の経過を診せにいっているはずだったけれど。

　いまの方々はお知り合いですか、とたずねたニナに、固定した左腕を首から吊っているロルフは、いや、と否定する。

「東方地域の騎士団員らしい。わずかでいいので時間をもらえないかと言われた。女騎士は数が少ない。申しこみは歓迎だが、首下げ布を使用しているうちは医療係に、陣所入りと一対一を禁じられている。対戦は布が外れるまで待ってもらえるかと確認したら、やっぱりいいです、ごめんなさい、と断られた」

　ニナは、複雑な表情で視線を迷わせた。

　女騎士たちの様子から一対一の誘いではないだろうと察したが、訂正するのも気が引ける。剣技だけでなく姿形をも天の寵愛を受けた兄ロルフは、王都ペルレを歩けば町娘が鈴生りで見つめるほど秀麗な容貌をしている。しかし剣にすべてをささげた不断の姿勢の所以か、〈その手〉についての甘い噂は残念ながら聞いたことがない。

　気を取りなおすように左腕の状態についてたずねると、炎症が落ちついたとの答えが返る。安堵するニナだが、指先から肘の手前まで固定された姿はやはり痛々しい。

第一競技で負った兄ロルフの怪我は左手首の骨折だった。

全治はおよそ一カ月。狙いすましたような急襲は西方地域の破石王に土をつけた〈隻眼の狼〉を、最優先で退場させるべきだと判断したらしいとの噂だった。その国の一の騎士ともなれば別の地域でも調査される可能性はある。しかし〈盾〉と〈弓〉の機能や団員個々の動きの癖まで読まれていたような対応については、マルモア国戦と同じく奇妙な違和感を残す結果となった。

団員たちは基本戦術の変更を余儀なくされる主力の喪失に天をあおいだ。しかし初戦のみで競技場を去ることになったロルフは、加害騎士への恨み言をもらすでも自棄になるわけでもない。少しでも治癒を早めて出場への望みをつなぎたいのだろう。頻繁に医務塔を訪れては固定の具合を調整して、日課の打ち込みを右手のみでこなしている。

兄の揺るぎない姿勢はニナの誇りだ。だからこそ自分が泣き言を口にしてはならないと思うけれど、蒼い狼さながらに大競技場を駆けることが叶わず、気高い輝きにふさわしい歓声を得られないことはやはり切ない。

甲高い角笛の音が夏の青空に放たれた。

眼下の大競技場ではすでに、四組目の第一競技がはじまっている。ニナが視線をやると腹部をおさえて倒れた騎士に、担架を抱えた医療係が駆けよるのが見えた。

近くの観客席に座る騎士の声が聞こえてくる。

「いったいどうなってる。開会式からこっち、連日のように重傷者が出ている。それも組み合わせ表の左側の競技ばかり。左側には破石王を擁する四カ国をはじめ、強豪国がそろっている影響もあるだろうが」

「見た感じ、荒々しい競技会運びの騎士団ばかりには思えぬが、それにしては不自然なほど怪我人が多い。まあもちろん、公正に命石を狙うはずが手元がくるい、騎士の命を奪う大事故になる不幸も実際にあるが」

「しかし故意でも偶然でも怪我は怪我で、命を奪わぬ以上は反則ではない。戦闘競技会の性質とはいえ、加害騎士は罰せられることなく次の競技に進める。最後の皇帝にささげる競技会だと考えると、なんとも複雑だな」

不穏なささやきの出所は一つではない。顔を見あわせたり首をひねったり。不可解なほどつづく負傷退場に、観客席は居心地の悪い空気に包まれている。

ニナは隣のロルフをそっとうかがった。

自身も怪我をした火の島杯をどう感じているのか気になったが、展望場所に立つ兄は大競技場ではなく、観覧台の屋上庭園にそびえる最後の皇帝の像を見あげている。

静かな横顔はテララの丘を遠望したときや、第一競技の直前の表情に似ていた。ニナは少し迷うと、よけいなことかも知れませんが、と断ってから問いかけた。

「兄さまはこちらに来てから、なんだか様子がちがうように思えます。なにかその、気がかりなことでもあるのですか？」

　ロルフはゆっくりとニナに向きなおる。

　同じ青海色(あおうみ)ながら硬質の煌(きら)めきを帯びた目に、記憶をたどるごとき影がよぎった。己の腹ほどの位置にある妹の顔をじっと眺めると、ロルフはややあって口を開いた。

「おれは街道に馬を並べながら、おまえが破石王アルサウについて学んだことを聞いた。高潔な理想で国家連合(リントヴルム)を樹立した主君オルトゥスに、生涯(しょうがい)をささげた勇敢(ゆうかん)な騎士。おまえの答えは、村人の誰もが知る〈事実〉だ」

「は、はい」

「……だがおれは、いまは亡き村の司祭から、アルサウが残したとされる逸話をあかされた。いずれ一の騎士として国を支えるものには伝えておくべきことだと。最後の皇帝オルトゥスは死の間際、屋上庭園に建設中の己の像を見て、これは誰の銅像なのかと、アルサウに笑いかけたそうだ」

「最後の皇帝が、これは誰だ……って」

　ニナは訝(いぶか)しげにくり返す。半円のバルコニーを円柱で積みあげた構造の観覧台。最上段で植物に包まれてそそり立つ、巨大な銅像に視線をやった。

　堂々たる微笑(ほほえ)みを浮かべて、オルトゥスは眼下の戦いを睥睨(へいげい)している。古代帝国風の長い衣装を彩るのは、国家連合三百年の歴史を思わせる幾重にも絡まった蔦(つた)だ。胸元には己がつくった世界を支える礎（いしずえ）でもある、黒褐色に赤が輝く命石の原石を抱えている。

　ロルフは落ちついた声でつづける。

「アルサウは皇帝の死後にこの地を去った。国家連合が〈見える神〉となるためには、土台となる神話が必要だ。聖者と勇者などには程遠かった、実際の己たちが都合のいい形に塗りかえられる虚飾に背を向け、故地が遠望できる南部山岳地帯に移りすんだ、とのことだ」

「待ってください兄さま。いまのお話だと、ツヴェルフ村のものが教えられた最後の皇帝とアルサウの姿は」

「最後の皇帝は貧しい領地で妻子と暮らす、席次の低い穏やかな皇子だった。アルサウはその領地に住む、実直で小柄な農夫だった。……雄々（おお）しい勇者の子孫を誇りとする村ではいつしか廃（すた）れた、司祭の家にだけ受けつがれる物語だそうだ」

「小柄な農夫……」

　ニナは困惑に瞳をゆらした。兄の話はアルサウの血筋として大柄な体格を誇り、競技会で活躍できる騎士を育てるのが信条の村としては、価値観そのものをくつがえすに等しい。小さなニナはその影響で、村人にあるまじき〈役立たずのチビ〉だと長く笑われていた。

　戸惑うニナに、おれも同じだ、と、ロルフはうなずく。

「破石王アルサウの再来と言われ、目に見える強さに価値を求めていたおれには、司祭の言葉は理解できなかった。皇帝が己ではないと表した立像を目にしてもなお、答える術を持たない。しかし皇帝とアルサウが聖者と勇者ではなく、懸命に戦い抜いた平凡な存在だったとしたら。彼らの理想には遠いだろう後のこの世で、子孫を名のるものが騎士として取るべき道は一つだろう」

取るべき道、とくり返した妹に、ロルフは静かなまなざしを向ける。

青海色の目とともに兄妹が分け合う、黒髪が流れる小さな頭を軽くたたいたとき、競技終了を告げる銅鑼が早々と鳴った。制限時間内に兜の命石を取りあい、残り数で勝敗をさだめる戦闘競技会だが、どちらかが総退場すればその時点で競技は終わる。

今日はどうやら進行が早い。ニナはバルトラム国の競技時間を考えると、そのまま調理場に向かうことにする。観客席に戻るという兄と別れて、そばの階段をおりていった。

青々とした下草が陽光に輝く中庭。石畳の通路を歩きながら、ニナはぼんやりと兄との会話を反芻する。

理想とは遠いと表現したのなら、兄はおそらく現在の戦闘競技会制度をじゅうぶんだと感じているわけではない。勝ったものが正しいとされる制度自体の矛盾なのか、赤毛から教えられた国家連合の神ならざる部分なのか。そのうえでのアルサウの子孫が取るべき道とは、いまの世での騎士としての姿勢という意味だろうか。

――いまの世の騎士……。

ニナは宿舎棟の周囲をなんとなく見わたした。

井戸を連ねた水場では女騎士たちが洗濯に勤しみ、騎士見習いの少年が果実水の壺を両手に抱えて運んでいる。建物の陰では十数名ほどの屈強な男たちが円座を組み、広げた戦術図に指先を走らせて何事かを相談している。

古代帝国時代の騎士は強さを至上とし、戦場で敵を倒すことを役目とした準貴族的な存在だったと聞いたが、現代の騎士とは戦闘競技会で戦うものを意味する。胸に戴く国章こそちがえど、それぞれに役目を果たしている騎士たちを眺めつつ歩いていると、おお、その軍衣はうちの騎士団の、と声をかけられた。

――え？

顔を向けたニナはぎょっとして目を見ひらく。

日除けの木の下に、頭上に冠を輝かせた男性が着飾った女性や青年らと立っている。白がまじる金髪と老いを感じさせながらも端整な顔立ちに、涼しげな短いブリオーと百合装飾が上品な先尖靴。派手やかなドレス姿の三人の婦人に日傘をさされ、羽根扇でゆったりと風を送られているのは。

「こ、こ、国王陛下……！」

ニナは瞬時に背筋をのばした。あわてて周囲を見まわしたが、歩みよってくるオストカールの姿に、自分に話しかけたのだと認識して頭をさげる。

王子王女と日常的に接していても、国王と名のつく存在と言葉を交わすのは初めてだ。どう対応していいかわからず、下草にしたたり落ちる首筋の汗をただ見おろしていると、朗（ほが）らかな声がかけられた。

「かしこまる必要はないぞ騎士見習い。ちょっとおまえに、頼みがあるだけだ！」

頭をあげよ、との言葉を受け、ニナはおそるおそる顔をあげる。オストカールは既視感（きしかん）のある新緑色の目を細めると、なにかに気がついた様子で、うん、と眉（まゆ）を跳ねさせた。

「そなた、背格好が第一競技で見た〈少年騎士〉に似ておるの？　しかしあれは少年でこちらは少女。はて、我が騎士団は団員不足だと軍務卿から聞いたような気もするが、こんな子供が二人もいるほどに窮乏していたか。……まあよい。観客席に差し入れを届けてやろうと思ったのだが、座席の場所がわからなくてな！」

理事館の料理人につくらせたクーヘンだ、黒葡萄のな、と侍従（じじゅう）たちが抱えた籠（かご）を指さす。取っ手に結われたリボンと、白百合が刺繡（ししゅう）されたハンカチが夏風にゆれた。

「案内を頼む。ああ、一の騎士は観客席にいるか？　ご婦人たちはどうしても、あの美々しい狼を間近で堪能（たんのう）したいそうなのだ。昼に夜にとねだられたが、他国王族との会食もあるし、通商協議だの議長選で投票する立候補者の選定だのと、ベアトリスや理事が小難しい用事ばかりもちかけてな！」

「か、観客席に……ご案内……？」

思いがけない要請に、ニナは急いで思考をめぐらせる。

儀礼的な側面の強い火の島杯は一般的な公式競技会と異なり、各国騎士団と王侯貴族のみが観戦を許される。しかし警備上の理由から両者の座席は分けられており、貴人用の観覧台には騎士の観客席からは入れない。出入り口である本館の正面扉や観覧台への吹き抜け階段は、警備部が手厚く守っている。

国王の言葉にはしたがうべきだろうけれど、他国の王族を観客席で見たことはない。礼節や他聞を考えて適切か判断できず、共同食堂での一件も頭をよぎる。

——お受けしたらまずいような気もします。でもかといって、お断りすることも……。

ちらりと上目づかいでうかがうと、なんだ、まさか自国の席がわからぬわけではあるまい、と怪訝そうに首をかしげられた。暑さだけではない汗がニナの手ににじむ。あの、えと、と困惑に言葉を濁していると、覚えのある靴音が迫ってきた。

「——！」

肩に手をかけられ後方に引かれるなり、目の前に飛びこんできたのは濃紺の軍衣。えっと見あげると息を荒らげたリヒトが、きついまなざしで国王を見すえていた。

甲冑の土汚れや乱れた金髪からすると、ニナと同じように追加の飲み物を調理場から補充する途中だったのだろうか。どういうこと、なんでこの人と、と低い声で問われ、ニナは返答に窮する。リヒトの険しい表情に、すべてを正直に答えたら揉め事になりそうな気がした。対応に迷っていると、オストカールがけろりとした顔で告げる。

「案内はおまえでもいいぞラントフリート。リーリエ国の座席へ連れていってくれ。地図板を見たが、なにがどこやら見当がつかぬのだ！」

　リヒトは三人の女性と侍従、そしてニナを順番に見て目をみはった。

「……ちょっと待ってよ。おまえでもいいって、あんたまさかニナに、自分たちを騎士用の観客席に案内させようとしてたわけ？」

「そうだ。差し入れを届けがてら、一の騎士をご婦人方に見せようと思ってな。しかし第一競技で負傷など、異名のわりに情けない狼だのう。まあ初戦で敗退したマルモア国に比べればいいがな。彼の国の王太子殿下が、下品な女騎士どもの失態だと不満をもらしておられて……ああ、西方地域の国はみな観覧台の五階なのだ。しかも最前列だぞ？　審判部長であるクロッツ国理事の特別な親切なのだがな！」

「…………」

「不満と言えば騎士が落とす土塊でドレスが汚れたと、シュバイン国の公爵夫人が立腹されてな。審判部長に相談すると他国の姫君らと話して……そうだ、ラトマール国の姫君におまえの名前を問われたのだ。彼の国は春先に主力団員が遠征で負傷したとかで、勝てぬ競技を見ても退屈だと観戦そっちのけで見目のいい騎士を……うん？　なにをそんな怖い顔をしておる。もしやクーヘンが気に食わぬか？　ここ最近は多少はまともになったと思ったが、おまえはまた面倒な好き嫌いなのか？」

オストカールは呆れた様子で首を横にふる。

困ったものだな、と婦人や侍従たちを見まわした。追従するように恭しく頭をさげられ、オストカールは指輪を輝かせてリヒトを指さす。

「ラントフリート、おまえは本当に厄介な息子だ。豪奢な王族待遇にそっぽを向き、無辜の兄王子らに反抗して暴力をふるい、王城を飛びでて遊び暮らしたかと思えば、王家を離れたいなどと恩知らずな要求をしてくる。その件は宰相が適切に処分……対処？　すると申していたが、そもそも異国の貧民街から探し出すのがどれほど――」

リヒトがふーっと大きな溜息をついた。

うつむいてきつく唇を結ぶと、親子のやりとりをおろおろと眺めていたニナの腕を唐突につかんだ。そのまま身をひるがえし、おいこらわしの話が、ああいや案内だ、との国王の声を無視して歩きだした。

宿舎棟の回廊を抜けて外庭へ出ると、一対一や模擬競技をしている他国騎士団を横目にさらに進む。歩幅の差を考慮してくれる常と異なり大股で。ほとんど小走りでついていくニナの視界に丘上をかこむ城壁や厩舎が入り、まさか馬で城下におりるのかと考えていると、リヒトがようやく足を止めた。

防風林が傘のように濃緑色の枝葉をのばす一角の外れ。夏の陽を優しくさえぎる大樹の幹に背中をつくと、もたれるように座りこむ。

崩した膝に肘をついた手で顔をおおい、そのまま下を向いたリヒトの姿に、ニナはにぎった拳で胸をおさえた。初日の食堂のあとに姿を見せなかったときも、こんなふうに一人で過ごしていたのだろうか。どうしていいかわからないまま、あの、えと、と口を開いた。

「た、たしかに国王陛下のご要望は、少しその、思いがけない内容で困惑しました。でも慰労のお気持ち自体は騎士団員としてありがたいことですし、陛下は決して無理にご命令したのではなく、なんというか、お言葉も朗らかで……」

「……ニナは優しいね。だけどニナ、おれが来なかったらどうしてた？　いかにもな愛妾（あいしょう）を引き連れて衆目（しゅうもく）だらけの観客席に行きたいって非常識な要求。変な噂（うわさ）になって国元の宰相に知られて、リーリエ国の体面を傷つけたってニナが責任を問われる可能性もある〈国王陛下のお願い〉、断れた？」

「えっ……えっと、それは」

「嫌な言い方してごめん。……ああもうまた失敗。こんな苛々（いらいら）してる姿、ニナにだけは見せたくないのに。ていうかここまで晒（さら）して引くとか無しの方向で。もらった以上、〈おれ〉は返品不可だしいろんな意味で重すぎてニナには捨てられないし、絶対に捨てさせない……って、さすがに恥ずかしくなってきた」

リヒトは伏せていた顔をあおむける。

ははは、と力なく笑い、額にかかる金髪をかきあげた。鮮やかな葉色の目に逡巡(しゅんじゅん)を浮かべると、それでも情けない表情で口を開いた

「……おれね、まえにも言ったけど、生まれで特権階級に属することを許された〈貴人〉に分類される存在が、ごく一部の例外をのぞいて……その、大嫌いなんだよ」

「あ、えと……はい」

「理由についてはさっきの突っ込みどころ満載の国王の発言が典型例っていうかさ。精一杯やって負傷したロルフやマルモア国の女騎士を見下した態度も、たかが衣装の汚れで審判部長に相談するとかいう傲慢(ごうまん)さも、自国の競技より愉しみを優先する脳天気さもぜんぶ嫌で。とくになにより嫌なのが、立場の重さを考えない無自覚さなんだよ」

「無自覚さ……?」

「自分の身分に相手が左右されることに無頓着(むとんちゃく)な感覚。愛妾を連れた国王に騎士用の観客席に案内しろって言われて、問題になる可能性を考えてもニナは断れないって想像力のないところ。悪意がなくても簡単に人を傷つけられるっていうか……おれの母親のときもそういう感じだったから」

リヒトは苦いなにかを吐き出すような声でつづける。

「亡き王妃付女官だった母さんは、王妃の悋気や陰湿さをもちろん知ってた。だけど国王に……その、一介の女官が国王の誘いを断れるわけないし。当時の国王は舞踏の順番待ち行列が廊下までつづくほどの美男子で、自分の好意は喜ばれるものだって軽い気持ちで、結局は王妃に露見して母さんだけが責められて。〈銀花の城〉はそんなことばっかで、おれが兄王子に暴力をふるったって真逆の証言をした女官たちとか、兄王子の横やりでおれが故郷に送るお金を止めてた代官だって、いま考えれば同じような事情だったと思うし」

「リヒトさん……」

「面倒でも厄介な息子でも、おれ自身がどう思われても別にいい。いまさら理解し合えるとは思ってないから。でもさっきみたいな無分別な言動を目にすると、その裏で泣いた人とか困った人とか……会えなくなった昔の仲間とかを思いだして。ほんと格好悪いけど、苛々して我慢ができなくなってさ」

眉をよせると、眩しい陽光に誘われたように空を見あげた。

枝葉のあいだからのぞく夏空は、同じ空でも記憶のなかの空とは明度がちがう。それでも薄暗い路地裏から何度となく眺めていたからか、届きそうで届かない青はおぼろな過去を自然とリヒトに想起させる。この地から馬で半月はかかるだろう火の島の西の果て。国や親の庇護を失い誕生の女神マーテルの掌から零れ落ちた、翼を広げることなく消えていった小さな存在たち。

胸の奥に残された面影に目を細めたリヒトの耳に、鳥のさえずりが聞こえてきた。

見れば頭上に広がる枝の途中に、一羽の鳥が止まっている。黒々とした目と白い羽根。開会式で放たれた白鳩は若芽をつつきくちばしを木肌に擦りつけると、青空に飛び立つことなく緑陰へと消えていく。

静かなまなざしでそれを見送り、リヒトは肩の力を抜いた。

じっと話を聞いているニナに視線を戻すと、なんとなく沈んだ空気を払うように小さく笑いかける。

「……だからおれ、〈銀花の城〉とは専門卿の会議とか、必要なとき以外はなるべく距離をおくようにしてて。情けない守秘義務な話、いままでこの手の公式行事も、ベアトリスがおれと父国王たちが近づかないよう工夫してくれてたんだよね。八年ぶりの火の島杯じゃ国王の臨席は仕方ない部分もあると思うけど、こんなに関わるなんてほんと予想外っていうか。今回はただでさえニナのことで、乏しい我慢を使い果たしてるのにさ」

「わたしのことで我慢……？」

唐突な言葉に、ニナはぱっきりと面食らう。

団員として恋人として、なにか失態をしたり不適切な態度をとってしまっていたのだろうか。不安な気持ちで見つめると、リヒトは、はっとした顔をする。

ああいや、と視線をさまよわせると、首の後ろをかきながら立ちあがった。下だった目線が急に上になり、反射的に身を引いたニナの顔に、少し迷ってから腕をのばす。

木漏れ日が照らす頬を手の甲で愛おしみ、すべらせた指先を唇に触れさせた。あの、と頼りない声を出した口を、甘い合図のように親指の腹で軽くこする。顎に手をかけてあおむかせ、リヒトは長身を静かに屈めた。

唇と唇のかさなる音が木陰にささやく。

騎士が大剣を交わす金属音と、厩舎につながれた馬のいななきが遠く流れた。

一気に頬を色づかせた恋人に、顔をあげたリヒトは柔らかい苦笑を浮かべて告げる。

「……おれがニナで我慢することなんて、こういう〈その手〉の行為に決まってるじゃん。大会がはじまってから別行動ばかりで、ロルフが怪我したことで隊列変更の訓練も追加されて、いまだって朝の共同食堂以来の再会だし。恋人として必要不可欠な要素が定期摂取できないのって、このうえない究極の我慢でしょ？」

「あ、えと……は、はい」

「はいって言ったね。うん。微妙に疑問形だったけど記憶のど真ん中にはしっかり刻んだから。……話がそれちゃったけど、まあ国王のことはそんな感じで。嫌な顔してるおれをこれ以上ニナに見せたくないし、テララの丘ではとりあえず接触機会を無くす方向にするけど、でもこの辛抱もあと少しで終わるからさ」

「あと少しで終わる……あ、王籍を離脱できるから、ですか？」

「うん。一国民として戸籍が得られれば、〈銀花の城〉で暮らす連中とは二度と関わらなくてすむからね。前々からそうしたくて、交渉自体が苦痛で逃げてたけど、ニナとの将来を考えたら踏ん切りがついたから。〈ラントフリート〉さえ捨てれば、おれは晴れて国家騎士団員のリヒトとして、〈小さな家〉での生活のために頑張れるから」

そう言ってうなずいたリヒトが、不意に城壁の方を向いた。

木立の先に見える城壁門から馬蹄を轟かせた騎馬の一行が出てくる。

夏の陽に豪奢な金髪を輝かせているのはベアトリスだ。城下の理事館で他国王族との会談を終えて丘上に戻ってきたところなのか、贈答品風の品物や書類を抱えた侍従たちを引き連れ、隣接する厩舎に馬をあずけにいく義姉の姿に、リヒトは急いで手をふった。国王の観戦や外遊予定を確認してくるとニナに告げると、あわただしくその場を去った。

遠ざかる濃紺の軍衣を見送り、残されたニナはやがて小さく息を吐く。

実際に目にし耳にすると、ベアトリスから聞いた以上に難しそうなリヒトと王家の関係。先ほどの国王の要請もあらためて考えれば、たしかに状況次第でニナの立場を危うくする内容だった。誤解ではあってもリヒトを悪く言う言葉はもちろん、兄ロルフや赤毛を軽んじる発言はニナとて悲しい気持ちになったし、幼少時からそれに類する経験を何度もすれば、リヒトが貴人自体を忌避しても無理はないと思う。そのうえで距離を置くことが最善だと彼が選択したのなら、すべての事情を知らない自分が口を挟む余地はないとも思う。

でもリヒトには言えなかったけれど。

──臨席の中止も画策したんだけど、でも先のことを考えて、このまま避けてるだけじゃ駄目よねって思いなおして。

ニナは赤毛を見舞ったあとにベアトリスとした会話を思いかえす。リヒトを〈黄色い鼠〉と嘲笑（ちょうしょう）した兄王子をはじめ、敵ばかりのようなリーリエ国王家で、ベアトリスが彼の味方なのはまちがいない。その彼女があえて国王の臨席を止めなかった。両者が接すれば先ほどのような展開になる場合もあると、おそらくは予想していて。

ベアトリスは国家騎士団員である以上は、個人的なわだかまりより優先すべきことはあるとも言っていた。国家騎士団員とは戦闘競技会に生きる騎士の代表ともいえる、国章を胸に戴（いただ）き国を支える存在だ。その騎士が重んじるべきこと──あるいは兄が語ったような、いまの世の騎士の姿勢に通じるものがあるのだろうか。

そんなことをぼんやり考えていると、午後を告げる鐘が遠く鳴った。

丘上を染めゆく鐘の音に歓声が混じっていることに気づいたニナは、あっという顔で口元をおさえる。

「──バルトラム国の……」

自分が競技場を出た理由をようやく思いだすと、軍衣をひるがえして駆けだした。

外庭から宿舎南棟の回廊に中庭。もときた道をたどるように走り抜けて、目についた競技場の階段をあがると、熱気と歓声が渦巻く空気がニナを包んだ。

眼下の大競技場を見おろすと、黄褐色の大地には純白に金の竜を描いた軍衣のバルトラム国騎士団が散開していた。木杭の外には破石されて退場したらしい相手騎士団員がいる。ニナは審判部の案内係にあわてて進行を聞いたが、まだ砂時計一反転が過ぎたばかりとのことで、ほっと額の汗をぬぐった。

リーリエ国の観客席に戻っている余裕はないと判断して、最上段の通路からそのまま観戦する。出場騎士かどうかは聞きそびれていたけれど、長靴で土煙を巻きこして剣戟を交わす屈強な騎士のなかに、ひときわ小柄な身体はまもなく見つかった。見覚えのある背格好に兜からのぞく白銀の髪と、剣帯にさげられるのは開会式の日に見た小さな革袋。

――いました、メルさんです。

互いに素性を隠していた状態とはいえ、〈盾〉と〈弓〉として隊を組んだ少女メル。火の島杯での再会に喜んだ自分と対照的に、メルはニナに冷淡だった。

正直なところ落胆したけれど、冷静になって考えればイザークの言葉どおり、メルにはメルの事情があったのかも知れない。仲間の騎士団が近くにいた状況で声をかけたことで、彼女に迷惑をかけたかと不安になった。負傷事故がつづいている火の島杯で、自分と変わらぬ体格のメルが怪我をしないかも心配だった。だからバルトラム国の初戦となるこの第一競技を、しっかり観戦したいと思っていたのだが。

ニナは通路の手すりをきつくつかんだ。

――わたしが言うのも恐縮ですが、やっぱり一人だけ極端に小さいです。でも身体能力はイザーク団長を思わせるほど際立っていたし、大剣の扱いも熟練騎士のように手慣れていました。滅多(めった)なことはないと思いますが。

はらはらしながらメルを見ていると、赤毛の女騎士を翻弄(ほんろう)した旋風のごとき瞬発力は火の島杯においても抜きんでている。右手に出現して大剣を横にすべらせたかと思うと、左手の端で純白の軍衣を光芒(こうぼう)と舞わせて上段からの一撃を放っている。

土煙と低い背丈もあいまって、高所の観客席からはメルの存在自体が視認できないかもしれない。安堵(あんど)に緊張をゆるめ、感嘆(かんたん)の思いをあらためて抱きながら動きを追うニナの目が、やがてはっと見ひらかれた。混戦のなかで足をとられたメルが転倒し、それを好機と、付近にいた相手騎士が大剣を振りかぶった。

――危ない！

しかし大柄な騎士の動きは鋭敏さに欠ける。メルならば避けられるとニナは判断したが、仰向(あおむ)けに倒れたメルはなかなか動かない。土煙が広がるように流れた。薄黄色い煙幕を切り裂くように大剣がくだされた瞬間、防御のための一刀を出しつつ、メルがようやく身をひねった。

「！」

鮮血が飛び、絶叫が放たれる。

相手騎士が腕を抱えて転がり、近くにいたバルトラム国騎士が群がって命石を打ち割った。角笛が退場を告げ、ほぼ同時に担架を持った医療係が木杭のなかへと走りこむ。

今大会ではある意味で見慣れた光景ではあるが、硬度にちがいのある硬化銀の甲冑と鋼の大剣では、切創など多量の出血をともなう負傷は多くない。視界や呼吸を確保するための目と鼻筋部分や、籠手や長靴と甲冑のあいだ。間接部の隙間に剣先が入ってしまった場合くらいだ。

もみ合った末の一閃が、偶然にも悲劇的な結果を呼んでしまったのか。痛みに暴れる身体を医療係におさえられ、叫び声をあげながら運ばれていく騎士の姿に、騒然としたざわめきが観客席をおしつつむ。

——いまのって……。

ニナは息をのんで口元をおさえる。

土煙で視界はさだかでなく、しかもこの距離からの肉眼では断言できない。けれどニナは南方地域で、毎日のようにメルと行動していた。動きの感覚や癖も理解しているニナから見て、いまのメルの行動は辛うじて出した大剣による過失には思えなかった。回避行動がとれる余裕がありながら、あえてそれを狙ったのだと——腕を奪ったのだと。

自然と浮かんだ不審に、しかしニナは首を横にふる。

なんて恐ろしいことを考えたのかと、唇をきつく結んだ。〈守る〉という概念を理解していなかったり、かなり風変わりではあったけれど、彼女が競技で故意に相手を傷つけたことはなかった。命石を割るのが苦手でも仲間と協力すれば、怪我を負わせてまで足止めする必要のある状況でもなかったはずだ。

——そうです。メルさんだって初戦だし、緊張して普段の対応が難しかったのかも知れません。転んだことで動揺して、大きな騎士に肉薄されて夢中で手を出したら偶然。

そこまで考えたニナはふと、交易船で自分を襲おうとした豪商を、メルが正当防衛という形で死なせてしまった事故を思いだす。人形のように虚脱していながら男の接近を察知して、海鳥のごとく飛んだ小さな身体。手足にすり込まれた動作を機械的にくり返したように、冷静に相手を貫いた彼女の大剣。

——偶然……偶然だと、思うのですが。

ニナは不規則に波打つ胸をおさえると、血溜まりの残る競技場を見おろした。

メルは本館への通路に消えていく担架を気にする様子もなく、鮮血に染まる白い軍衣を赤い影となびかせて、別の騎士に淡々と大剣を振るっていた。

「メルティス、帽子をかぶれ」

騎士団長に声をかけられたメルは、はい、とうなずく。

兜だけ外して荷物をまとめ、控室をあとにするバルトラム国騎士団。後頭部を掻いていた手を止めると、競技前まで身につけていた、古代帝国風のつばなし帽子で頭をおおった。

装備品の木箱を抱えながら、メルは〈先生〉に見られなかったことに安堵する。どの街で調査をしていても、〈先生〉は幻のごとく風景に溶けこんでしまう。テララの丘の地下遺構を自在に使い、幽鬼さながらに移動する黒髪の男は、どこで目を光らせているかわからない。

頭を掻きむしるメルの癖について、〈先生〉は呆れている。出来そこないの人形だねーと笑って殴り、傷が目立つからテララの丘では帽子をかぶれと言われた。メルは自分が、なぜ頭を掻くのかわからない。モルスの子の役目を考えると、どうして己を傷つけたくなるのかわからない。今日はじょうずに役目を果たした。だからだろうか。兜をとるなり後頭部に爪を立てていた。

控室から廊下に出ると、ひっそりとした空気がメルを包んだ。

観覧台のある本館の地下には、半地下の回廊で競技場とつながる出場国の控室と、多くて日に七回の競技会を開催するため、検品用の小部屋が複数ある。確認を終えた装備品の控室への搬入や、参加国の案内に競技場の整備まで。審判部の靴音が絶えなかった廊下も最終組の競技が終わり、騎士の熱気が戦塵のごとく薄くただよっている。

中央の階段へとバルトラム国騎士団が歩いていくと、廊下の反対側から、対戦相手国の騎士たちがやってきた。

白い軍衣に気づいた彼らは瞬時に顔を強ばらせる。

両国の競技はバルトラム国の勝利で終わった。戦闘競技会には勝者と敗者が必ず存在するが、事故とはいえ仲間が利き腕を切断するほどの大怪我を負い、騎士の命を失った事実は簡単には割りきれない。

しかし大きな石像のごとき騎士団長に率いられた一行は、対戦国の騎士たちに一瞥すらくれず階段をあがっていく。お義理程度の自責を示すわけでもない。淡々と無言で。責められる理由など存在しないと――戦闘競技会制度の範囲内で競技をしたまでだと言わんばかりの態度に、かっとなった騎士の一人が剣鞘に手をかけた。

よせ、やめろ、と仲間におさえられ、悔しげに歯嚙みした騎士の目の前を、最後尾のメルが通りすぎる。

あいつだろ、まだ子供だろうに、平然としてやがる、とんだ化物だ――露骨な恨み言を背中に受けたメルは、ふたたび後頭部に手をのばしていた。爪を立てかけ、けれど帽子の布地にはばまれると、行き場を失った衝動のまま剣帯の革袋を強くにぎる。

返ってくるのは固い薬壺の感触だ。頭部の傷を案じて黒髪の少女がくれたもの。無意味だとわかっていて、それでも捨てられずに持ち歩いている薬壺。

久しぶりに間近で見た少女の姿が脳裏をよぎった。

おどろいた、息をのんだ、破顔した、興奮に頰を赤くした、急きこむように話しかけてきた、流れてきた温かいなにか、一瞬で胸の空洞を満たした、きらきらと輝いた青海色の目――

「メルティス、なにをしている」

いつの間にか足を止めていたメルに、騎士団長が階段の上段から声をかけた。

――ああ、まただ。

黒髪の少女に関わると生じる不思議な現象。無意識に動く手足と口を出る言葉。開会式の日の邂逅を思いだし、ぼんやりと視線を動かしたメルに、ふたたび騎士団長が口を開いた。

「競技は終わった。メルティス・ウィクトル・テオドニウス。おまえは〈指示〉どおり、城下に戻れ」

薬壺から手を離して、メルは、はい、と立礼した。

モルスの子としての名前は、メルをしばる拘束そのものだ。名前とともに命令を与えて、したがえば食料や抱擁が。首を横にふれば飢えや暴力が。何百回何千回とくり返された。戦災孤児として引きとられた教会で、同じ境遇だという仲間とともに〈人形〉を作りだすために使われた発動の鍵。

メルがメルとして覚えているのは、吹雪と剣戟の音と、己を抱いていた誰かの腕が次第に冷たくなっていく感触だけ。王家と祖国を奪われ、穿たれた穴に与えられたのは本人、父、祖父、の三世代の呼称からなる、古代帝国時代から受けつがれた古の音律。

国家連合の制裁で滅んだ亡国の子供には、失意に自死した先王テオドニウスの復讐を果たす道具にはふさわしいと授けられた。凍りついた感情は永久凍土のごとく溶けることはない。無言で階段をのぼっていく団員たちのなかには、メルと同じく、空疎な瞳の若い騎士が数人いる。

一階にあがったバルトラム国騎士団は、受付での確認を終えてホールへと出る。

少し先の四女神の立像にかこまれた一角には、組み合わせ表の張られた石板があり、審判部が対戦結果を書きこんでいる。

敗北した国名には取消印を、勝利した国名には次の競技までの道筋を。硝子玉に似た水色の目は、左側に記されたリーリエ国と、少し下に記されたバルトラム国にそそがれる。

両国名からのばされている赤い筋。まるで運命がつむぎだす流れのように。互いが勝ちすすめば上位八カ国を決する、第五競技で対戦することになる。先ほどの〈負傷事故〉と同じく、どの競技で誰の騎士の命を奪うのか、決定するのはメルではない。彼女はただ――メルティスはただ、言われた役目を遂行するだけだ。だから。

宿舎にその姿を確認しにいって、気がついたら投げていた石。担架で運ばれた赤毛の姿を見て医務塔に向かっていた足と、自然と口をついて出た言葉。バルトラム国騎士団の気配が近づいていた。あそこにいてはいけなかった。少女を見せてはいけなかった。遠ざけなければと。早く早くと、動いた腕――

「――！」

重い殴打音が鳴る。騎士団長に横面を殴られたメルの身体が、玩具のように転がった。吹き抜けとなっている観覧台の二階にいた貴人たちから悲鳴のような声があがり、審判部が視線を投げてくる。競技会運びを失敗した年若い騎士が叱責を受けたのか。そんな空気が流れるなか、ふたたび足を止めていたメルに拳をふるった騎士団長は、熱のない声で同じ言葉をくり返す。

「競技は終わった。メルティス・ウィクトル・テオドニウス。おまえは〈指示〉どおり、城下に戻れ」

メルはゆっくりと起きあがる。

ずれた帽子を直し、けれど血のにじむ唇はぬぐわない。優先するのは命令だ。背筋をのばして立礼をすると、はい、と答えた。それでも。

——消えて、ここから。

胸の奥底で消えることなく渦巻く潮流。

それをたしかに感じながら、メルは組み合わせ表の石板に背を向けると、正面扉を出る白衣の騎士たちのあとにつづいた。

テララの丘の城下は戦乱で半壊した家屋を再建した旧市街と、完全に焼失して新たに区画整理した新市街に大別される。
歳月に白けた煉瓦と黄味が色濃い煉瓦がかもしだす建物の対比は、古代帝国の痕跡とそれにとってかわった国家連合の存在を、風景そのものとして如実にあらわしている。建物の屋根は総じて平たい。ほとんどの家屋で屋上菜園や観賞用の植物が、鮮やかな葉を茂らせている。
火山堆積物からなる中央火山帯は、すべての命を育む恵みの地質ではない。それでも最後の皇帝が荒れ果てた大地に緑の楽園を望んだように、生命の枝葉は三百年の後の世に残された尊い意思だ。帝都に暮らした人々の末裔は土壌や作物の品種を改良し、良水を導水して、最後の皇帝の思いにこたえている。

各国の理事館が並ぶ新市街区から旧市街区に入った団長ゼンメルは、周囲をうかがいつつ一軒の家屋に近づいた。

防壁に近い閑散とした一帯。観戦の貴人を狙っているという窃盗団の噂の影響だろう。遠くの小路に見える警備部らしき姿に注意して、黒葡萄が蔦を絡ませた扉をあける。

「――！」

己を待ちかまえる気配は家の外からでも感じていた。

瞬時に襲いかかってきた白銀を、すでに手をかけていた大剣を鞘走るなり受けとめる。

きん、と金属音が弾けた。

予想よりも自分に近い位置で止まった剣身に、ゼンメルの顔に不快の色が走る。相手は成長し己は老いた。忸怩たる事実を痛感した老団長に対して、さらなる高みに到達するだろう西方地域の破石王は、剣を引くとにやりと笑った。

「さすがです。ギレンゼン国の制裁から十五年は経とうに、〈情け容赦のない中隊長〉のままだ」

「世辞はやめてくれ。〈くちばしの黄色い新兵〉にここまで距離を詰められ、歳月の虚しさを感じていたところだ。そもそもやりすぎだ。わしの皺首など、いまさら命石一個の価値もないというに」

疲れた口調で告げ、大剣を剣帯に戻しながら周囲に目をくばる。

　イザークが忍んでいたのなら問題はないかと思ったが、念入りな確認は失敗の許されぬ、戦いの手足となる武具の扱いをする立場ゆえの性分だ。

　埃をかぶった家具に抜けかけた床板。木戸は閉められているが灯り取りの穴や排気筒からの陽光で、煉瓦づくりの室内は割合に明るい。国家連合職員となった先の副団長クリストフが伝えてきた、人目を忍んだ接触には適切だろう廃屋。

　異状がないのをたしかめたゼンメルは、やりすぎといえば、と思いだしてイザークを睨んだ。

「初日の食堂はいったいなんだね。〈花〉を渡り歩くとの噂にまぎれ、ニナを使ってリーリエ国騎士団の周りをうろつくに怪しまれぬ理由を示した。意図はわかるがあれでは逆に人目をひく。ご婦人に飽きて年若い娘に宗旨がえだ、狩人らしく太らせて食う気だなど、たいした艶聞になっている」

「あー……すみません」

　イザークは立たせたふうな黒髪をかいた。

「少しからかえば金髪がうまい具合に騒ぎたてると思ったのですが、奴は意外にも〈待て〉を覚えていた。子兎のためなら地下世界まで執拗に追いすがる男が、どこまでつつけば剣帯に手をかけるかと楽しくなり、つい調子に？」

「おまえは興味のある相手にしか名前を聞かぬ。ニナに名を問うた時点で、ろくなことにならぬとは思ったがな。本気のさや当てなら老人は感知せんが、妹を懐柔して兄もろとも引っかける算段なら話は別だ。団長として表に裏に妨害の手をつくす」

「なるほど。武具の専門家としては、やはり珍しい武器と類まれな武器は惜しいですか」

「団員不足で困窮している団長としてだ。これ以上減らされたらわしの人生から安逸な老後が消える。それにおまえが、殺傷武器としての弓に苦慮しているのは知っている。射手を防ぐには射手だからな。……まあいい。ようやく届いたのなら本題に入ろう」

うんざりと告げたゼンメルに、はい、と苦笑して、イザークは軍衣の内側に手を入れる。

ちゃり、と出てきたのは鎖帷子の一部だ。

鎧下の上に身につけて軽武装とし、戦闘競技会に出る際には甲冑の下に帯びる。軽くて丈夫で動きやすい、機能性に優れた硬化銀製の薄手の防具。

ゼンメルは丸眼鏡をかけ直すと、灯り取りからの陽光をたよりに渡された鎖帷子を検分する。慎重に指先を這わせて、角度を変えて凝視した。極小の輪を連結してつくられた鎖帷子の一部には、ぱっくりと大きな裂け目と——そして血痕がついている。

ゼンメルは顎の白髭をふるわせて低く唸った。

「鋼の大剣では、硬化銀の鎖帷子を潰すことはできても、紙と等しく切断することはできぬ。おまえの予想どおりこれは硬化銀の武器にて斬られたものだろう。それで、ユミルの容体は？」

「一時は危なかったのですが、どうにか。南方地域から〈少女騎士〉を追跡し、東方地域に入ってまもない山中で背後から急襲され、全治三カ月の背中の太刀傷。いまは寝台から新人団員を手足と使い、己の不覚を呪わんばかりの不機嫌さで情報収集活動を」

「当たり散らすほど回復したならまずはよし。しかしキントハイト国騎士団で次席たるユミルの背後を奪い、正体を確認する間もなく切り捨てるなど。猛禽を仲間にせんと誘った〈連中〉は、その猛禽と等しき邪悪な獣をすでに飼っているということか」

ゼンメルは血痕のついた鎖帷子をあらためて見おろす。微塵の躊躇もなく放たれただろう凶刃を想像して、白い眉をよせた。

「ともかく〈少女騎士〉を追ったユミルが硬化銀製武器で襲われ、その〈少女騎士〉はバルトラム国騎士団員と判明した。すれば同国が密造剣に関与している〈連中〉であり、火の島杯でなんらかの事を起こす可能性が極めて高い」

「同感です。問題は競技場の〈内〉か〈外〉か」

「内なれば現時点で不審なのは、第一競技を完勝したクロッツ国だ。同国の対戦相手は〈連中〉の襲撃で主力騎士が負傷した国ばかり。このまま勝ちあがれば、砂時計一反転と保たずに敗退した弱小騎士団の汚名も払拭できる。火の島杯の戦績が議長選に影響する慣例から、優位に立つための好材料となる」

「はい。一方でバルトラム国は、襲撃事件を受けた騎士団との対戦とは無縁です。ただ同国や我らが入った西側は、騎士の命を損なう重大事故が多発しています。第一競技終了となる本日時点で、総競技数のおよそ三分の一。八年前の火の島杯と比べても、作為を考える方が自然です」

「偵察役からの報告では、露骨に粗暴な競技が多いわけではないそうだ。リーリエ国騎士団の詳細な情報がバルトラム国以外に漏(も)れていたこともふくめ、〈連中〉が関与しているとしても加害国のすべてが一味なのか、密造剣を使用しての重大事故なのか。手がかりも情報も集まりながら忌々(いまいま)しいほど曖昧(あいまい)だ。そして死の匂(にお)いのする黒い翼がテララの丘を包むに近い、嫌な感覚だけが日に日に大きくなる」

「詩的な表現ですが、なにか根拠が？」

「勘だよ。生きのびる才能だけはあった、ただの老人のな」

ゼンメルは検分を終えた鎖帷子をイザークに返した。

「全容につながる物証がない段階で国家連合に働きかけ、竜の頭に逃げられるのは避けたい。ユミルが襲撃されたのなら奴が調べていた証拠品に、〈連中〉の目的に通じるなにかがあるやも知れぬ。調査報告が届くまでは我らで打てる手を打つしかない。外については警備部を誘導して城下の監視を厚くした。ニナについては〈連中〉に怪しまれぬ範囲で、目の届くところに置いてあるが……」

〈少女騎士〉が〈連中〉との糸口である以上、本来であればユミル襲撃をふくめた疑惑をニナに伝え、素知らぬ顔で接触させて情報を引きだすのが上策だ。しかし腹芸はできぬ生真面目な気質から、不自然な態度でこちらの動きを察知される可能性、また事態を冷静に受けとめる胆力はないとの判断から断念した。したがってニナには委細を伏せたうえで、適材を考慮して副団長補佐とし、不心得者が近づきやすいように泳がせている。

開会式の日に再会を果たし、〈少女騎士〉の素性を特定できたのは僥倖だ。しかし国家騎士団の優先順位を考えれば当然の処置ではあるが、なにも知らず誠実に雑務をこなしている姿を見れば、複雑な思いを感じるのも事実だった。

知らず溜息をついたゼンメルは、イザークが興味深そうに自分を見ているのに気づいた。なにがおかしい、と眉をひそめると、褐色の肌の破石王はいえ、と口の端をあげた。

「昔のあなたなら子兎を囮として、〈連中〉を誘いだすくらいはしたでしょうに。お飾りで大隊長となった貴族子弟に、敵の生首を土産に持ちかえった中隊長どのが、本当に〈歳をとれば丸くなる〉だな、と」

「そうだな。誰であっても年には勝てぬ。血気に逸り屍の山をつくっていた新兵が、〈女性問題で陛下の不興をかった〉などと、やくたいもない噂で真実を誤魔化す術を覚えた程度には、丸くなったわ」

「……いや、お言葉の棘だけは健在でしたか。まあ猛禽の懐から生還した子兎は、裏のないぶん豪胆です。おれの伝言をたがいなくあなたに伝えた金髪も、あれで意外と察していた。ですので存外にうまく運ぶのでは、と。ああ、子兎といえば、ロルフの怪我はその後どうですか?」

「全治一カ月の左手首骨折で、今大会の参加が絶望的なのは変わらない。しかし本人はこまめに医務塔に通い、右手のみを使って打ち込みに専念している」

「はは。それはいかにも奴らしい。……なにやら面白そうな匂いがしますね。なればおれも〈義兄さま〉の……く、やはり駄目だ。腹がよじれる。〈友人〉の打ち込みにつきあいましょう」

「無駄につつくのは止めてくれ。破石王アルサウの子孫として、奴はなにやら考えこんでいる節もある。国家連合の姿勢や戦闘競技会制度の矛盾についても然り。〈連中〉の出方によっては命石ではなく命を手にかける状況も否定できぬ。その際に己はどう対応すべきか、騎士ならば誰しもとおる道だがな」

　疲れた声で告げて、ゼンメルは軍衣の内側から書類の束を取りだす。

　硬化銀製武器を密造している〈連中〉に対して、ゼンメルとイザークは自国を守る国家騎士団団長として立ち位置を同じくする。

　本国にいたときは書筒で。テララの丘に来てからはイザークがニナに声をかける裏で、食堂の木盆の下や水場の木桶のなかに忍ばせるなど、文のやりとりをつづけている。面倒ではあるが、ユミルが襲撃されたならば、イザークには〈連中〉の監視がついている可能性が高い。両団長がともに行動することでよけいな注意を引かぬよう、挨拶以外の会話をするのは今日が初めてだ。

〈連中〉の目的がいまだ不明な以上、情報収集はあらゆる側面におよんでいる。

バルトラム国騎士団の登録名簿と同国理事である王甥レミギウスについての報告書に、本国の国王ウィクトルの動向。重大事故を起こした国家騎士団の公式競技会結果や被害国との関係、競技を担当した審判部と検品係の出身地をはじめとした個人情報。夏期に入って地下遺構の甲虫の動きが活発化したとの噂から、兵馬を起こす前触れとされる馬や麦の市場価格の推移に至るまで。

武具の調整と同じく緻密な報告には、国家連合職員でしか知りえない情報も入っている。目を通しおえたイザークは、なるほど、と薄く笑った。

「やはり先の副団長を国家連合に移動させたのはこのためですか。ならば〈貴人を狙っている盗賊団〉の流言で警備部を動かしたのも彼ですね。開会式の日に本館の管理塔あたりで見かけました。聞き覚えのない名前で呼ばれていましたが、〈クリストフ〉は登録名でしたか」

「……奴が入団した十年前ごろは、リーリエ国騎士団の情報管理を厳格化する必要があった。在団していたものは別として、新規入団のものはみな、軍務卿の指示で偽名での登録となった」

わずかな間をおいての返答に、イザークの記憶にある噂がよみがえる。

ぶしつけかと迷ったが、己の関心に忠実な狩人は興味のままに問いかけた。

「その処置は、もしやあなたの最初の〈男〉……失礼、団長となり最初に組んだ副団長の事件と関係が？　ある国との裁定競技会に絡み、仲間の団員が情報を売ったことで家族を殺され、その団員を殺害して出奔したという」

ゼンメルははっきりと嫌な顔をした。

「腹立たしいほど油断がならぬな。リーリエ国上層部しか知らぬことを平然と。情報の出所はどこだ。前々から怪しいとは思っていたが、やはり団舎の老僕のなかに間諜を忍ばせているのか」

「出所はうちの副団長ですが、そこから先は。なにしろ情報収集とおれの夜の行動監視はユミルの管轄なので。あなたの最初の副団長には一団員のころ、公式競技会で無様に破石されたのでいろいろと耳に。武器の扱いに長けた口髭が似合う男で、明るくて軽口をたたく……ああそうか、いま気づきましたが、金髪は彼に感じが似ている」

ゼンメルは黙りこむ。イザークの感想に同意できないのか、それとも答えたくないのか。

白い眉をよせた老団長は、団舎の武具庫に保管されている、残された装備品の調整記録を思い浮かべる。多くは制裁で失われた、火の島の平和の礎となったものたちが生きた証。

のみ込むべきものだと理解していて、それでも不本意な形で失った最初の副団長の存在は、胸に刻まれた古傷のごとく痛むときがある。

　髪や髭に白いものが増えたゼンメルをじっと眺め、イザークは苦笑した。回答を諦めて話を変える。

「……しかし金髪は変わりましたね。恋人に夢中なだけの子供じみた男が、多少は地に足がついてきた。ただ〈騎士〉と呼ぶにはまだ心許(こころもと)ない。中庭で国王となにやら揉(も)めていたと、うちの見習いから聞きました。王族の末端に生きる同類として庶子(しょし)の苦労は想像できますが、国王が国王にしか思えぬうちは、本当の意味で軍衣には値しないでしょう」

「リヒトの修理は難敵だ。身分的な事情も複雑で、どう転ぶかはわしにも読めぬ。しかし穴だらけで歪んだ甲冑ほど油が馴染み、調整次第で意外なほど輝くことがある」

「ならば子兎は磨き布というわけですね。愛らしくも雄々(おお)しい手なれば、騎士の中の騎士をも育てそうだ。意固地(いこじ)だった狼は蜂蜜酒のごとく味わい深くなり、添え物だった金の百合(ゴルト・リーリエ)までもが、外務卿として馬車馬さながらに会談をこなしている。変化があるという意味で、リーリエ国はまったく〈面白い〉」

「おぬしとて変わっただろう。荒削(あらけず)りな才能よりも生意気さで目立っていた新兵が、いまは〈黒い狩人〉の名を戴(いただ)く破石王だ」

「とんでもない。おれはなにも変わっていません。姑息(こそく)な知恵と己のものではない地位でせっせと穴を埋めている。戦功欲しさに命令にそむいてあなたに殴られた、〈くちばしの黄色い新兵〉のままです」

肩をすくめて否定すると、イザークは読み終えた書類をゼンメルに返して立礼した。今後の予定について相談してから扉に向かう。音を立てずに閉められた扉を眺めたゼンメルは、知性を感じさせる目を細めた。

軽口のなかに真意をまぜて探りを入れ、図太いようでいて慎重に物事を運ぶさまは、戦場で生まれ育ったものの名残か。西方地域には珍しい浅黒い肌色が示すとおり、イザークは制裁で滅ぼされた沿岸部の国の戦災孤児だと聞いている。

身体能力を見こまれて侯爵家に引きとられた彼は、自身の才覚と、血のつながらぬ姉が国王の寵愛を受けたことで王族の端に連なる栄誉を得た。堂々たる偉丈夫には〈花〉にまつわる浮名が絶えず、キントハイト国王の老齢を理由に、甥である王太子の実父はイザークではとの噂まであるが真実は知らない。

喪失が人に穴を穿つのなら、国や家族や愛する存在を失ったものは、その胸に空洞を抱いて生きねばならない。そして穴の深淵が深いほど、闇や負の感情はたやすくそれを支配する。その機会の一つである制裁が、生真面目な騎士を卑劣な略奪者に変え、年端もいかぬ孤児さえ卑しい鼠に変えるさまを、ゼンメルはなんども目の当たりにしてきた。

終わりのない夜から光の道へと戻れるものは多くない。だからこそ騎士は軍衣をまとい、やむなく犠牲(ぎせい)にしてきた存在に恥じぬよう、いまの世に最善を尽くすのだろうが。

「……穴を埋められる男と抱える男、そして穴そのものに消えた男。ハンナの愚痴(ぐち)ではないが豊穣(ほうじょう)と誕生の女神マーテルは、残酷(ざんこく)なまでに気まぐれだな」

ゼンメルは乾いた声でつぶやいた。

目を伏せた老人の背後を黒い甲虫が走り去り、壁の亀裂へと音もなく消えていった。

ゼンメルとイザークによる調査の手は、その後も多方面にのばされた。

観戦に来た王族からは、バルトラム国内では先王テオドニウスの自死につき、国家連合に対して叛意(はんい)すら口にする強硬派と、自制を求める穏健派が存在すること。同国理事である王の甥レミギウスと鉱石の採掘をおこなう鉱山卿ルクルスが強硬派の中心とされ、最後の皇帝の傍系(ぼうけい)としての自制を貫く国王ウィクトルとのあいだで、不協和音がささやかれている次第。

新人団員を南方地域中に走らせ、押収した証拠品の出所を調べているユミルからは、襲撃に使われた交易船をつくった造船所を突き止めたとの進展。国家連合の中枢にいる元副団長クリストフからは、火の島杯の組み合わせ抽選と前後して、審判部長であるクロッツ国の理事が各国騎士団の戦績を調べていたらしいとの報告。

そんな〈外〉に対し、〈内〉である競技場では、不可解な負傷事故がその後もつづいた。

露骨に荒々しい競技をしているようには見えないのに、なぜか騎士の命を失うほどの重傷者が毎日のように出る。医療係の担架が休むことはなく、医療塔の療養室は次第に埋まり、包帯姿の騎士が至るところで見られるようになった。仲間や知己の負傷は他人事ではなく、同時に同じ場に立つ自分自身の不安として、苛立ちや不安や焦燥感を呼ぶ。

それを最初に言いだしたのは誰だったか。

火の島杯の大競技場は観客席から距離もあり、視界をさえぎる土煙が立ちやすいとの性質を持つ。審判部の目の届きづらい混戦のさなかで、表向きは騎士の誠心を尊ぶ競技をしながら、偶然を装い命石を奪う刀身を故意にずらす。命石を取るための攻撃に、己の身を守るための太刀に、相手の〈騎士の命〉を奪わんとする暗い心をひそませているのではないか——

剣筋は騎士の心とされる。

対戦相手への小さな不信は、無意識に競技会運びに返った。

第二競技から第三競技に移行したころには、国章を軍衣に戴く国家騎士団でありながら、場末の地方競技会とまごう荒々しい剣を使う騎士が増えてきた——

4

——白の軍衣。

短弓に矢をつがえたニナは、無意識に顔を向けていた。

後半の砂時計二反転が過ぎたリーリエ国の第三競技。中央の混戦に巻きこまれて足を取られたのか、大競技場を包む積乱雲のような土煙のなかから、もんどりうって転がってきた相手騎士の軍衣は白。雪のような純白。

ニナの脳裏に浮かんだのは倒れたメルに大剣を振るい、彼女に腕を断たれて絶叫した大柄な騎士の姿。

魅入られたように動きを止めていると、近くの中年組が大剣を上段にかまえて転倒した騎士に駆けよった。あのときを想起させる状況に矢羽根を持つニナの指が硬直する。しかし倒れていた騎士は中年組が接近するより早く、その白衣を鮮血に染めることなく跳ねおきた。

ニナが安堵したのも束の間。立ちあがった相手騎士は、くそ、やりやがったな、と怒声を放つと、激高した獣のごとき荒々しい剣を中年組に振るった。胸に腹に手足に。激しさによろめいた中年組の兜を大剣の柄で殴りつけると、軍衣をつかんで引きずり倒した。

国章を胸に戴く国家騎士団とは思えない粗暴な攻撃。雲のような土煙で視界がきかないなか、付近で指揮をとっていたヴェルナーがようやく事態に気づき、対峙していた相手を強引に引きはがして加勢に入った。

「ニナ！」

名前を呼ばれたニナは、は、と我にかえる。

大競技場の端である木杭の近くで、目の前には相手騎士の足止めに成功したリヒトの背中。

――いけない、わたし。

ずれていた矢尻の先をあわててさだめると、頬の横でつがえた矢羽根を耳元まで引いてから離す。弓弦が弾けて矢音が鳴った。たなびく土煙を貫いて走った矢は、けれど相手騎士の兜の飾り布を揺らして上空へと消える。

弓射する場所からの距離や角度と、制止している相手騎士の命石の位置。ほぼ確実に射ぬけるだろう展開でのニナの失敗に、思わず視線をやったリヒトの隙を見てとったか。斬り結んだ状態から瞬時に身体を離した相手が、横殴りの一閃をリヒトに振るう。

不意打ちの痛撃を凧型盾で受けた長身がよろめいた。瞬く間の攻守の反転。のしかかるようにリヒトを崩し倒そうとする相手に、ニナはすかさず背中の矢筒に手をのばす。引き抜くなり短弓につがえて放った矢は、けれどやはり命石に届かない。兜の脇をかすめて土煙のなかに虚しく落ちる。

——また、外して。

それでもリヒトは防御に長ける〈盾〉として、至近距離からの刺突を肩当てで弾いて体勢を立てなおした。

ほどなくして競技終了の銅鑼が鳴った。

大会十三日目。上位十六カ国をかけておこなわれる第三競技。前半のみの第二競技までとは異なり、あいだの休憩を挟んだ前後半砂時計六反転の戦いは、十一名対九名でリーリエ国の勝利に終わった。

審判部の勝敗宣言を受けて戻ってくる団員の姿に、陣所で待つ団長ゼンメルは目頭をおさえて溜息をついた。

第一競技ではロルフが盾を持つ左腕を打ち折られた。攻守の要を欠いた第二競技では組み直した隊列に慣れずに苦戦し、勝ちぬきこそしたが無駄に失石数をかさねた。第三競技は南方地域杯で上位八カ国が常連の強豪国となったが、リーリエ国と同じく第二競技で主力騎士が怪我をして欠場。

互いに不完全な状態での対戦は遅い展開が予想されたものの、先の負傷事故に対して不審な点でもあったのか。警戒心もあらわな大剣は荒々しく、不必要に当たりの強い攻撃をなんども受けた。見ているゼンメルも神経を使う競技会運びとなった。

ともかくは当座の目標とした上位十六カ国入りを果たせたことに、ゼンメルは陣所に戻ってきた団員たちにねぎらいの言葉をかける。軽傷を負った中年組には医務塔に立ちよるように指示を出すと、さっそく撤収を開始させた。一つの会場でおこなわれる大会は、勝利の余韻に浸る間もないほど忙しない。二組目の第三競技に出場するキントハイト国らは、すでに本館の待機所に集まっている。

二競技を経て取りかえる団員が増えてきた予備の大剣や、本格化する暑さで使用量と消費量が増えた汗拭き布や果実水の壺。手分けしてまとめる団員たちにまじり、ニナが木杯を木箱に重ね入れていると、落矢を探し集めてきたリヒトが帰ってきた。

矢尻の欠けたのが何本かあるね、交換した方がいいかも、と背中の矢筒に矢を入れてくれるリヒトを振りあおぎ、ニナは荒い呼吸を吐きながら言った。

「すみません、わたしは後半からの出場なのに、足にきてしまって。リヒトさんは前半からで走りっぱなしで、それにその、終了間際の失敗も」

「おれならぜんぜん大丈夫。持久力は顔と並んで、おれの数少ない長所の一つだからね、いまから競技場の周りを三十周でも余裕で走れるし、だからニナはどれだけ逃げても無駄だよ諦めてね……いや、うん。つまりはえーと、ロルフの拷問まがいな走力訓練は、ニナには絶望的な守備範囲も拡大しちゃったかもなって感じ？」

いつもどおりの微妙に不穏な軽口をもらすと、リヒトはリーリエ国の座席のあたりに、おーい、と手をふる。あと三日ほどで首下げ布が外れる予定のロルフは、第二競技と同じく、今日も観客席から競技を観戦している。

リヒトはニナに向きなおると、汗で額に張りついた黒髪を優しくととのえた。

「それに命石だって今日はなしだけど、第二競技で一個とれたし。火の島杯っていう状況を考えれば、失石しないで最後まで競技場に残ってるだけでも貢献の一つだからね。それにさっきの相手国は国家騎士団にしちゃ荒い運びで、暑さが本格化して打ち水が乾きやすいのか、土煙がやたらと起こって視界も悪かったし。そのあたりの影響もあるだろうからさ」

「はい。ありがとうございます」

「ただ弓射率は少し不安定かな？　〈その手〉の摂取不足が原因の九割として、残りの一割は……あ、いちおう、おれの名前を聞いてきたラトマール国の姫君の件は、ぜんぜん心配いらないからね。ベアトリスに確認したら火の島杯を騎士の品評会だと考えてる、頭がお花畑な王侯貴族の一人みたいだから」

「え、えと、はい」

「……さらっと流されてちょっと残念。まあここでの滞在も半月になるし、疲労が出るころかもね。顔見るたびに今日も小さいなとか、ちょうどいい手置き場みたいに頭をなでてくる破石王もいるしさ。食堂じゃ肉塊をほおばるニナを頬杖ついて眺めてるし、弓の的打ちをキントハイト国の若い団員に見学させてるし。そもそも〈おじさん〉は着替えから入浴まで子供並みに手がかかる、臭いに鈍感な自国のだけで手一杯なのにさ」

だらだらと片付けをしている年長の団員たちを、リヒトは非難をこめて睨む。

会話の内容は聞こえていたのだろう。小さいのが細けえんだよ、そうそう、母ちゃんみてえ、だから母ちゃんだろ、そっか、と納得しあう中年組の頭を、ベアトリスが国旗の支柱でつついた。さっさと働きなさいよ、また正座させるわよ、との言葉に、野盗めいた屈強な男たちはあわてて荷物を運びはじめる。

団長ゼンメルと副団長ヴェルナーのもとには、審判部が出場騎士の破石数の確認と、次戦となる第四競技の日程を説明にきた。その横で装備品の大きな木箱を抱えたオドを、トフェルが両手を合わせて見あげている。二人は明日の午後が休息日だ。城下の避難塔あたりで大量発生したらしいんだよ、ここで一気に集めてえんだ、と頼みこむ悪戯妖精に、オドは困った顔でニナをちらりと見た。

八月も中旬となり、火の島杯もすでに競技日程の半分が過ぎた。頻発する負傷事故に不穏な憶測がささやかれ、それに付随するように荒々しい競技が増えるなか、リーリエ国騎士団はいい意味で普段どおりに責務を果たしている。

——なのにわたしは。

自分の競技を顧みたニナは溜息をついた。

蓄積された疲労で足の踏ん張りがきかないのも事実だし、土煙で視界が遮られたり、ガルム国戦を思わせる粗暴な気配に身がすくむこともある。それでも先ほどの失敗は言いわけができない。相手国の白い軍衣がバルトラム国のそれに見えた。第一競技でのメルの姿が脳裏に浮かんで、思わず視線を奪われていた。

絶叫して腕をおさえた相手騎士と、血に染まった軍衣で平然と競技を続行したメル。彼女の身体能力や剣技を知っているニナには、故意だと考える方が自然に思えた〈負傷事故〉。

——でもいまの段階ではわたしの憶測です。観戦していた団員の皆さんは誰も、あの事故に不審を口にしませんでした。その後の第二競技では気になる場面はありませんでしたし、第三競技では相手騎士団に複数の怪我人が出ましたが、関わったのはバルトラム国騎士団長でした。

判断に迷う状況ならば本人に真偽を問うしかないけれど、再会時の拒絶を思うと心が怯んだ。バルトラム国は他国の騎士と接するのを禁じているのかも知れず、だからメルの存在もベアトリスや赤毛に伝えられていない。競技会用装備では身元が特定しづらいのか、競技を見ただろう彼女たちがメルに気づいた様子も現時点でない。近くをとおったとき同国の観客席をさりげなくのぞいてみたけれど、本館で会えた偶然が不思議に思えるほど、そもそもメルの姿を見かけない。

　だけど弓筋はニナの心だ。たった一回の不確かな感覚で隊を組んだ仲間を疑うのは心苦しいけれど、余所事だと割り切れずに競技に支障をきたすなら、やはり誰かに相談してみようか。メルの剣技を知っていて、私情にとらわれず冷静な判断ができそうな相手。騎士団歴が長いマルモア国の赤毛の女騎士か、情報収集が専門だというキントハイト国の副団長のユミルならば――

　そんなことを考えながら、ニナは陣所をあとにする団員たちにつづいた。半地下の回廊から控室に戻って、兜だけ外して廊下に出る。中央の階段をあがり受付をとおったところで、前を歩くリヒトが不意に止まった。

「リヒトさん?」

　どうかしたのかと背中から頭をのぞかせて確認すると、先に行っていたベアトリスや団員たちが、組み合わせ表の石板あたりに集まっている。

　大荷物を抱えて背筋をのばしている濃紺色の軍衣のなかには、三人の愛妾と貴人風の男女を連れて、上機嫌で笑っている国王オストカールの姿があった。漏れ聞こえる会話からすると、どうやら国王は第三競技の勝利が誇らしく、ともに観戦していた王侯貴族にリーリエ国騎士団を披露しようと考えたらしい。

「しかしさすがは我が美しい王女だ！　気高い金の百合（ゴルト・リーリエ）に観覧台は絶賛の嵐で……いやいやマルモアの王太子殿下、見目も実力も劣るうちの女騎士とは雲泥（うんでい）の差だなどと本当のことを。そうなのですクロッツ国王、王族の姉弟が騎士団員なのは参加国でリーリエ国だけだそうで……これもわしの愛情と薫陶（くんとう）のおかげ？　西方地域の強国同士、新議長の選出にも心を一つにしたい？　もちろんですとも理事にそう命じて……」

　大きくうなずいたオストカールが、受付の前で足を止めているリヒトに気づく。

　接触を避けるために確認した行動予定にない登場だったのか、すでに額を手でおさえているリヒトに、おお、ちょうどいいところに、と喜色にあふれた声をあげた。周囲の貴人たちを得意げに見まわすと、指輪が重たげな指をリヒトに向ける。

「あれは母親が女官の庶子（しょし）でしてな。席次は七番目か八番目の。下々の育ちながら見所のある息子だと、特別に目をかけていたのです。どうですかなラトマール国の姫君、近くで見るとわしに似てさらに美形でしょう？　ラントフリート、こちらはみな西方地域の王族や名代貴族の方々だ。せっかくの機会だから紹介してやろう！」

「…………」

「なんだ遠慮（えんりょ）するな。公式行事で近しく言葉を交わすなど……はていつぶりだったか。まあよい。ああ、甲冑なら気にしなくていいぞ。審判部長が打ち水を減らしてくれたおかげで、ご婦人方の衣装を汚す土塊（つちくれ）がだいぶ落ちなくなったようだからな！」

朗らかな誘いを受けたリヒトは、打ち水、と訝しげにくり返した。やがてはっと気づいた顔をすると、足先まで隠れるほどに長いドレス姿の婦人たちを見やる。信じられないといったふうに眉をよせて、国王を見すえた。

「……ちょっと待ってよ。まさか自分たちの服が汚れるからって、そんなくだらない理由で本気で審判部長に相談したわけ？」

「そうだ。お優しい審判部長は二つ返事で、会場整備の職員に打ち水の回数を減らすように命じてくださった。話を聞いた他地域のご婦人たちもたいそう喜んでおられて、次代の議長にはこのような配慮のできる方が相応しいと……うん？　なんだラントフリート、おまえはまた怖い顔をして。ああ、差し入れなら観戦用のチェリーパイがあるぞ？　夏の甘味と言えばやはりこれで……」

　リヒトがふーっと大きな溜息をついた。

うんざりと首を横にふる。迷うように唇を結んだが、ごめんね、おれちょっと、と肩越しにニナを振りかえると、ホールにたむろする人混みのなかに消えていった。

　オストカールは、なんじゃあいつは、もしやチェリーパイも嫌いだったか、と目をまたたく。無視される格好となった貴人たちは去っていくリヒトの後ろ姿に、非難めいた呆れ顔を見あわせた。

　目元を手でおおってベアトリスが、仕方がないといった様子で外務卿の顔になる。すみません、義弟はちょっと臆病で口下手で恥ずかしがり屋で、と大輪の百合もかくやの美貌で艶然と微笑み、庶子の非礼にひそめられた貴人の眉を一瞬でゆるませた。

そのまま団員の競技会運びについて説明する艶やかな声を耳に、ニナは困惑もあらわに視線をさまよわせる。

——審判部長が会場整備の職員に、打ち水を減らすように命じた……って。

一週間ほどまえに中庭で会ったとき、国王はたしかにそんなことを口にしていた。騎士の落とす土塊でドレスが汚れたと立腹した婦人たちが、審判部長に相談しようか話していると。ならばそのために競技場が乾きやすくなって、今日の競技は雲のような土煙が生じていたのだろうか。

競技会用装備は前日のうちに検品係に預けるので、騎士は鎖帷子に軍衣の軽武装で控室へと入る。競技後については特別な規定はないが、持ち運びの利便性から兜だけ脱いで宿舎に戻ることが一般的だ。乾けば土煙を生じさせる火山灰土の競技場は、防止の打ち水を放てば塊となって装備品にこびりつく。歩くたびにぼろぼろと落ちるので、たしかに騎士が通行する場所は土塊で汚れていることが多い。

それでも競技に支障をきたす恐れのある会場整備より、衣装の都合を優先するのだろうか。ニナがただ考えこんでいると、二組目の第三競技に出る騎士団へ招集の声がかかった。

階段脇の待機所。長椅子に座っていたキントハイト国騎士団が、長靴をざっと鳴らしていない。

　受付に向かってくる黒衣の隊列に、付近にいたニナは急いで場所をあけた。整然と通り過ぎる騎士たちを見送れば、ちょうど視線の高さの胸元の国章が目に入る。女性問題が原因で控えの騎士だけでの参加は本当なのか、獅子紋章に王冠を戴いた軍衣の団員はやはりいない。

　そんなニナの姿に気づいたか、最後尾のイザークはほかの団員を先に行かせる。口の端を意味ありげにあげて歩みよってきた。

「なんだ子兎、あと二回りは太らねば食えぬ子供かと油断していたが、いまの目つきは頼もしいな。獅子に王冠がない理由が気になるか」

　見透かされたような言葉に、ニナは細い肩を跳ねさせる。

　いくら気安くしてもらっていても、艶聞の類だろう他国の内情に首をつっこむなど非礼だ。いえ、その、と首を横にふると、誤魔化すようにたずねた。

「ユ、ユミル副団長は、やはりいらっしゃらないのでしょうか。軽傷とうかがっていましたし、八年ぶりの火の島杯だし、途中からでも観戦に来られたりとかは、と」

「さて。それこそ八年ぶりの情報収集の機会だったのに最悪です悪夢ですと、恨み言だらけの手紙は届いたが。ようやく寝台で身を起こせる程度だからな」

　え、と目をまたたいたニナに、イザークは、こちらの話だと薄く笑う。リーリエ国の競技を観戦していたのか、小さく息を吐いて言った。

「担架の出番はなかったが、ずいぶんと荒々しい競技だったな。あの対戦相手国は、第一競技では誠心の手本のように公正な競技をしていたが。おかしな負傷者につづいて賭け競技とまごう競技など、最後の皇帝にささげる火の島杯が、どうにも腹の据わりが悪い」

それでも堂々たる体格で背筋をのばすと、勝利を祝う立礼を悠然とささげた。

「ともかくはリーリエ国が勝てて重畳だ。クロッツ国が勝ち残れば西方地域の恥だと、マルモア国の女騎士に取りかこまれ、不実を詰られる伊達男のごとく喚かれた。百合が枯れれば獅子と天馬のみ。〈花〉とも呼べぬかしましさで糾弾されるのも、天馬の鼻がこれ以上高くなるのも、どちらも想像するだけで気が萎える」

広い肩をすくめられ、ニナは、はあ、と言葉をにごした。

強豪国との対戦を完璧に免れているクロッツ国は、第三競技までのすべてを相手国の総退場で完勝した。同国騎士団長の威勢は日に日に高まり、担架で運ばれる重傷者が出るたびに、騎士の誠心がなっていない、と大仰に嘆く。そして誠心の手本だという自身の戦績を詳細に語るのだが、中年組は聞こえないふりをしているので、ニナとオドが相づちの係になっている。素直な聞き役に気をよくした騎士団長の話は次第に広がり、おかげでニナは同国騎士団の一の騎士が女副団長であることや、団長の奥方が軍務卿の令嬢で三人の娘がいることまで知っている。

――それにしても。

組み合わせ表で自国に利している噂の真偽は不明ながら、耳にしたばかりのクロッツ国理事である審判部長の一件。貴人たちが衣装の汚損を理由に土塊に苦情をもらし、審判部長はその意に沿った対処をしたと――あるいは議長選での集票を考慮して。テララの丘にきてから国家連合や王族についての話は、さまざまな形で耳にしたけれど。

「……こういうものなのでしょうか」

もやもやした気持ちのまま、ニナは口を開いていた。

「うん？」

「騎士は自身の覚悟と祖国のために、危険と隣り合わせの戦闘競技会に出場します。だけど臨席の王族の方も国家連合の上層部の人も、競技場ではなく、自分たちの都合や利益のことに関心があるように思えてしまって」

そこまでつづけてはっとする。姉が寵姫であるというキントハイト国王の義弟。気安い態度もあって失念していたが、冷静に考えたら目の前のイザーク自身も、身分からいえば観覧台で見ている側の存在だ。

ちがいます、その、団長のことでは、とあわてるニナに、イザークは楽しそうに片眉をあげた。

「いや、かまわないぞ。金の褥で育ったわけでなし、王族といっても端の端に連なる成り上がりだ。それに疑問は成長の糧となる。騎士でも〈花〉でも、無知を免罪符に諾々と頭をたれる獲物はつまらんからな」

そう告げて、ふと思いついたようにニナを手招きする。正面扉とは対面となる、競技場側の壁際へとニナを誘った。

吹き抜け階段の裏手となる壁には、床から天井近くにまで巨大な火の島が描かれている。彩色が色あせた壁画は、テララの丘に遺された国家連合初期の遺物の一つだ。東西南北の海に風を生みだす四人の女神と、四地域を分ける山脈と国名が記されている火の島を見あげて、イザークは言った。

「三百年前の世界を描いた壁画だ。おれは火の島杯に来るとこの壁を眺めている。今年でそうだな……四回目になるか。最後の皇帝が目にしたかつての火の島を見て、そして数える」

「数える？　あの、なにをですか」

「国家連合設立時から、はたして国がいくつ滅亡したかとな」

さらりと口に出された言葉に、ニナはぎょっとする。イザークは己の頭より上の位置にある、ウィギル山脈とイーレ山脈にかこまれた西方地域に顔を向けてつづけた。

「誕生の女神マーテルに恵まれし西方地域にあった十五の国は制裁にて六カ国が滅ぼされ、現在は九カ国しかない。歴史書に記述すれば一文で説明できるだろう事実の、その裏には民がいる……いや、民がいた。三百年で六カ国。当時の人口や正確な統計はわからないが、少なくとも二百万をこえる民が国を失ったと言われている」

　二百万人、とニナはくり返した。にわかには実感としてわかない数字に、初めて目にする国名も記されている西方地域をじっと見あげる。

「おまえが千谷山を越えて入った旧ギレンゼン地方のように、制裁で滅んだ国は近隣諸国に併呑される。戦火を免れた民は土地とともに敵国の持ちものとなるが、苛酷な労役を課されるなど、亡国の民の末路は決して安逸ではない。そしてなにより哀れなのが、自ら守る術をもたぬ子供だ」

　イザークは西方地域の北西、キントハイト国の西にある沿岸部の国を指さした。

「この国はいまから二十五年ほどまえに制裁で滅んだ。当時は東方地域で大規模な軍事侵攻を企てた大国があり、国家連合が二方面への対処を余儀なくされた影響で多くの兵馬を割けなかったそうだ。王都を陥落させたあとで諸侯や農民の反乱が相次ぎ、制圧できぬまま泥沼の内戦状態となった」

「内戦状態……」

「うちの騎士団でこの国に生まれたものがいる。飢えと死が支配する世界で、気がつけば親を奪われ戦場に放りだされていたらしい。略奪と野犬から逃れ、泥水をすすり雑草を食べて生きのびた。従軍していたキントハイト国の貴族に救われたが、それはごく一部の幸運な例だ。孤児の多くは暴力の餌となり家畜のごとく売買され、あるいは生きのびるために自ら獣となる」

たしかな重みと、どこか実感のある言葉。

ニナは壁画からイザークに視線をうつした。黒衣をなびかせ雄々しく競技場を駆けるキントハイト国騎士団にも、そんな苛酷な半生を送ったものがいるのだろうか。

西方地域には珍しい褐色の肌の破石王は、ゆっくりとニナを見おろす。

「かつて火の島を焦土と化したような大戦が起これば、その地獄が当たりまえの日常となる。おまえのいう〈こういうもの〉とやらが具体的になにかは知らぬが、戦乱が奪うものと比べれば、多少は汚れた王家や制度とていまの平和には必要だろう。三百年前の火の島を眺め、これまでに失われた亡国の旗を数えればなおさらな」

「イザーク団長……」

「国章の裏には民がいて、そして国家連合の土台の上には無数の国旗が立っている。それを思えばたいていの不条理は飲みこめる。もちろん相手によっては反吐が出るほど不味いときもあるが、苦みが我慢できねば芳醇な〈花〉で口直しすればいい。ユミルには、夜遊びの下手な言いわけだと冷笑されているがな」

受付の方から、団長そろそろ、という声がした。肩越しに振りかえり、ああすまん、と手をあげたイザークは、正面扉付近にふと視線を投げる。

組み合わせの石板前では、西方地域の王族にかこまれたオストカールが上機嫌で笑っている。紅も派手やかな愛妾たちを装飾品のように引き連れ、ベアトリスを絶賛し貴人たちの追従に相好を崩す。汗や土塊とは無縁の高雅な衣装をまとい、冠を輝かせ羽根扇から微笑みをこぼれさせた彼らの周囲では、中年組ら団員たちが負傷した手足もそのままに、重い荷物を抱えて背筋をのばしている。

イザークは肩をすくめて苦笑した。

「……リーリエ国王の異名が〈平和の象徴〉とは耳にしていたが、言い得て妙だな。武具の専門家でも調整に手こずるという、面倒な金髪をつくっただけのことはありそうだ」

言葉の意味をはかりかね、え、という顔で見あげたニナに向きなおる。

琥珀色の目を細めると、どこか静かな声で告げた。

「王家と澱みは切っても切れぬ双子の兄弟だ。華やかさのぶんだけ影が生まれる。〈銀花の城〉とうたわれる美しい王城も、外と中で目に入る景色はおそらくちがう。その意味で金髪に同情すべき部分はあるが、だがそうであっても〈こういうもの〉だな。国王が国王にしか思えぬうちは、騎士として守るべきものを守れぬだろう」

腹ほどの位置にある小さな頭を軽くたたき、イザークはそのまま受付に向かった。身元確認を終えると、控室への階段前で整列する黒衣の集団のなかに颯爽と入っていく。

「騎士として守るべきもの……」

つぶやくようにくり返したニナの脳裏に、リヒトの声がふとよぎった。

――騎士になればお金と食べ物が手に入って、理不尽なことや悔しい目に遭わなくてすむし、それに仲間のことも守れるから。

夜のバルコニーでリーリエ国旗を眺めながら聞いた言葉。リヒトは困難な生活を強いられた己や仲間のために騎士を目指し、苦労の末に亡くなった母親が残した名前を大切にしている。〈銀花の城〉と貧民街。正反対のような世界に存在する国王への姿勢と、リヒトが心を砕いたささやかな存在を守ること――

ぼんやりと考えこんだニナは、壁面の火の島をあらためて見あげた。

ガルム国の北部にあるギレンゼン国に目を留めると、併呑された一地方として足を踏み入れた亡国の名残を脳裏に描く。歳月に風化した城塞には古い矢傷がいくつも残り、朽ちた甲冑や大剣の破片が、失われた民の嘆きのごとき谷風にさらされていた。そこに住んでいた人々がどうなったか、ニナは知らない。

無言のまましばらく眺めていると、不規則な足音が聞こえてくる。

視線を向ければ医務塔の方から、片足を固定具で包んだ騎士が歩いてきた。

受傷して間もないのか、杖をついてぎごちなく進んでいるその横を、着飾った婦人たちが通りすぎる。足元を覆うほど長いドレスを優美になびかせ、警備部が立番をする観覧台への階段を談笑しながらのぼっていくその下方では、審判部が床に落ちた土塊をていねいに掃き清めていた。

——人混みにさらわれるのは普通ですし、西方地域杯では硬化銀製武器の事件に巻きこまれたし、慣れない土地での一人歩きは鬼門なのでしょうか。まさか、こんなことになるなんて。

ずっしりと重い二つの籠を両手にさげて、ゆるくのぼっていく小路を覚束ない足取りで歩くニナは、息も絶え絶えに空をあおぐ。

馬で来ればよかったと後悔したけれど、騎乗は覚えても、小柄なニナでは踏み台か誰かの助けがなければ乗りおりができない。城壁の厩舎は馬の世話をする他国の騎士が出入りしているが、リーリエ国の出場騎士として、介助を頼むのはいささか外聞が悪い。また今回の外出自体、団員たちもふくめて可能なかぎり人目につかぬようにすませたい。

したがって短弓と矢筒を帯びた軽装で、警備部が守る丘上の城壁門をくぐった。丘に響きわたる午前の鐘を背に、宿舎棟へと食料を搬入する荷車となんどもすれちがいながら、徒歩にて城下へとおりたのだが。

「……わっ」

不意の夏風が籠を包んでいるハンカチをひるがえす。

ニナはあわてて身体をよせると、瀟洒な白い布を太股でおさえた。リーリエ国章の白百合が刺繍されているハンカチがめくれて、籠のなかの林檎が陽光に輝く。色に形に艶。極上の宝石のごとき果実は他国王族への贈答用に、リーリエ国から早馬で取りよせたばかりなのだという。リボンで飾られた籠もむろん、なに一つ粗末に扱えない。

林檎の籠をニナに託したのは国王オストカールだ。

第三競技を終えた翌日。午前が休息日だったニナはメルのことを相談するために、マルモア国理事館を訪問することにした。

イザークからユミルの不参加をあらためて確認したニナは、その日のうちに医務塔をたずねたが、負傷者や暑気あたりのもので個室が足りなくなり、経過が良好な赤毛は理事館に移ったあとだった。医療係に教わったマルモア国理事館までは往復で砂時計二反転ほど。午後には勝者が第四競技の相手となる、優勝候補のナリャス国が出る競技の偵察役が予定されているが、じゅうぶんに間に合うと判断した。

しかし行軍用の大通りから小路へと入り、リーリエ国の理事館にさしかかったところで、おおちょうどいい、見習いの子供ではないか、との覚えのある声が。

――昨日の第三競技は実に見事な勝利であったぞ。見習いのおまえも早くあの……赤い石を割れるように精進するといい。リーリエ国といえば果実と森と湖。品種改良をかさねて蜜を含ませた、王城でしか食べられぬ特別品をねぎらいとして授けよう。好みのうるさいラントフリートとて、これならば嫌な顔をせぬだろうからな。

他国王族と庭でお茶をのんでいる国王オストカールから手渡されたのは、二十個ほどの林檎が入った二つの大きな籠。

非力なニナが辛うじてさげられる大荷物を抱えて、さらに先にあるマルモア国理事館まで行くのは不可能に近い。また品物の希少性と託した相手を考えれば失敗は許されず、ニナは小路の先に遠くはためいている山吹色の国旗を見やったが、複雑さと残念さを飲みこむと、もときた小路を戻ることにした。

善意であるとは理解しているけれど、断ることもできず引き受けても難しい国王の要請。この瞬間にも汗と土煙にまみれて競技場を駆けている騎士たちを思うと、涼しげな木陰で別世界のごとき優雅な茶会を楽しんでいる着飾った貴人の姿に、少しだけもやもやした気持ちにもなった。これがあるいはリヒトが忌避している王城の感覚で、同時にイザークが告げた飲みこむべきものでもあるのだろうか。

失われた国名が墓標のように遺されていた壁画に怪我をした騎士。談笑する美しい婦人や、高潔な理想の裏で神ではない力を欲する国家連合の理事。いまの火の島の一面を小さく、けれどどこか切り取ったような昨日の光景をぼんやりと思いだし、ニナは足を止めていた自分に気づくと、いけない、と首を横にふった。

──ともかくは目の前の大役です。じゅうぶんどころか、急がないと偵察役になっている午後の競技までに戻れません。

気を取りなおすように息を吐くと、ニナは慎重に籠を持ちなおす。大通りを目指して、ふたたび小路を歩きだした。

テララの丘は緑の楽園そのままに植物が多い。至るところに常緑樹や黒葡萄が枝葉を垂らし、建物の平たい屋根の大半は屋上庭園となっている。各国の国旗が掲げられた理事館をふくめて、リーリエ国の街中にあるような高い建造物はなく、城下のどこからでも丘上のプルウィウス・ルクス城がよく見える。

住んでいる人々も古代帝国の風俗を残しているのか、井戸に集まる女性たちは裾が刺繍された短い上着をはおり、頭がすっぽりと隠れるつば無しの帽子をかぶっている。このところ水温が不安定ね、まさか地下の炎熱が活動期なのかしら、遺構の虫の動きも活発だし──との声を耳に、ニナは似たような帽子を身につけていたメルを思い浮かべた。彼女の国のものではなく、どうやらこの地の衣装だったらしい。各国の理事館は新市街区にあると聞いたけれど、バルトラム国の理事館はどのあたりだろう。

あらためて街並みを見まわすと、古びた小塔が目についた。

街道沿いにある狼煙台に似た小型の塔。新旧の建物が入り交じるテララの丘では国家連合の史跡部が、古代帝国時代の遺物の保全をおこなっていると耳にしたけれど、あれも戦乱時の建物だろうか。ニナが首をのばして眺めていると小塔をかこむ茂みから、帽子をかぶった外套（がいとう）姿の少女が――メルが出てきた。

「……え？」

想定外の場所での唐突（とうとつ）な邂逅（かいこう）。

ニナはぽかんと口をあける。おどろきに籠を持つ指から力が抜け、ずれたハンカチの下からいくつかの林檎が転げ落ちた。

しまったとあわてたが遅い。投げだされた丸い果実は小路の勾配（こうばい）のままに転がっていく。追いかけなければと焦るニナだが、両手に籠をさげた状態では咄嗟（とっさ）に動けない。おろおろとうろたえていると、視界の隅で外套が動いた。石畳（いしだたみ）を駆ける長靴（ちょうか）の音が鳴る。ほどなくして目の前に、すっと腕が差しだされる。

「あ――……」

小さな手にのせられたのは三つの林檎。

顔をあげると目線が合う。硝子玉（ガラスだま）に似た水色の目が、じっとニナを見すえた。

「……拾ったもの」

人形めいた無表情と林檎を交互に眺め、ニナは我にかえる。籠を足元に置くと、あ、ありがとうございます、と頭をさげて受けとった。土がついてしまった林檎を軍衣（ぐんい）のすそでぬぐって、籠のなかに戻した。

迂闊な失態を見られた羞恥に頬が赤らんだ。思いかえせば港街で出会ったときも、屋台に忘れた金貨袋を宿屋まで届けてくれた。再会した日の冷淡な対応は、子供じみた失敗をしたニナが国家騎士団員であると知って、同じ立場として情けないと呆れたからかも知れない。

――でも、どうしましょう。

ニナは視線を迷わせる。メル本人が目の前にいて、井戸の周りにいる主婦らしい女性たちはお喋りに夢中だ。人目がないという意味で負傷事故について聞ける絶好の機会だけれど、即座に対応が思いつかない。

軍衣の裾を落ちつきなくいじっていると、メルが足元に置かれた籠の一つを手にした。同じ小柄ながら大剣を自在に扱えるだけあり、ニナではやっとの籠を軽々とさげる。無言で歩きだした姿に困惑していると、メルが肩越しにふり向いた。ついてこないのかというまなざしに、運ぶのを手伝ってくれるらしいと察したニナは、残された籠の取っ手をあわててつかんだ。

――なんだか、不思議なことになりました。

二人はそのまま大通りを目指して、各国の理事館が立ちならぶ小路を歩いていく。

南方地域で行動をともにしたせいか、盾と弓として競技場に立ったせいか。そばにいるのが自然に思える存在感に、ニナはおずおずと話しかけていた。

「本当にありがとうございます。高貴な御方からの預かり物なのですが、重くて扱いかねていたので助かりました。メルさんは、その、えと、バルトラム国の理事館は、この近くにあるのですか？」

「……近くない。バルトラム国の理事館は、プルウィウス・ルクス城を挟んだ丘の反対側にある。火の島を模すという意味で、四地域の理事館は基本的に、実際の国の配置に近い方角に建てられている」

沈黙のあとの淡々とした説明。返事が戻ってきたことに安堵し、同時に懐かしさを覚えたニナは、なるほど、とうなずいた。たしかにマルモア国の理事館は同じ小路ぞいにあるし、南の門塔付近には遠征した南方地域のタルピカ国の国旗があった。

小路はほどなくして葡萄畑のある区画に入った。ゆるゆるとした坂の先には大通りが遠くに見え、他国の騎士らしき軍衣姿のものたちが馬蹄を微かに響かせている。

ニナはあらためて周囲を見まわした。

「ほとんど丘上にいるので、行軍用の大通りと理事館への小路くらいしか知らないのですが、不思議な感じの街ですね。趣のある雰囲気も住んでいる人の服装も、屋上に茂る緑で、建物の屋根が植物そのものに見えるところも。さっきも狼煙台みたいな小塔があって、街中なのになんでだろうって考えてたら、メルさんを見かけたんです」

「……あれは過去の戦乱で使用された、有事の際の避難塔。城下にいくつか残存し、内部に食料庫と武具庫をそなえている。地中には丘上の地下遺構と防壁の外をつなぐ脱出口があったが、経年劣化、また近年の水蒸気噴火ですべて崩落した」

「水蒸気噴火……あの、テララの丘の地下に炎熱の溜まりがあるのは教わりましたが、中央火山帯は、すでに眠っている火山なのではないですか？」

「建物を倒壊させるほどの大規模な噴火は、古代帝国末期より起こっていない。しかし有毒な成分が染みでるこの地の湧水を避け、良水を得るために建設した地下水路の水が、地熱の変化で急激に気化、空間が膨張して爆発を起こす場合がある。もっとも最近では二年まえに、城壁の厩舎付近で小規模な水蒸気噴火があった」

ニナは足元を見おろした。夏の日差しに白く輝く石畳の下に、古代帝国の開祖が封じたとされる炎竜になぞらえられる炎熱が息づいているなど、なんだか怖い気がする。

医務塔の階段で見た、荒ぶる炎竜が城を破壊する絵が脳裏をよぎった。自然と足早になりながら、ニナはそれにしてもやはり彼女はと、感嘆の目をメルへと向けた。

「メルさんは武器や競技会だけではなく、テララの丘や歴史にも詳しいのですね。……本当にすごいです。それもえっと、〈先生〉という方に教わったのですか？」

「……教わった。プルウィウス・ルクス城の構造から城下の地図をすべて。各国の理事館の場所も小路も防壁からの距離も。地理情報が入っていないと役目がこなせない。必要だから、ぜんぶ記憶するように言われた」

ニナは首をかしげる。騎士団の役目で地理を覚えるなど奇妙な気がした。でも土地勘のない場所では緊急時に対応が遅れるし、そういう観点からだろうか。

だけどこうして普通に会話をしていると、すべてが嘘のように思えた。初日の冷たい対応も、第一競技のメルの不審な行動も。

次第に近づく大通りを眺めながら、ニナは青海色(あおうみ)の瞳に迷いを浮かべる。

自分の勘違いだったら彼女を傷つけてしまうし、こんなふうに話せなくなってしまうかも知れない。だけど事故の相手は騎士の命を失うほどの大怪我だった。それにもしお互いの国が勝ち進んだ場合、来週の第五競技で対戦する可能性もある。いつかメルと大きな競技会で戦えたら素敵だと思っていた。騎士と騎士として力をつくし、公正に勝敗を競えたらと。

疑いを抱いたまま競技場に立つよりは――

「……ま、まちがいだったら、申しわけないんです、けど」

足を止めると、ニナは心を決めて切りだした。

「わたし、その、メルさんの第一競技を観戦していて、メルさんの剣で相手騎士が腕を負傷したとこを、見ました。それで、わたしには偶然ではなく、回避行動が取れたのに、故意に傷つけたように思えてしまって。な、なんというか、えと」

たどたどしくそこまで告げる。籠(かご)の取っ手を持つ指に力を入れてうつむいた。しばらく待っても返らない答えにおそるおそる顔をあげると、メルは数歩先で立ち止まっていた。

メルは奇妙な表情をしていた。

いまやっと、自分の行動と居場所を認識したとでもいうように。周囲を確認して持っている籠を見おろす。軽く頭をふると、無機質な硝子玉の目をニナへと向けた。

しばらく沈黙してから口を開いた。

「……言っている意味がわからない」

「そ、そうですよね。よかった。あの、変なことを話してごめんなさい！」

安堵に表情を崩したニナがあわてて謝ると、メルは首を横にふる。

「ちがう。故意にやるのは当然のこと。命令を受けたら行動をする。指定された騎士の利き腕を奪い、使えない状態にしろと言われた。わたしは、〈先生〉の指示にしたがった」

ニナは、え、と目を見はった。

「こ、故意は当然って、じゃあ、あの第一競技は本当に？　せ、〈先生〉の指示って」

「どこで、誰を、どのように、を決めるのは、武具の扱いに長けて騎士を見極める目をもった〈先生〉。だけど〈先生〉は殿下にしたがっている。騎士団長も団員も、その国のいいになった騎士も、ほかの大人も子供たちも。みんな、王甥レミギウス殿下の〈人形〉だから」

「レミギウス殿下の……人形……？」

ニナは一気に混乱する。聞き覚えのある名前に記憶をたどった。メルと再会したとき、一階ホールからメルに声をかけた金髪の男性が、そんなふうに呼ばれていた気がする。王甥ということは国王の甥だ。ならばそのレミギウス殿下なる人物は、赤毛の女騎士から聞いたバルトラム国の理事だろうか。

だけどその国王の甥が〈先生〉を通じて、故意に相手を負傷させるよう指示するとはどういう意味だろう。国家騎士団は一般的には団長が指揮をとるが、リーリエ国のように現場を率いるのは副団長という国もある。王族が間接的に指示を出すこと自体は、ただ珍しいだけかも知れないが、問題なのは内容だ。

困惑のまま、ニナはあの、でも、と問いかける。

「競技会での負傷は、ある意味で〈仕方のないこと〉だとされています。でもそれは、互いに命石を奪うという目的があって認められることで、戦闘競技会は平和のための制度です。ほかでもない、最後の皇帝の子孫であるバルトラム国の王家に連なる御方が、なぜ自らの血筋を否定するような指示を――」

「戦闘競技会制度は火の島を誤った方向に導く災厄そのもの。正義と死の女神モルスの子として尊き名前を与えられた己には、過ちを正す使命がある」

「え、あの……」

「火の島杯は戦闘競技会の矛盾を知らしめ、証となる生贄をささげる舞台。国家連合の制裁で故地を奪われた孤児である己は、同じく無為に命を奪われた先王テオドニウスをその名に戴く。障壁となる有力騎士の情報を盗む。硬化銀製武器を用いて排除する。誠心を装い〈騎士の命〉を散らせる。メルティス・ウィクトル・テオドニウスはバルトラム国のため、尊い名前にふさわしい働きを示す」

身体の奥底に刻まれた呪文を復唱するように、メルはすらすらと告げる。

ニナはぽかんと目をまたたいた。

災厄、モルスの子、生贄、硬化銀製武器、排除。不穏な単語が頭を駆けめぐる。胸がざわめくのを感じながら、それを誤魔化すように力なく笑った。

「すみません、ちょっとよく、意味が。あの、いまの説明だとメルさんは制裁で国を失った孤児……で、バルトラム国は先王陛下のことで国家連合に叛意を抱いているのだと聞こえてしまいます。だから有力騎士の情報を集めたり、禁忌である硬化銀製の武器を……」

動揺のままつづけて、ニナの脳裏にある言葉がよみがえる。

ジェレイラの港町の船着き場で、キントハイト国騎士団のユミルが告げたこと。ガウェインの逃亡に関与した硬化銀製武器密造の疑いがある〈連中〉は、南方地域で有力騎士を襲っている可能性が高い。そして千谷山で〈少年騎士〉を見た彼らは、ガウェインから自分たちの情報が漏れてることを危惧して、ニナに近づく恐れがある。視線を感じたり所持品が消えたり、不自然な他者の接触はないかと。

――まさか。

年齢に似合わぬ剣技をもった不思議な少女。メルをその意味で疑ったことなどない。バルトラム国の団員だと知ったときも、騎士団の事情で伏せていたと思っていた。

だけどもし――ユミルの疑念のとおりなら。

ニナはごくりと唾をのみこむ。

そんなはずはない。きっとちがう。

喉の渇きを感じながら、いびつな微笑みを浮かべてたずねた。

「メルさん、あなたと初めて会ったのは、港街ジェレイラの屋台の前ですよね？　わたしが落とした金貨袋を拾って、宿まで届けに来てくださった……そう、ですよね？」

「……初めて会話をしたのは屋台の前。初めて見たのは、ガウェインを監視していた千谷山。鎧下の屋台で見かけて〈少年騎士〉だと思った。わたしの役目は有力騎士の調査と抹殺。近づくために金貨袋を盗んだ。隊に入った方が都合がいいと判断して、そうした」

「――……！」

ニナの手から果実の籠が落ちた。

赤い実がてんてんと転がる。不意の夏風がざっと、白銀と黒の髪を舞わせる。

出会ったときのように音が消えた感覚のなかで。驚愕に見ひらかれた青海色と、硝子玉に似た水色が真っ直ぐに合わされる。

――メルさんが……〈連中〉の仲間……。

呆然とした二ナの心に、メルと出会ってからのことが衝撃とともに駆けめぐる。

無頼者に払われた二ナを助けてくれた。隊を組んで〈盾〉を引き受けてくれた。上手くいかなくて苦労して、二人で競技を観戦した。珍しい武器のことを教えてくれて、自分はリーリエ国騎士団のことを話した。癖も利き腕も突出している能力も――そう、ぜんぶ、話した。

襲撃事件のあった夜に宿の前を駆け抜けたメルに似た影。

有力騎士の喧嘩の場にいたメル。

でも夫人杯では本当の意味で〈盾〉になってくれた。交易船に乗りこんだ二ナを心配して探して、弓を届けてくれた。二ナを襲おうとした首謀者から助けてくれて――でもその死で、〈連中〉への糸が切れた。

不吉な符号が次々に当てはまる。嘘だと思いたい。いいや、嘘だったのはあのときのメル自身だ。役目は調査と抹殺。隊の仲間として〈盾〉でいてくれて、友だちになりたいと思って、火の島杯で会えたらいいなと願っていて。再会できて本当に嬉しくて。

でも――だけどメルは。

「あれはぜんぶ、う、嘘だったのですか……？」

二ナはわななく声で問いかける。

「メルさんはわたしや、赤毛さんたちを騙して……あ、与えられた役目を遂行するために、そのために隊を組んで、い、いっしょにいて……」

メルは表情一つ変えずに答えた。

「……〈騙す〉ってなに」

「え?」

「わたしはモルスの子として役目を果たした。わたしを指導した〈先生〉の指示どおりに動いて、調査して報告した。有力騎士を使えない道具にするために〈騎士の命〉を奪って抹殺した。王甥殿下は満足された。わたしは〈先生〉に怒られなかった。じょうずにできたから」

「じょうずにできたって……」

「じょうずにできないと怒られる。蹴られて殴られる。小さいときからずっとそうだった。剣の訓練も受け答えも、調査も抹殺も。メルティスはモルスの子だから。命令どおりに行動しなければならない〈人形〉だから」

ニナは力なく首を横にふる。

言っている意味がわからない。目の前にいる存在が——メルがなんなのか、わからない。

衝撃も悲しみも憤りも。すべてを通りこしたニナの目から涙がこぼれた。

熱くにじんだ視界に立つメルは、けれど揺らがない。心のない無機物のごとき硝子玉の目には、顔を崩して哀れに泣く自分が、ただ虚しく映っている。

　頰から滴り落ちる涙をぬぐうこともできず、ニナは肩と声をふるわせて訴えかけた。

「あ、あなたはモルスの子として〈先生〉の指示にしたがい、第一競技で相手をわざと負傷させた……。だったらもし、リーリエ国とバルトラム国が対戦したら。あなたはわたしやベティさまも、き、傷つけるのですか……？」

「わたしは命令にしたがう。モルスの子は命令を遂行する存在だから。競技場の外でも中でも同じこと。傷つけろと言われればそうする。騎士の命を潰せと言われればそうする。命を奪えと言われればそうする」

「ちがいます！　わたしが聞いてるのは〈あなた〉です。誰かに指示されたとかじゃなくて、メルさん、あ、あなたがどうするのかって……あなた自身がどうしたいのか、聞いてるんです！」

「……〈わたし〉が、どうしたいか？」

「そうです。あなたはわたしを、わたしやベティさまや赤毛さんたちを、傷つけてもかまわないと……そんなふうに、そんなふうに思っているのです……か？」

　メルは頼りなく視線をゆらした。

　空疎な水色に光がよぎる。硝子玉の奥底に潮流のような輝きが閃いた。表情こそ淡々とした無表情のまま、ニナと変わらぬ小柄な身体が、ぶるぶると激しく痙攣しはじめた。

「……メ、メルさん？」

突如とした異変に、ニナは既視感を覚える。赤い猛禽ガウェインが心の奥底に触れられたときと似ていると感じた、交易船の船倉で役目についてたずねた際に彼女が見せたときと同じ――

「……ニナはなんで勝ったの」

「え？」

「第二競技も第三競技も、なんで勝ったの？　負ければよかったのに。負ければ、負ければ、負ければ、負ければ！」

声を荒らげて言い放ち、メルが唐突にさげていた籠を投げ捨てた。外套が大きく舞い、剣帯にさげていた革袋が躍る。息をのんだニナに獣のごとく飛びかかると、悲鳴をあげた身体から、矢筒と短弓を強引にむしりとる。

メルさん、待ってください、と制止したニナを突き飛ばし、短弓を長靴で踏みつけた。呻き声をあげて身を起こしたニナの目の前で、矢筒の矢をすべてへし折ったメルは、そのまま身をひるがえす。

散乱する果実と武器の残骸のなかで。

遠ざかる後ろ姿を呆然と眺めるニナの耳に、プルウィウス・ルクス城の昼の鐘が遠く聞こえた。

——ニナが城壁にたどりつけたのは結局、夕の鐘が鳴る直前だった。

傷ついても割れても、国王からの預かり物を放置はできない。知らされたメルの正体に放心しながら、汗と涙を炎天下の石畳にこぼして林檎を拾い集めていたところで、休息日として城下に出ていたトフェルとオドに偶然いきあった。

目端がきくとされる悪戯妖精は、泣きはらした顔で潰れた林檎をにぎっているニナと、果汁まみれのリーリエ国章のハンカチに、おおよその事情を察したらしい。馬の腹にくくりつけた大きな布袋を見やると、玩具は元気じゃねえと遊べねえからな、と舌打ちした。清潔な汗拭き布でニナの顔をぬぐい、革袋の水を飲ませて頭をなでてくれたオドとともに回収を手伝ってくれた。

そうして丘上に戻ることができたが、城壁門には物々しい雰囲気の警備部が集まっている。議長の命令で通行者を検問していると説明した彼らに、身分証明書である騎士の指輪を見せたトフェルが理由を問うと、警備部は重苦しい声で答えた。

もたらされたのは四組目となる第三競技で、破石王であるナリャス国騎士団長が事故死したという報せだった——

事故は前半終了間際に起こった。

長槍を使用するナリャス国の団長は、長い柄のつかむ場所を自在に変えることで、遠距離武器としての不利をおぎなっていた。

乱戦のなかで相手騎士に距離を詰められたナリャス国の団長は、柄の先端近くを持ちなおそうと武器を後方に突きだした。しかしその先には、たまたま走りこんだ別の相手がおり、柄がぶつかって跳ねた長槍に団長がよろめいたのと、対峙していた相手騎士が大剣を振るったのは同時だった。

命石を狙った相手騎士の剣先は、体勢を崩していた団長の口に飛びこんだ。

騎士を保護する硬化銀の兜のなかで、視界や呼吸を得るための穴は急所だ。口を襲った大剣は喉元を貫通し、頭蓋を損傷させるに至った。

ナリャス国騎士団長は即死。

血の海に倒れた軍衣に咲いた雛菊の紋章が、西の端に沈む陽に朱く彩られていたという。

5

「ああ、すまないな……お、なんだ、茶かと思ったら酒か」

広げられた書類を確認していたイザークは、ヴェルナーが卓上に置いた木杯に軽く目を見ひらく。鼻腔をくすぐるのは芳しい麦酒の芳香。これはいい、うちの細目ならしれっとした顔で不味いハーブ茶を出している場面だぞ、と笑い、一息に飲みほした。

宿舎南棟の五階の客室。

満足げな息をもらしたイザークは、酒場の親父よろしく長椅子の脇で木盆を手にしているヴェルナーが、書類の束をめくるゼンメルと己を見比べているのに気づく。どうかしたか、と問いかけると、ヴェルナーは、はっとした様子で首を横にふった。

リーリエ国騎士団団長ゼンメルと、キントハイト国騎士団団長イザーク。二人が知りあったギレンゼン国の制裁に従軍していたヴェルナーは、彼らが公式競技会のたびに酒を飲む間柄だと副団長に就任する以前より知っていた。けれどこうして並んでいる姿を間近に見ると、圧倒的な存在感に自然と視線がいってしまう。

検品係にも一目おかれる武具の専門家と〈黒い狩人(シュバルツ・イエーガー)〉の名をもつ破石王(はせきおう)。二人で行動すると悪目立ちするという理由で、城下の人気(ひとけ)のない場所で〈密会〉していたそうだが、なるほど、とあらためて納得した。

しかしながら今回の邂逅場所となったのは、宿舎棟のニナの部屋だ。

ナリャス国騎士団長の事故死より三日後の今日。東方地域の破石王の死に動揺(どうよう)さめやらぬなか、警備部は不測の事態と人心の乱れを案じて、不要不急の城壁門の通行をいまだに制限している。

そこでニナの個室のバルコニーに、イザークが屋上から飛びおりるという手段がとられた。各国の専用区画への階段は、共同食堂前の廊下(ろうか)にあり人目につくが、胸壁でかこまれた屋上での移動は地上からは見えない。到着日に侵入したリヒトをロルフが成敗(せいばい)したのと同じ方法で、仮に目撃されても西方地域の破石王がリーリエ国の年若い女騎士を気に入っているらしいとの噂(うわさ)から、誤魔化(ごまか)しようがあるだろうとの判断だった。

ヴェルナーはゼンメルの隣に座ると、卓上に広げられた組み合わせ表を見て難しい顔をした。

大会開始より十七日が経過した。

火の島杯は第四競技までが終了。しかし勝敗や破石数など戦績が記録されている組み合わせ表の第四競技の段は、半分が空白となっている。

不可解な負傷事故が多発していたなかで、ナリャス国の一件は決定打となった。渦巻く疑心暗鬼と、その国の軍事力である国家騎士団員を損なうことへの恐れ。南方地域の破石王を擁するエトラ国など棄権する国が相次いだ。それらと対戦予定だったリーリエ国とキントハイト国は、労せずして第五競技へと駒をすすめた。

残っているのは左側の山に、リーリエ国とバルトラム国。マルモア国と対戦した山岳国とキントハイト国。

右側の山に南方地域の二カ国と、北方地域の小国とクロッツ国。

組み合わせ表の九十八カ国のうち、すでに九十カ国に敗北、もしくは不戦敗の取消線が引かれている。残された八カ国の国名は、本来であれば雄々しく輝くはずだ。それが今回ばかりは、生贄の刻印のごとく不吉に見える。

嫌なたとえをした己に強面をゆがめたヴェルナーに、書類を確認していたイザークは、たしかに、とうなずいた。

「負傷事故のすべてが〈連中〉の仕業と断定するのは早計ながら、競技が続行できぬほどの重傷者は現時点でおよそ百二十名。ナリャス国やマルモア国の対戦相手、ロルフの腕を折った第一競技の相手も、加害国のほとんどが登録騎士に異国人枠を使っている」

ゼンメルは鼻の上の丸眼鏡をかけ直しながら答える。

「少女騎士がニナに告げた〈その国の人になった騎士〉とは、おそらくそれを意味しているのだろう。相手騎士団を傷つける〈仕込み〉を潜入させるといっても、防壁の門塔をはじめ幾重にも身元確認が課されるなか、競技直前に団員にすり替わるのは不可能にちかい。しかし婚姻や養子縁組をはじめ、正規の方法で国籍を入手すれば、国家騎士団入団資格を得られる」

「とすると年単位で計画し、かなり以前より堂々と潜入させていたのでしょう。泥棒が正面玄関から訪問とはたいした度胸だ。しかし登録騎士の素性など、ここまでよく調べましたね」

「調べていない。腰の重い老人は気苦労の多い司祭に調査を任せて、ただ受けとっただけだ」

ゼンメルの返答にイザークは苦笑する。

今回の状況を予見していたとまでは思わないが、有事へのそなえとして国家連合職員になった先の副団長は、在団時と変わらぬ堅実な手腕でリーリエ国を支えているらしい。

ゼンメルはあらためて手元の書類を見た。

「少女騎士の証言と集められた情報からすると、理事である王甥レミギウスが〈連中〉の首謀者ということになる。レミギウスは史跡部の閑職に不満をもち、子のない国王ウィクトルの後継を望んでいる野心家との話だ。先王テオドニウスの復讐を大義として戦闘競技会制度の矛盾を火の島杯で示し、国家連合打倒の機運を高める。しかしそうであるなら、我らは遅きに失したな」

「はい。残念ながらことはすでに起こり、いま現在も進行している。竜の尻尾をつかんだはずが、我らはとうの昔に頭からのみこまれていた」

自らの失策を認めるゼンメルの言葉に、イザークはてらいなく同意を返す。

ヴェルナーは困惑を顔に浮かべた。

書類仕事が苦手な副団長は、謀略といった負の部分とも縁がない。あの、すんませんが、と気まずげに説明を求めると、ゼンメルはこれだよ、と組み合わせ表を指さす。

「火の島杯は戦闘競技会の矛盾を知らしめ、証となる生贄をささげる舞台――ニナが聞いた言葉から、奴らの目的が〈戦闘競技会の矛盾を示す〉ことなら、いまの状況ほど適したものはない。いいや、これまで平和を拠り所に目をつぶってきたものを、如実に表すのに成功したと言うべきか」

「如実に表すって……」

「競技での負傷は仕方ないという相互認識のもと、我らは命石を奪いあってきた。だがそれは、あくまでも目的が命石であるから受容できることだ。そして心のうちをはかる術がない以上、すべては騎士の誠心を頼みとしていた。利害関係の対立する他国騎士団員であっても、名誉と誇りを尊ぶ国家騎士団としての、絆ともいうべき了解だ」

ゼンメルは苦いなにかを噛みしめる声でつづける。

「それでもガルム国の〈赤い猛禽（ブルート・フォゲル）〉のごとく、嗜虐心（しぎゃくしん）を満たすために相手を傷つける輩（やから）はいる。しかし猛禽は己の残虐行為を隠さず、むしろ恫喝（どうかつ）手段として利用してさえいた。我らの非難を笑って受けとめた猛禽の暴力は単純で、ある意味では裏がなかった」

「まあたしかに。だからこその〈赤い猛禽〉の異名が生まれたんでしょうし」

「……しかし〈連中〉がやった行為はちがう。誠心を尊ぶ競技を装いながら、相手騎士を裏で傷つける。それとて昔から皆無の行為ではないが、ここまで大規模かつ巧妙にやった例はない。不可解な負傷事故に騎士の不安は高まり、結果として相手への不信を生んだ。それに影響されて荒々しい競技が増え、ついには国家連合への不満をもらすものまで出てきた。ナリャス国騎士団長の事故死について、審判部から説明があったときの騎士たちの反応を見ただろう?」

ヴェルナーは事故の翌日におこなわれた、各国の団長格を招集しての会議を思いだした。

火の島杯での事故死は過去にもあった。

しかしそれが破石王というのは重みがちがう。

国家連合は翌日の競技を中止して対応にあたった。事故の詳細や加害騎士と目撃者の聞き取りはむろん、担当した審判部や検品係、陣所に不審物が持ちこまれていないかまで、あらゆる不正を想定して調査した。しかし結果は特段の問題なし。加害騎士の行為は事故として正式に認定され、公式競技会への一年間出場停止処分がくだされた。

　正しいものではなく、勝ったものが正しいと認められる裁定競技会の悪用をはじめ、戦闘競技会制度が完璧でないことは、多くの騎士が苦い経験とともに理解している。

しかし度重なる負傷事故で疑心暗鬼になっていた騎士たちの心は疲弊していた。

不幸な事故だと思いたくとも思えない。久しぶりの再会に陽気に肩をたたきあった騎士たちの多くが、互いへの疑念を抱いてむっつりと腕を組む。

　重苦しい沈黙が落ちるなか再調査を求めるものが出た。しかしクロッツ国の理事である審判部長は、大会日程を理由にこれを拒否。議長選の最有力候補とされたナリャス国が消えれば、票固めでおよばないクロッツ国に優位にはたらく。審判部長が組み合わせ表で自国に利しているとは公然の噂で、ならば故意にいい加減な調査をしても不思議はない。

　疑われた審判部長が激高し、負傷は騎士の未熟さが原因だと断じて騒然となった。一部の貴人の要請で、衣装の汚れを理由に打ち水を減らさせたと誰かが口にし、杜撰な会場整備が事故の遠因ではとの声が次々にあがった。クロッツ国騎士団長が自国の審判部長の公正な為人を声高に訴え、騎士のあり方について語りだしてよけいにこじれた。大会に見切りをつけた国が、その場で棄権を申しでる結果となってしまった――

　命石を狙う過程で〈仕方なく〉負わせてしまう怪我と、〈故意に〉負わせた怪我を、外側から区別することは難しい。

　その意味で戦闘競技会は信頼によって成り立つ制度であり、〈連中〉が標的としたのは騎士の誠心そのものだった。

〈赤い猛禽〉のごとく、露骨な手段で相手を傷つけるのではない。

偶然を装いそれと分からぬ方法で騎士の将来を奪う。

相互不信の種を蒔き、不満や棄権という形で、戦闘競技会制度に背を向けさせる。

そんな姑息なやり口を思うと、ヴェルナーは顎髭をかきむしりたくなる。まんまと踊らされている現状に怒りを覚え、その象徴ともいえる組み合わせ表を睨みつけた。

「だったらそのメルって娘っ子をとっ捕まえて、証拠品として国家連合に突きだしましょう。〈仕込み〉らしい加害騎士の一覧表も、硬化銀製武器で断たれたユミル副団長の鎖帷子もぜんぶまとめて。小さいのを騙すみたいに泳がせて、うまいこと首謀者も目的も判明したのに対応できないいんじゃ、いくらなんでも情けねえ」

イザークは、ほう、と片眉を跳ねさせた。

なんだ、子兎には狼のほかにも父親がいたか、と口角をあげる。反射的に木卓をたたき、おれは副団長として、と身を乗りだしてきたヴェルナーに、いやすまん、冗談だ、と両手を胸のまえに立てる。

ゼンメルは難しい顔で顎の白髭をなでた。使用者の為人をあらわすように丁寧に整頓された部屋を見まわすと、いまは医務塔で静養している小さな姿を思い浮かべた。

城下でメルと遭遇し、その正体を知った——知らされたニナが団長ゼンメルに打ちあけたのは、当日の夜中だった。躊躇していたのではなく、ナリャス国の件で対応に追われていたゼンメルが客室に戻るのを、ずっと待っていたらしい。

真っ青な顔ですべてを話した。

メルの存在は南方地域で隊を組んだ少女として報告していたが、正体を知ったうえで不審に思った出来事をあわせて伝えた。リーリエ国騎士団と破石王イザークの情報を与えてしまったことも、第一競技の負傷事故に違和感を覚えつつ確認を迷っていたことも、涙ながらにあかした。

大丈夫だ、落ちつけ、とゼンメルが背をなでても、しゃくりあげながら説明して謝罪した。そして翌朝には高熱を出し、医務塔に運ばれる事態となった。

医療係の診断は暑気あたりによる発熱。

水分補給もせずに炎天下で果実を拾っていたことが直接の原因のようだが、蓄積した疲労や精神的な衝撃も大きかったのだろう。個室での療養措置となり、高熱がさがらぬまま三日がたった。リヒトはほとんど付きっきりで、団員たちも交代で様子を見にいっている。

〈連中〉との関わりが深いニナの扱いについては、この場にいる三人で火の島杯のまえに相談した。〈連中〉が接触する可能性を考慮して泳がせるという対応に、ヴェルナーは最後まで納得していなかった。木杯に手をのばしかけてやめ、苛々と舌打ちしたヴェルナーを見やり、ゼンメルはやがて疲れた顔で首を横にふった。

「目的は命石なのか負傷させることなのか。心のなかの犯罪とでもいうべき〈連中〉の行為を証明する手立てなどない。加害国への〈仕込み〉にしても制度の範囲内でおこなわれている。ユミルの鎖帷子とて襲撃者の目星はいまだついていない。証言だけで物事が解決すれば、わしもイザークも早馬を駆使し苦手な報告書を山ほど書き、密会まがいの面倒な逢瀬(おうせ)までして裏付け調査を進めたりはせんわ」

「わかってます。んなことはおれもわかってますけど、だけどそれじゃあいつが──」

「真実を知ったニナが傷つくのはもとより承知。それでも優先すべきは火の島の安寧(あんねい)で、〈連中〉につながる確実な情報だった。リヒトがなんとか我慢していたのに、おまえがそれこそ父親の顔をしてどうする。不条理に向き合っても平気で酒が飲めねば執務室は譲れないと、まえにも言ったはずだがな」

静かな訓戒が夜の客室にひびく。

ヴェルナーは太い眉をよせた。国章を胸に戴(いただ)くものとして立場をわきまえぬ言動だったと恥じたか、すんません、短慮が過ぎましたと、額が木卓につくほど頭をさげる。

強面のわりに面倒見がよく、過ちを認める真っ直ぐさもある新人副団長に、イザークは好意的なまなざしを向けた。あなたとお似合いですね、とゼンメルに笑いかけるなり、おぬしとユミルほどではないがな、と返され、寒気を感じたような顔をする。

やれやれと溜息をつき、ゼンメルは木卓に広げられた資料をあらためて見やった。

少女騎士の言葉や口にした単語。ニナの証言を書きつらねた書類には、戦闘競技会の矛盾を知らしめ証となる生贄をささげる——との文言が、禍々しく記されている。

「……少女騎士がニナに計画をあかした理由が曖昧で、それ自体がこちらを誘導する謀略の可能性も考慮すれば、ユミルが調査している証拠品との関連性はやはりほしい。それでも状況証拠と合わせれば、少女騎士の語る〈連中〉の計画は辻褄があう」

「同感です。舞台は結局は競技場の〈内〉で」

「しかしわからぬ部分もある。奴らが硬化銀製武器を所持していることは明白ながら、怪我人の負傷の程度や武器の破損件数から、現時点までの競技で使用された様子はない。先王の復讐という大義を振りかざす王甥レミギウスの稚気を考えれば、密造剣はまたとない〈強力な玩具〉であろうに」

「ですが密造剣が検品で露見すれば、昨年の西方地域杯での事件のごとく即座に物証となり……ああ待てよ」

言いながら気づいたような顔をすると、イザークは顎に手をやって組み合わせ表の右側を見おろす。

「〈連中〉による有力騎士の襲撃事件で利を得ているのはクロッツ国です。審判部長たるクロッツ国理事が主力の怪我で総合力が落ちた騎士団の情報と引きかえに、検品で〈連中〉に便宜をはかる可能性はどうです？」

「理屈はとおるな。しかしクリストフの話では、その西方地域杯での検品担当者による硬化銀製武器の事件より、法務部長の立案で相互監視下での検査が義務づけられたとのことだ。審判部長の権限をもってしても危ない橋はそう渡れぬとすれば、もっとも効果的な状況を待っているのか……」

ゼンメルの自問に、ヴェルナーがうーっと唇を尖らせた。

「効果的っつうと、つまりは火の島杯の勝者を決める第七競技……決勝とかっすか？」

「考慮すべきだが、〈仕込み〉を使ったとて競技の勝敗を確実に左右し、望みの国を決勝まで導くことはできまい。〈生贄〉と舞台設定は付加価値が高いほど効果的だろう。ならば現時点まで勝ち残った国のなかで、国家連合への叛意の象徴である密造剣に相応しいのは」

ゼンメルはイザークに視線をやる。

バルトラム国以外で残っている四地域の破石王の最後の一人。称賛であり、同時に不吉な死の予告に、イザークは琥珀の目を不敵に細めた。

「光栄ですね。でなければ奴らの芝居がかった文言から、破石王アルサウの系譜たる〈隻眼の狼〉か。あるいは不思議と奴らと縁のあるものを射ぬく、〈少年騎士〉とまとめて兄妹か」

「だったら明日じゃないですか！　第五競技のうちの相手はバルトラム国で、キントハイト国の相手はマルモア国をくだした、〈仕込み〉が入っているだろう山岳国だ。ど、どうするんです？」

焦った声をあげたヴェルナーに、二人の騎士団長は顔を見あわせる。

どちらともなく薄い笑いをもらした。

先に口を開いたのはゼンメルだった。

「どうもこうもあるまい。というより、奴らが密造剣を使おうが使うまいが同じこと。火の島杯は平和に殉じた最後の皇帝にささげるものだ。心には心だよ。相手が戦闘競技会の矛盾を示すなら、こちらはそれに騎士としての答えを返す」

「騎士としての答えって……」

「わかりやすくいえば、いまも屋上で打ち込みをしているロルフだな。妹の部屋に入るおれに、私物と寝台には決して触れるなと釘をさしてきた正真正銘の〈父親〉だ。大会期間中の完治が不可能な傷を負いながらも、泰然と訓練をつづけている。あの揺るぎない姿勢こそが、身勝手な理由で無辜の騎士の将来を散らせた、レミギウスとやらに叩きかえす騎士の回答だろう」

言葉をついだイザークに、両団長が言わんとしていることを察したヴェルナーは、は、という表情で息をのんだ。

目を見ひらいて膝の上の手を強くにぎる。その心のうちでなにを決意したのか。やがて胸を膨らませてふーっと息を吐くと、ほとんど手つかずだった木杯を一息であおった。

両団長に頭をさげて立ちあがる。どうした急に、とゼンメルが声をかけると、ぶすっとした顔で言った。

「小難しい話で疲れたんで、すんませんが明日の競技会運びは任せます。おれはこれから飲んできます。在庫調整も王女殿下の小言も知るもんか。持ちこんだ麦酒をぜんぶ団員どもに配って、すっからかんにしてやる」

「それはかまわんが、飲めるのか？」

揶揄めいたゼンメルの問いに答えるように、ヴェルナーは木卓の酒壺をつかみとる。そのまま口につけ、喉を鳴らして飲みほすと、髭についた麦酒をぐいと乱暴にぬぐった。

「飲めますよ。つうか飲まなきゃやってらんないです。おりゃあ団長たちみてえな硬化銀の心臓を持ってないんで。こっちの命をとりにくるかも知れねえ相手に、〈騎士の命〉を奪いにくるだろう奴らに公正に勝とうなんて物騒なお遊戯。二日酔いでなきゃとても無理ですからね」

——ニナが目をあけると見慣れない天井が視界に入った。

ここはどこだったかと考えて、やがて思いだす。寝台と枕元の丸卓、布製の間仕切りの向こうに長椅子(ながいす)や衣装箱が置かれた室内は、医務塔の上階にある療養用の部屋だ。昨夜はずいぶん寝汗をかいたのだろう。寝間着はぐっしょり濡れているけれど、そのかわりに熱感はとれている。

枕元の丸卓に置かれた水差しの水を木杯についだ。地熱の影響なのか水がやけに生温(なまぬる)い。それでも乾いた喉をとおると、曖昧(あいまい)だった思考がはっきりとしてくる。

――そうです、わたし……。

ふたたび寝台に横たわり、寝起きの腫(は)れぼったい目で窓の外を見あげる。

本館でも観覧台とは反対側に位置する個室からは、円形競技場をかこむ宿舎の西棟と、その向こうにプルウィウス・ルクス城の居館が見える。美しい青空を背景に、巨大な主塔の上に掲(かか)げられた四女神(デア・ファアトス)の国家連合旗が風になびいている、緑原のような若草色の周囲では、数羽の白鳩が陽光に翼を輝かせている。

脳裏(のうり)に浮かぶのはメルの顔だった。

というよりこの部屋に運ばれてからずっと、高熱に浮かされ夢うつつにメルのことを考えていた。そしてただ涙をこぼした。

メルが〈連中〉の一味としてニナに近づき、諜報(ちょうほう)活動をしていたとの信じがたい事実。

港街で知りあうきっかけとなった落とし物、有力騎士が襲撃された日のメルの行動、交易船での豪商の死、あれもこれもすべて。見まちがいや偶然だと思っていたことは、メルを使用していた存在の筋書きにそって成立していた。

なにも知らぬ愚かな自分は、メルを風変わりだけど剣技に長けた少女として尊敬していた。小柄な体格に親近感を持ち、ゆっくりな受け答えが心地よくて、友だちになりたいと願った。〈盾〉として守ってくれた競技で、感動で胸が苦しくなる感覚さえ覚えた。

請われるまま己の知る強い騎士について話した。基本の身体能力はもちろん、対戦しなければわからない動きの癖も騎士団内での役割も。メルが間諜として情報収集していたのなら、初対戦なのにリーリエ国の動きを読んでいた第一競技の相手騎士団には、情報を授けられた〈連中〉の仲間が潜入していたのだろうか。

だとしたら兄ロルフの怪我は自分のせいだ。

破石王と互角に戦えた兄が誇らしくて、リーリエ国の宝である一の騎士だと得意げに語った。それが原因で兄が標的とされたなら、自分はあの左目の事故のように、またしても騎士としての兄の機会を奪ってしまったのだ。

自責と後悔は昔の記憶を呼び起こさせる。兄が左目を失った夜の森が悪夢となってよみがえった。血の海に倒れる兄のそばには小さな影が立っていた。山熊ではなく、白銀の髪と人形めいた顔を兄の血で染めたメルの姿に、悲鳴をあげて飛びおきた。

それでもあれは夢だ。醒めれば終わる泡沫の。そして自分がいまいる世界は悪夢と等しい――それ以上に、どうしようもなく重苦しい現実だった。

時を告げる鐘が遠く鳴る。

回数は七回。朝の鐘だ。

搬送されてからほとんどを眠っていたニナだが、第四競技の不戦勝とこれからの競技日程のことは、薬湯を飲むときに医療係から聞かされている。リーリエ国の第五競技は本日の二組目で、相手はバルトラム国。解熱すれば宿舎棟に戻って問題ないと言われているが、食事もとれずに三日も寝込めば体力は落ちる。競技会の参加については、騎士団で相談するようにと告げられた。

――このまま、この部屋にいたら駄目でしょうか。

ニナはぼんやりと考える。

熱はさがったけれど身体（からだ）は重い。普段でも砂時計二反転で息が切れるのに、いまの状態で甲冑（かっちゅう）をまとい競技場を駆ける自信はない。リーリエ国は十八名を登録していて、出場が不可能な怪我をしたのは兄一人。ニナがいなくても人数は足りる。不完全な体調の騎士などいない方が、騎士団に迷惑をかけずにすむはずだ。

それに初めて対戦するバルトラム国はリーリエ国の詳細な情報を持っている。ニナが話したから。おそらくは、効率よく傷つける手段とするための格好の材料を。

「――……っ」

しよう。

　ニナは身体を丸めて枕に顔を埋めた。

　とんでもないことをしてしまった。もう取り返しがつかない。どうしよう。本当にどう

なにもかもが怖かった。自分を取り巻く環境もこれから起こるだろうことも。己の失敗のせいで団員が怪我をするのが怖い。メルと対峙するのが怖い。彼女がまちがいなく自分を騙していたと知るのが、現実を見るのが怖い。

　騎士団員としての自覚にも、注意力にも欠けていた数えきれぬ迂闊な行動。身辺でおかしなことはないかとユミルに確認されたのに、南方地域では疑念の欠片も抱かなかった。テララの丘で再会して第一競技に不審を感じたのに、メルが故意に相手を傷つけるはずがないと、見まちがいかも知れないと。

　うじうじ悩んで結論を出すのに時間がかかって、せめてもっと早くに行動していたら。〈連中〉が関与した痛ましい負傷事故が一つでも減らせたろうか。展覧競技で長槍を颯爽と舞わせた、女神ビエンティアに愛されたナリャス国騎士団長の死が防げたろうか。

　いまごろリーリエ国騎士団はどうしているのだろう。軽はずみに情報を流したニナを怒っているだろうか。高熱で記憶はさだかでないが、小柄な体格も断れない立場も気にせず、炎天下で重い荷物を運ばせたとリヒトが国王を罵っていた。治療の邪魔だと兄ロルフに追いだされ、ベアトリスが目を潤ませて額の汗をぬぐってくれた。汗とお酒の臭いは中年組

の誰だろう。ハーブ茶の優しい香りもした。マルモア国の四人の女騎士が、深刻そうな顔で話しこんで――

うつらうつらしながら考えていると、扉をたたく音がした。医療係かと思い軽く頭をあげると、艶やかな声が放たれた。

「――やだリヒト、寝ちゃってるの？」

ニナはえっと目を見ひらく。

寝台に横たわった姿勢のまま、顔だけをそっと戸口の方へと向けた。

間仕切りの布越しにベアトリスらしき人影が見え、壁際の長椅子で誰かが身を起こした気配がする。部屋を隔てた薄布のせいで気づかなかったけれど、どうもリヒトがそこで寝ていたらしい。

医務塔に運ばれてから意識のある状態で団員と会ったことはない。ニナが布団のなかに目元までもぐりこむと、あくびまじりの恋人の声が聞こえてきた。

「午前の鐘には控室に入る予定だから、着替えを届けがてら様子を見にきたんだけど、よく寝てたからさ。熱だけ確認しようと額を触ったら……ちょっとその、病人に対する常識的な接し方を放棄しそうな予感がしたから、視界から遮断して寝息だけ聞いてたら居眠りしてたみたい？」

「それは自分の理性の限界値をわきまえた賢明な判断ね。わたしもさすがに競技会の当日、出場騎士を減らすのは気が引けるから。……なによ、そんな重い溜息なんかついて」

「……いや、さすがにもういろいろと限界っていうか。やっぱりニナを連れて国外逃亡か、ニナに怪我を負わせて大会に出られなくするか、あの子をこっそり処分しておくべきだったのかな……ってさ」

「さらっと口にしてるけど最悪の三択だわ。とくに処分だなんて物騒な発想、義姉としても団員としても絶対に認めないわよ」

なにかをたたく大きな音が飛ぶ。

痛いよ、出場騎士を減らさないいんじゃなかったの、とぼやき、リヒトはむっとした声で言った。

「じゃあベアトリスは平気なわけ？　疑ってたユミルは別として、ベアトリスもマルモア国の女騎士もみんな、あの子に騙されてたってことでしょ？」

「悔しいに決まってるわ。隊に誘ったのはわたしだし、付近を巡回中だった警備部が急行してくるほど、理事館の客室で大暴れしたわ。でもニナが耳にしたとおり、メルが本当に〈連中〉の手足として教育されたのなら、責められない部分もあるのよ」

「責められない部分ってなに」

「人の常識は環境がつくるのよ。だって、それが普通なんだもの。ニナが騎士に、メルが〈モルスの子〉になったのは、その意味では同じよ。さらわれたのか売られたのか、亡国の孤児として〈連中〉の手に渡って、調査も抹殺も当然だとして学ばされた彼女は、無自覚な被害者だわ。もちろん殺傷行為自体は罪だけれど、身よりを失った子供の苦労は、そういう仲間と生活してたあなたなら、経験として知っているでしょう」

納得するところがあるのか、リヒトはそのまま黙りこんだ。

ベアトリスは豊かな胸を膨らませるように息を吐く。それより、と声の調子を変えた。

「いまさらだけどリヒト、あなた、メルが怪しいって知ってて黙ってたのね」

「……火の島杯のまえに団長から、あの子を追跡してたユミルが襲撃されたことを聞かされて。南方地域での出来事を再確認されて、なんとなく。団長は情報共有に慎重っていうか、口には出さなかったけど、あの子が〈連中〉ならニナに接触するかもなって。ニナを副団長補佐にしたのもさりげなく見張れって意味だって、気づいてる奴は気づいてるでしょ。騙すみたいで可哀想だけど、ニナは疑惑を知らされて平静を装うとか、無理だから」

「たしかにそうね。わたしに黙ってたのも同じ理由と……たぶん〈金の百合〉を巻きこめないからだろうし」

「おれも迷ったんだよ。ニナが傷つくのはわかりきってたし。いままでなら確実にさっきの三択から選んでた。真実を知って辛い思いをするより、二度と会えないあの子を懐かしく思う方がいいって。……だけどそれじゃ駄目だから。あの子のことはニナ自身が対峙すべき問題で、尊重して対等な団員として扱うなら、傷つくニナを受け入れなきゃいけないんだって」

「リヒト……」

「それになんだろう。あの子から〈連中〉の目的が探れれば、目の前のニナだけじゃなくて将来のニナとか……なんかもっと大きなものが守れるかもって気がしてさ。火の島の平和とか、住んでいる人たちの幸せとか。そんなふうに感じた自分が不思議で、おれが〈こんなおれ〉じゃないって信じてくれたニナのお陰かなって考えたら、ニナを遠くから眺めるだけでも嬉しくなって。……で、木の裏からそっと恋人を観察するのが趣味になったり？」

軽口めいた言葉のあとに、ふたたびの長く重い溜息がつづく。

「……だから確実な物証や糸口が得られるまではって我慢して。ニナの弓射率が不安定になって変だとは思ってたけど、まさかあの子の起こした負傷事故に不審を持ってたなんてさ。情報は得られたけど、団長に泣いて謝ったり高熱に浮かされてあの子の名前を呼ぶ姿とか見ちゃうと——なに、そんな義姉(ねえ)さんみたいに穏やかな顔して」

「みたいじゃないでしょ。生意気を言うとこの場で正座よ。……国家騎士団の騎士として優先すべきものを選べた姿勢を、国王陛下や兄宰相(あにさいしょう)に対して持てたなら、わたしも拳骨を落とさなくてすむのにって思っただけ。あなたが苦手な〈銀花の城(ラルジャン・フルル)〉を尊重することと将来のニナを守ることは、結果としてつながってる部分があるから」

なにそれ、どういう意味、との怪訝な問いに、ベアトリスは首を横にふる。

どこか優しい沈黙が流れた。間仕切りごしに見える二つの影が、不意に窓の方を向いた。

気がつけば歓声が遠く聞こえている。

キントハイト国戦がはじまったみたいね、とのベアトリスの声に、もうそんな時間なんだ、とリヒトが立ちあがった。ニナのことは午前の鐘ごろに様子を見にこようと相談して、連れ立って扉に向かう。

リヒトは天井を仰ぐようにしてぼやいた。

「〈連中〉に対しては共闘してる仲間だけど、でもあの破石王を応援するのは複雑なんだよね。ニナへの軽口のなかに、妙な釣り針を仕込んでそうな気もするし。だいたいゼンメル団長と連絡をとるための隠れ蓑にするなら、身分も外見もお似合いなベアトリスにすればいいのにさ」

「逆でしょ。身分も外見も釣りあったら、あとから冗談で誤魔化せなくなるじゃない。それよりイザーク団長の女性問題で、王太子と正騎士の同行が認められなかった……って話。あれ、どうやらキントハイト国の団員が流してるみたいだわ。だからやっぱり」

「うわ、ますます複雑になった。やっぱおれあいつ無理」

「ユミル副団長が襲撃されて、彼を襲えるほど腕の立つ賊が火の島杯で事を起こしたら危険だからって、王太子の観戦を中止にした。変に疑われないために口実の艶聞まで流して、自分が不在中の王太子を案じて正騎士を残した。立派な対応だと思うけど、それのなにが無理なの？」

「立派だから無理なの。なんかこう情けない劣等感がうじうじと。でも〈黒い狩人〉の手足である正騎士まで護衛にするなんて、あそこの王家ってそんなにきな臭かったっけ？」

「みたいね。老王陛下には長くお子ができなくて、王家筋の外孫を後継にする予定がイザーク団長の姉君が男児をもうけて、相当に揉めたらしいから。噂だけど春頃に、狩猟中の王太子殿下が飛矢を受けて、事故か事件かって大騒ぎになったって……」

ベアトリスの声と足音が、しまる扉の向こうに消えた。


残されたニナはしばらく、窓からの歓声に耳をかたむけていた。

破石を告げる角笛の音が飛ぶ。第五競技の一組目はキントハイト国とマルモア国を初戦でくだした——情報が不自然に漏れていたことからすると、おそらくは〈連中〉の仲間が加わっている山岳国。

競技が動いたことを知らせる甲高い音に誘われたように、ニナは寝台をおりた。病みあがりの覚束ない足取りで長椅子まで歩き、リヒトが用意してくれた鎧下や軍衣に着替える。部屋をあとにして本館から出ると、騎士用の観客席へと向かった。

手近な階段をあがり、まえに兄と会話をした展望場所から大競技場を見わたす。

黄褐色の大地に散開するのは漆黒と濃灰色の軍衣。木杭の外には医療係にかこまれているキントハイト国の団員がいる。

先ほどの角笛はあの騎士が退場する合図だったのだろうか。

濃灰色の軍衣が勇ましく躍動するのに対して、漆黒の軍衣は太刀傷を受けて断たれているものが多い。山岳国にひそんだ〈連中〉の一味は命石を狙う形を装い、混戦や土煙を利用して、相手を傷つけるためだけの大剣を姑息に振るう。

それを理解しているだろうに、対するキントハイト国に動揺はなかった。隊列の先頭で群がる相手と斬り結ぶイザークは、経験と力で劣る控えの騎士を巧みに使い、堅実に粘り強く勝ちを取りにいく、
破石王を戴く常勝国としては物足りない競技会運びかも知れない。団長の私的な問題で正騎士の同行を許されなかったとの醜聞を聞いたものは、呆れの目を向けているかも知れない。

けれどニナは競技が進行してもなお、山岳国の軍衣が斬られないことに気づいた。見まちがいかと思い、近くの案内係に遠望鏡を借りて確認するが、やはり相手騎士の軍衣は傷ついていない。訝しげな顔をしたニナはやがて、はっと目を見ひらいた。

——キントハイト国はまさか、命石を取るための身体への攻撃をせずに……その大剣は

あくまで、命石をのみ狙うつもりなのですか。

兜の頭頂部にいただいた命石を打つという戦闘競技会は、その困難さゆえに大剣が長大化し、同時に相手を崩すための四肢への攻撃が前提とされるようになったと兄から聞いた。暗黙の了解とされた攻撃を捨てて、命石のみを刃に触れさせることが容易でないのは、騎士を育む村で生まれたニナには痛いほどわかる。

イザークは腹に大剣を受けたまま相手の命石を刺しつらぬき、盾で横面を殴打されて崩れた姿勢から、ひらりと反転して背後に迫る騎士の命石を打ち砕く。仲間騎士の危機を見てとるや地を蹴ると、振るわれた強撃を己の身体を壁にして防ぎ、勝利のために必要な自国の命石を確実に守る。

――戦乱が奪うものと比べれば、多少は汚れた王家や制度とていまの平和には必要だろう。

本館のホールでかつての火の島を見あげた彼が告げた言葉。失われた国に思いをはせ、不条理を飲みこんでも平穏のために王家や制度を守るのだと。ならばこれが〈連中〉のやり方に対する、騎士としてのイザークの答えなのだろうか。

知らず口元をおさえていたニナはふと、開会式の展覧競技のあとに、遙か北西を向いて立礼していたイザークを思いだした。

不敵な獅子が膝を折るごとく敬虔に。

いま目の前で展開している競技は、まさにあの姿と等しい状況ではないだろうか。本来なら与えられる大歓声も、手にできる圧倒的勝利も差しだし、己の信念のために覚悟をもって競技場を駆けている。ガウェインを無為に死なせたことを悔いたニナに、恥じることはなにもない。おまえは国を守る国家騎士団の騎士としての勲章を得ている——そう告げてくれた彼自身が、その身に誇り高い勲章を戴いて。

ニナは左目の下に手をやった。

すでに癒えてほとんど見えなくなった、〈赤い猛禽〉が残した心の欠片。困難な状況で己が意思を貫いた証の、小さくて、でもたしかにニナが手にした、誰に恥じるものでもない勲章——

細い指先がぐっと強くにぎられる。

——駄目です、ここで逃げたら。

目を閉じてうつむき、ニナは唇を噛みしめた。

怖いし辛い。メルと対峙したときに足がふるえぬ自信などない。なんでだと、どうしてだと、顔を見るだけで泣いてしまうかも知れない。個室に戻って隠れていても、誰もニナを責めないかも知れない。だけどいま現実に背を向けたら——自分に背を向けたら、きっと二度と騎士を名乗れない。

——皇帝とアルサウが聖者と勇者ではなく、懸命に戦い抜いた平凡な存在だったとしたら。

この展望場所で兄が告げた言葉が脳裏をよぎる。

木杭の外の国家連合も、群衆として見あげる以外の王家も知らなかった。楽しかった春の港街に、冷たい冬の息吹が忍びよっていたことも気づかなかった。

そんな未熟で特別でもない、ただの人である自分にできるのが小さなことでも、開祖アルサウが必死に抗ったものだったなら。偉大な力に恵まれた輝かしい英雄ではなく、ただ懸命に生き抜いたものだったなら。血筋や体格ではない。誇り高いその生涯を受けつぐ村の民として、この身の精一杯で競技場に立つべきだ。

ニナは屋上庭園の銅像を見すえた。

心がさだまらねば、火の島杯は最後の皇帝にささげるものと考えよと、ゼンメルは教えさとした。ならば自分はいまの己を見せるしかない。弱さも失敗も迷いもすべてを。出来そこないの案山子だった――リーリエ国の騎士となった、ニナという、ちっぽけな存在のあり方を。

退場を告げる角笛が高らかに鳴った。

眼下の競技場ではキントハイト国が着実に破石数をかさねていく。漆黒の軍衣はぼろぼろだけれど、命石を割られた相手騎士の濃灰色の軍衣には一つの太刀傷さえない。雄々しい獅子の矜持に潤んでいた目尻の涙をぬぐうと、小さいの、んなとこでなにしてんだよ、との声がかけられた。

　ふり向くと背後の通路に、丸皿に似た目を見ひらいたトフェルと、細い目を軽く開いたオドの姿がある。そろそろ控室に移動する時間なのか、二人の手には果実水の壺が入った木箱や汗拭き布の木桶など、競技会用の荷物が抱えられている。

　雑務の采配は副団長補佐の自分の仕事なのに、寝込んでいたせいできっと負担をかけただろう。すみません、手伝います、と歩みよると、トフェルはなぜだか周囲を見まわした。

　荷物をいったん足元に置くと、ニナの腕をつかんで壁際に移動させる。人目をはばかるように口の脇に手を立てると、内緒話のような小声でたずねた。

「……なあおまえ、なんつうかそのよ……身体は大丈夫なのか？」

「あ、はい。あの、三日間も休ませていただいて、皆さんには本当にご迷惑をおかけしました。おかげさまで、熱はもうさがりました」

「そうじゃねえよ。やっぱ手癖の悪い金髪の悪戯妖精が、夜中に訪問しちまってたのか。……やべえよな。おまえの部屋への抜け道を教えたのはおれだし、んなひでえことになってるなんて、なんかすげえ責任を感じるわ」

　ニナは、はあ、と首をかしげる。金髪の悪戯妖精とは、もしかして以前に団舎の自室に出るかもしれないと予告された、トフェルが意思疎通できるらしい不思議な妖精のことだろうか。

トフェルは軍衣の内側から小さなものを取りだした。

手にのせられたのは革袋。どこか見覚えのある革袋のなかには――やはり見覚えのある薬壺が入っている。

「……おまえが城下の小路でぶちまけた林檎を拾ってたときに見つけたんだよ。次の日から寝込んじまったし、リヒトが枕元にへばりついてちゃ届けらんねえし。……これ、おまえのだろ？　皮膚の炎症と痛みをおさえる薬なんて、抜け道から侵入した金髪の悪戯妖精に縄かなんかで縛られたんだよな。でもって――い、いや駄目だ。これ以上は怖くて聞けねえ」

ぶるぶると首をふったトフェルに渡された薬壺を、ニナはじっと見つめる。

夏の陽が照らすのは陶製の壺。街中で普通に売っている、それこそ医務塔の処置室に並んでいるような。でも中身の練り薬の種類まで、自分が港街ジェレイラの露店で買ったものとまったく同じだ。

思い返せば開会式の日に再会したとき、メルの剣帯には革袋がさげられていた。競技のときも城下の小路で会ったときも。短弓を奪われてもみ合いになったときに落ちたのだろうか。そして彼女は、後頭部を覆う形の帽子をかぶっていて――

――ニナはなんで勝ったの。

たしかな事実と、身体の奥底から吐き出されたような声。

硝子玉（ガラスだま）の目がニナを見すえる。すべてが頭のなかで集まる。それはやがて一つの答えを、ニナの心にもたらした。

──メルさん……あなたは。

放心したように薬壺を見おろしている姿になにを確信したのか、トフェルは顔を青ざめさせる。

「いや、マジで悪かった。金髪の妖精が二度と不埒（ふらち）な無体をはたらけねえように、団舎のおまえの部屋への抜け道は三本ともハンナに白状する。おまえに使おうと思って〈たくさんの道具〉を宿舎で飼育してたんだが、それも帰国まではぜんぶ逃がす。だからロルフにだけは、おれの関与を守秘義務にしてくれ」

必死に弁明し、おれはこの世で最高の仰天（ぎょうてん）を見るまで微塵（みじん）切りになりたくねえんだよ、と涙目で訴える。穏やかに微笑（ほほえ）んでいるオドの軍衣を引っ張りよせると、こいつも許してやれって心のなかで叫んでるからさ、なあ、と情けない声をあげる。

思わぬところで真実をもたらす悪戯妖精に、ニナはうなずいて薬壺を強くにぎりしめた。

トフェルが安堵（あんど）に肩の力を抜いたとき、リーリエ国の集合を告げる午前の鐘が鳴る。本館を仰（あお）ぎ見たトフェルがあわててニナを担ぎあげ、オドは残りの荷物をすべて抱えると、そのまま控室へと駆けだした。

大競技場の南側の陣所にある板の間。

装備品の木箱や応急手当ての道具の脇に座ったニナは、短弓と矢筒の中身を確認する。使い慣れた一式はメルに壊されてしまい、ゼンメルが前夜に検品に出したのは予備のもの。調整は済んでいるが、念のためにあらためろと指示され、板の間に並べた矢を一本ずつ手にとる。

そして同時進行で、オドが用意してくれていた黒葡萄のシロップ漬けや蒸し鶏のサンドイッチを食べる。三日間の高熱で鎧下がゆるくなるほど肉の落ちた身体に、炎天下での競技はもちろん負担だ。前半の砂時計三反転のあいだにできるだけ動けるようにするため、当座の燃料を急いで腹におさめる。

キントハイト国の勝利で終わった一組目につづいておこなわれる、リーリエ国とバルトラム国との第五競技。前半の待機となったのは、首下げ布が外れてようやく陣所入りが許されたロルフと、ニナと中年組の一人。

木卓に戦術図を広げ、難しい顔で腕を組んでいるゼンメルをそっとうかがい、ニナは首を横にふった。余所事にとらわれている場合ではないと、ほおばった葡萄の粒を噛みつぶす。

――集合時間にあらわれたニナに対して、団員たちは体調をたずねただけで、ほかにはなにも聞かなかった。メルのことも、競技会に出られるかということも。

〈連中〉の思惑が判明して、おそらくは命石ではなく騎士の命を奪いにくるだろうバルトラム国との対戦をまえに、特別な緊張や恐怖があるようには見えない。

副団長ヴェルナーを筆頭とする中年組はいつも以上に酒臭く、二日酔いの頭を抱える彼らを、自業自得よ、ほんとに懲りないんだから、とベアトリスが小突いてまわる。彼らは昨夜、宿舎棟の屋上で在庫の酒樽を飲みきるほどの大宴会をやり、警備部に叱責されたヴェルナーはとうとう三枚目の始末書を提出したらしい。

トフェルは陣所の隅にたまった土塊を集めて泥団子にすると、反射的に身がまえたニナの前を素通りして、リヒトの後頭部に投げつけた。ちょ、ば、なんでおれに、と悲鳴をあげたリヒトの横では、オドがのんびりと木杯や汗拭き布を用意していた。

メルに騎士団の情報を伝えたニナを責めるものも、かといって騙されていたニナを慰めるものもいない。進行は打ち合わせどおりにな、との団長ゼンメルの下知を受け、副団長以下十五名の団員は大競技場の南側の端に並んだのだが――

陣所の前に掲げられた国旗の数十歩先。

午前の鐘が過ぎた太陽はすでに中天に近い。夏の陽に照らされて揺らめく熱気の向こうで整列している濃紺の軍衣。その胸に気高く咲く白百合が赤い鮮血に染まる幻影がふと頭をよぎり、ニナはあわてて確認をすませた矢を矢筒に入れはじめる。

――考えちゃ駄目です。自分の失態が消せないのならよけいに、これ以上の迷惑はかけられません。わたしの役目は、後半にそなえて準備をすることです。

それでもやはり気になり、身支度をしつつ競技場の様子をうかがっていると、ニナ、と落ちついた声で呼ばれた。

小さな肩を跳ねさせたニナは、木卓の前のゼンメルのもとへ駆けよる。鼻の上の丸眼鏡に手をやり、ニナの顔や爪の色を検分したゼンメルは、問題ないな、とうなずいた。

大競技場では中央に審判部が立ち、北側の端にはバルトラム国騎士団が、忌まわしい敵意を純白の衣で隠して時を待っている。

目を細めてそれを見やると、ゼンメルは鼻を鳴らした。

「国旗はその国の姿勢をあらわすというが、バルトラム国のそれは白々しいの白か。まあ、狸と狐だな。おぬしを泳がせて〈少女騎士〉を引っかけさせたわしに、さほど偉そうなことは言えぬが」

自嘲めいた言葉に、ニナはすぐさま首を横にふった。

「ちがいます。ゼンメル団長は団長として当然のことをなさっただけです。わたしがちゃんと自覚をもって行動していたら、リーリエ国の情報も〈連中〉への道筋も、いろいろなことがもっと」

「ニナ、思うところはあろうが、いまはいい。なんどもくり返しているが、本当に世に完璧などないのだ。失敗と後悔がここにいるわしをつくり、その意味でわしもおまえも大差はない。ともかくは、ようく見ておれ。……ただし、びっくりしすぎて、その大きな海の眼を落とすなよ」

ニナはきょとんとする。びっくり、と不思議そうにくり返して大競技場を見やったとき、審判部が片手をあげた。

「――！」

四方の銅鑼が鳴らされ、重々しい音が夏空に弾ける。

火の島杯が開会されてから十八日。第五競技二組目となるリーリエ国とバルトラム国の一戦が、いまここにはじまった。

濃紺と純白。黄褐色の大地に波のごとくほとばしる騎士の隊列。自国の先陣を切って走る大きな身体を確認したニナは、啞然と目を見ひらいた。

「……オドさん？」

粘り強さはあるが足がなく、積極的に命石を狙うより味方の補助が多い巨体の農夫。そのオドが猛る雄牛のように土煙をたてて突進する。ニナの背丈よりも長い大剣を天高くかまえ、我先にと相手騎士に打ちかかる。

呆気にとられたニナだが、異変はそれだけではなかった。

変則的で堪え性のないトフェルが、ロルフを思わせる正確な剣技を淡々と披露している。攻守にそつのないヴェルナーが血気盛んな青年騎士のごとき激しい剣を見せ、その隙だらけの背後を、注意力に欠けるベアトリスが慎重に守っている。

後方から全体をくまなく把握して、隊列の乱れや相手の行動に応じて指示を出すのはリヒトだ。周りで大剣を振るう中年組もふくめ、団員の一人とて、ニナが知る動きをしていない。

自分はいったいどこの騎士団の競技を見ているのか、あるいはまだ、暑気あたりの高熱が抜けていないのか。

そんなふうに思ったニナは、先ほどのゼンメルの言葉を思いだした。びっくりしないでって――

視線をやると、果たして老団長は薄く笑った。

「イザークがまんまと奴らに意趣返しをしたのに、奴より年かさのじじいが後れをとるわけにはいくまい。現役こそしりぞいたが、わしとて戦闘競技会に身をささげた一人の騎士だ。……しかし王甥レミギウスとやらは存外に純粋だな。情報を盗られて動揺する可愛げなど、とうの昔になくしたわ」

すまし顔で片目をつぶられ、ニナは頬を紅潮させる。

破石を告げる角笛が鳴った。は、と顔を向けると、北側の陣地深くまで侵入していたオドの前で、兜を飛ばされた騎士が倒れている。中央ではヴェルナーが、猛禽さながらの押しこみから相手の命石を粉砕した。

ふたたび鳴る角笛の音。さらにもう一つ。リヒトの補助を受けた中年組が、酒気を感じさせぬ爽やかな一閃で対峙したバルトラム国騎士の命石を真っ二つにする。

──すごいです。

ニナは青海色の目を輝かせて競技場を見わたした。

対峙するのはこちらの情報を得て騎士の命を奪わんとしている強敵。その困難な嵐にあっても諦めることなく、与えられた状況のなかでの最善をつくす。まるでリーリエ国章のごとき競技会運びに感動で胸が高鳴った。先ほどまでの重苦しい不安が晴れ、希望が闘志となって小さな身体をいっぱいに満たした──しかし。

「！」

激しい怒声があがり金属音が鳴った。

土煙に包まれ倒れているのは濃紺色の軍衣。

その腕を踏みつけている石像のような白衣の騎士──バルトラム国騎士団長は、すでに射程に入っている兜の命石を即座にとらない。押さえつけた足に鉄槌のごとき強力をかけると、絶叫をあげた中年組の命石を大剣の一閃で粉砕した。

角笛が鳴り、医療係が担架を手に木杭のなかへと走ってくる。

北方地域に冠たる破石王であり、王甥レミギウスの意を実現する〈人形〉でもあるバルトラム国の団長は、リーリエ国の変容にも冷静だった。自身の行動をもって己らの役割を示すと、事前情報と異なる動きに逡巡した味方を一瞬で引きしめる。十二人となった団員に淡々と指示を出した。

むろんリーリエ国とて、付け焼き刃の戦術が最後まで通じるとは思っていない。盗られた情報を逆手にとった、最初の一手はゼンメルの言葉どおりの意趣返しだ。戦闘競技会の誇りを汚し、多くの騎士の将来を奪い、汚い潜入活動で小さな弓の心を傷つけたものたちへの。

乱れた隊列をととのえる副団長ヴェルナーに対して、しかしバルトラム国騎士団の実力はそれこそ付け焼き刃ではない。身体能力も剣技の実力も経験に裏打ちされた知恵も。正騎士をそろえたキントハイト国に劣らぬ総合力を持つ騎士団が、勝利のための命石を狙う影で、騎士の命を奪おうと大剣を振るう。

交わされる無数の金属音が一気に激しくなった。渦巻く波が衝突するごとき剣戟に、長さ二百十歩、幅百四十歩の競技場全体が薄黄色い土煙に包まれる。

陣所にて帰趨を見守るニナの視界に、やがて小柄な騎士が音もなくあらわれた。

——メルさん。

ニナの胸がぎゅっと詰まった。

競技開始から砂時計一反転が過ぎたが、メルの姿を近くで見るのは初めてだ。

純白の軍衣と濃紺の軍衣。メルの前には兜から黄金の巻き毛をなびかせた、王女ベアトリスの姿がある。ニナと同じく、素性を偽って隊を組んだ〈ベティ〉に対して、メルは軽く身を屈めた。とくに躊躇した様子もなく、踏みこむなり大剣を斜めにしならせた。

「！」

騎士としての能力なら速さはメルに分があるが、力はベアトリスが大きく勝る。縦横に剣風をはしらせるメルに対して、ベアトリスの大剣が押し負けることはない。凧型盾で堅実に守りつつ、舞うごとき華麗な剣さばきを披露する。

そんな金の百合は南方地域への遠征でいい意味での図太さをそなえ、自身の欠点も冷静に自覚している。背後から距離をつめてくる相手騎士の気配を察すると、その大剣が襲いかかる直前に身を返した。ふり向きざまの鋭い刺突は、兜の命石をたがいなく狙う。

いけた、とニナが拳をにぎった瞬間、メルがふっと身を沈めた。

ベアトリスの身体が大きくのけぞる。

——王女殿下⁉

攻撃を受けたのではない。まるで髪か軍衣を引っ張られたような不自然な動き。体勢を崩したベアトリスに相手騎士が容赦なく打ちかかり、走りこんできたオドが巨体を張ってそれを防いだ。

土煙がもうと流れる。ニナが目を凝らすと、メルが側面からオドに大剣を振りおろすのが見えた。しかし腕力の差は大人と子供ほどに歴然だ。容易に盾で弾かれたメルは反動で倒れこむ。

オドの足に、抱きついて転ばせる形で。

「！」

息をのんで口元を押さえたニナの目の前で、審判部の視線を惑わすように乱舞する純白の軍衣。すり足で大地を移動する金属靴が土煙の渦をいくつもつくる。いったいなにがどうなっているのか。気がつけば角笛が立てつづけに鳴り、命石を割られて倒れているベアトリスとオドに、医療係が駆けよるのが見える。

ニナは力なく首をふっていた。

――なんですか、これは。

バルトラム国は審判部の目を盗んで相手を傷つける技に、忌まわしいほど長けている。命石を奪うのが苦手だと言っていたメルやその仲間は、秘密裏に騎士を負傷させる技のみを教えこまれているのだろうか。

命石を狙うと見せかけて剣の軌道を外し、胸を刺突する。凧型盾の先端を不意にさげて足をすくい、たたらを踏んだところで後頭部に強打を加える。身体を丸めて呻いている中年組の姿が見えた。いつ運ばれたのか、木杭の外では横たわったトフェルが手当てを受けている。

ニナは己の身体が小刻みにふるえているのを感じた。圧倒的な現実をまえに、ただ声もなく立ちすくむ。

前半終了を告げる銅鑼が鳴った。両国騎士団が移動をはじめるのを見たニナは、はっと我にかえる。汗拭き布に水分補給に予備の装備品。迎える準備を慌ただしくととのえているうちに、副団長ヴェルナーに率いられた団員が戻ってきた。

残りの騎士数はバルトラム国九名に対し、リーリエ国は八名とほぼ互角。

ヴェルナーの報告から医療係の治療を受けている団員に、即座に医務塔に搬送するほどの重傷者はなし。軽い捻挫をおった足を処置されたオドが、早くも陣所に帰ってきた。

ひとまずは安堵したニナだが、打たれた箇所を濡れた布で冷やし、厚布で固定している団員たちの姿はやはり痛々しい。濃紺色の軍衣は汗と土でまみれ、容赦なく断たれた隙間からは内部の甲冑が見えているものもいる。

ここまでするのか――ここまでさせるのか。躊躇なくベアトリスやオドを傷つけたメルを脳裏に描いたニナは、不安や恐怖を誤魔化すように、果実水の木杯や岩塩の塊を配ってまわる。

一方で団員の装備品を確認したゼンメルは、白髭に手をやって考えこんだ。

〈赤い猛禽〉ほどの強力がなくとも、硬化銀の密造剣を受けた硬化銀製防具には深い線状痕が生じ、剣戟の程度によっては鋼の大剣が折れる場合もある。イザークからは自身の甲冑の傷や団員の怪我の状態からも、山岳国の武器は硬化銀製ではなさそうだとの証言を得ている。

正確な鑑定ではないものの、バルトラム国騎士団により甲冑に刻まれた太刀傷は、やはり硬化銀製武器でつけられた特徴は見つけられない。〈証となる生贄〉との言葉から、両国どちらかの競技で使う可能性が高いと想定した。しかしそれは己らの価値を過大評価した思いこみで、やはり決勝か、それとも競技場の〈外〉での使用を目論んでいるのか——

思案の海に沈むゼンメルは首を横にふった。ともかくは目の前の競技だと、手を打って団員たちを注目させる。

出場騎士の交代を告げた。加わるのはニナと中年組の一人、そして——

ゼンメルが視線を向けるとロルフはすでに兜をかぶり、右手だけで器用に留め具をかけている。骨折した左手首は、腕用の円筒形防寒着に似た固定具で覆われている。剣帯には大剣をさげているが、その近くに凧型盾は見当たらない。

陣所入りが許されれば、盾を持たずに競技場に立つだろうことも予想していた。首下げ布が外れるのは最短でも第四競技以降。騎士団の目標とした第三競技に勝利して安堵したのは、ロルフの出場機会の可能性が潰えなかったという意味もあった。

しかし左耳の下で束ねられた長い黒髪に、ゼンメルは訝しげに問いかけた。

「肋骨が折れたとて裁定競技会に出場したおまえだ。止めても無駄なのは理解しているが、その髪はどういう意味だね」

「オドに結ってもらいました」

「いや、そういうことではなく」

「凧型盾の装着に慣れた左手に重量がないと、右手の大剣の重さで均衡が崩れます。医務塔で傷の治り具合に応じ、固定の材質を増減して重量の調整をしていました。髪の負荷を左側にかけることで、ようやく納得がいきました」

話を聞いていた団員たちは顔を見あわせる。

ロルフが頻繁に医務塔に通っているのは知っていたが、早期治癒を目指して治療に専念していると思っていた。しかしこの男はとうに盾の装着に見切りをつけて、そのうえで支障なく大剣を扱える工夫を黙々としていたのだろうか。

呆れと感心がないまぜの視線でロルフを見る団員たちに対し、ニナは、兄さま、と眉尻をさげた。

考えれば兄の異名は〈隻眼の狼〉だ。不幸な事故で左目を失い、それでもたゆまぬ努力で一の騎士と呼ばれる存在になった。多くを語らず泰然とかまえながら、その奥底にはリーリエ国章の白百合のごとき、揺るぎない心がたしかに宿っている。

いいや兄だけじゃない。なにも言わずとも、表からは見えても見えなくても。嵐のなかでも誠心を貫いて勝とうと競技場を駆けるものはみんな、己の覚悟を胸に抱いて戦う騎士なのだ。

そしてそれは——

戦術図を前にヴェルナーの指示を受けていたリヒトが近づいてきた、矢筒（やづつ）の中身を確認して、ん、大丈夫、とうなずいた恋人を、ニナはじっと見あげる。

——あの子のことはニナ自身が対峙（たいじ）すべき問題で、尊重して対等な団員として扱うなら、傷つくニナを受け入れなきゃいけないんだって。

個室で耳にした言葉が胸に迫る。おそらくは自分が思う以上に我慢して、知らないところで見守ってくれていただろうリヒトに、よろしくお願いします、と思いをこめた一言を告げた。

こちらこそ、と笑ったリヒトは、しみじみとした目でニナを眺めた。そのまましばらく黙りこむ。どうかしたかとニナがたずねると、リヒトは幸福そうに苦笑した。

「いや、やっぱニナだなーって。ちゃんと競技場に立つんだなって思ったら嬉しくなって。不安はもちろんあるけど、そんなふうに感じられた自分にも嬉しくなって……なんだろうね、それだけ?」

「リヒトさん……」

そのまま見つめあう二人に、団員たちが顔を赤らめて甲冑のなかをかいていると、審判部が休憩の終わりを告げにきた。

競技場に向かう騎士は、副団長ヴェルナーとロルフ、リヒトとニナ、中年組の四名。

団長ゼンメルはただうなずいてそれを見送る。ほかの団員とともに立礼をささげ、使用した木杯を片付けはじめたオドは、飲み残した黒葡萄の果実水が不自然に揺れているのに気づいた。

「……？」

怪訝(けげん)そうに周囲を見まわす大男の足元では、どこから這(は)い出てきたのか。数匹の甲虫がなにかから逃げるように、足早に移動していた。

黄褐色(おうかっしょく)の大地の果てに並んだ濃紺の軍衣(ぐんい)。そのなかにロルフとニナを確認したバルトラム国騎士団長は、まぶたの厚い目をふと細めた。
競技会運びや勝敗をすべて左右できるわけではない以上、優先的に標的とする騎士については幾つかの道筋が与えられている。
リーリエ国で潰すべきは〈隻眼の狼〉と〈少年騎士〉。王甥(おうせい)レミギウスの計画の邪魔になるとも、〈先生〉がリーリエ国を嫌っているとも言われたが理由は知らない。〈人形〉にとって存在意義そのものである、ただ指示のとおりに。

「〈隻眼の狼〉はおれがやる。〈少年騎士〉はメルティス、おまえがやれ。奴の動きはおまえがもっとも知っている。両の目を奪え。騎士として、二度と戦えないようにしろ」

騎士団長の指示に対して、整列しているメルは大競技場の南の端を見つめている。熱のないまなざしを向け、騎士団長はふたたび口を開いた。

「メルティス・ウィクトル・テオドニウス。〈少年騎士〉の目を奪え」

ややあって、メルは、はい、と立礼した。

モルスの子である少女が首を横にふったことはない。ただの一度も。与えられた名前はすべてを支配する。まるでそれ自体が、失意に自死を選んだ先王テオドニウスの呪いと、最後の皇帝の血脈が受けつぐ罪のように。

中央の審判部が後半のはじまりを告げた。

残り騎士数は互いに開始時の半分ほどで、隊列を大きく広げるにはすでに足りない。

集団のまま大競技場の中央で衝突し、入道雲のように立ちのぼる土煙に金属音が星のごとく閃いた。バルトラム国騎士団長は剣を合わせたリーリエ国の〈隻眼の狼〉が、凧型盾を持っていないことにやっと気づいた。

第一競技で潜入させた〈仕込み〉により、左腕に全治一カ月の怪我を負ったのは知っている。調査した為人から負傷をおして出場する場合も想定はしていたが、盾を所持していないのは予想外だった。

大剣の刀身を合わせたまま、至近距離で視線をかさねる。

血肉を感じさせない石像めいた顔に、微かに浮かんだ怪訝の隙をついたか。ロルフは膝に力を入れると、騎士団長を一気におし崩す。

「！」

すぐさま身を沈めて、左側面から突きだされた別の騎士の大剣をかわした。

本来であれば盾で防ぐ攻撃をしりぞけるには、行動に先んずる読みと動きしかない。狼の呼称にふさわしい俊敏性で後方に飛ぶと、地を蹴るやいなや大剣を跳ねあげて左手の騎士の命石をかち割った。赤い破片が大地に落ちるより早く。顔面を狙ってぶんと横に薙がれた騎士団長の凧型盾を、半回転させた大剣で弾き返して言い放つ。

「騎士の誠心を裏切る猛禽以下の輩が、なにをおどろく。左目が開かねば右目で見ればいい。盾が使えぬなら大剣で防げばいい。それだけのことだ」

バルトラム国騎士団長はわずかに鼻白む。

純白の軍衣が、膨れあがる殺意のように大きくひるがえった。

実力的には両国の一の騎士同士の戦い。その付近では副団長ヴェルナーが四名の中年組を引きつれて、六名のバルトラム国騎士と対峙している。

国益を左右する競技会ではなくても、国章を戴(いただ)く国家騎士団ならば可能なかぎり勝ち残りたいのが本音だ。その意味で準々決勝まで進めたのは誇るべき結果だが、〈連中〉とやらの身勝手な計画で、火の島杯はとうに騎士の祭典たる体(てい)をなしていない。

それを思うとヴェルナーの口からは、なんなんだよ、との愚痴(ぐち)が自然ともれる。こんな滅茶苦茶(めちゃくちゃ)な競技会で勝利する意味はあるのかと。でもだからこそ勝ちたかった。相手が戦闘競技会の矛盾(むじゅん)を示すなら、そこに生きる一介(いっかい)の騎士として、姑息(こそく)な手段を打ち崩す覚悟を貫きたいと。

数においては僅差(きんさ)でも、傷つけることを目的とする攻撃をかいくぐり、勝利のための命石を稼(かせ)ぐのは容易ではない。それでもヴェルナーは声を張りあげて味方を鼓舞し、顎髭(あごひげ)から汗を滴(したた)らせて大剣を振るう。

怒号と金属音が飛び交い、土煙が雲海のように周囲を包む。激しい混戦となった中央から少し離れた一帯で、ニナの前に小さな騎士がすらりと立った。

「メルさん……」

ニナはごくりと唾(つば)を飲みこむ。

とうとうきた瞬間に、軍衣の下の足がふるえた。

同じ目線で合わさるのは、硝子玉(ガラスだま)のごとき水色の目と澄んだ青海色(あおうみ)の目。

諜報(ちょうほう)活動だったとはいえ、盾と弓であった互いが対峙する状況について、メルはなにを思うのか。無表情のまま大剣をだらりと下段にさげる。獣が獲物に襲いかかる直前のように体勢を低くしたメルの姿に、傍らのリヒトが少し固い声で言った。

「行くよ、ニナ」

「……はい！」

　答えるやいなや、はっと表情を変えたリヒトが凧型盾の先端を大地に突き刺す。うなりをあげて足首を奪いにきたメルの大剣を、寸前のところで弾いた。

　南方地域の遠征でメルの身体能力は熟知していたが、対戦相手として実際に接すると、全身がばねのような動きはニナの想像を遥かに凌駕していた。

　小柄という騎士として不利な要素をあえて利用し、地面すれすれに屈んだ姿勢からリヒトの手足を狙っては、純白の軍衣を光芒となびかせて背後に回りこむ。ふり向いたリヒトの顔にはすでに跳躍しているメルの影がかかり、風を巻き起こす一閃が、立ちこめる土煙を切り裂いて襲いかかる。

　後方で弓をかまえて弓射の機会を探るニナだが、〈盾〉を経験したメルはリヒトの役目も行動の意味もわきまえている。

〈弓〉が襲われれば〈盾〉はどう出るか。その際に隙が生じるのはどこか。騎士の身体を守る硬化銀製甲冑の、それでも可動性を確保するためにあけられた、負傷を狙える場所の在処も。

合わせた大剣に押し負けたふうを装って体勢を崩し、メルはふっと身を沈めた。

ニナに鼻先を向けて一気に地を蹴る。反射的にリヒトが足を踏みだすと、メルは瞬時に止まって切り返し、跳ねた草ずりの下の太股(ふともも)を大剣で打った。

「！」

ぐらりと膝をついたリヒトを背後から蹴って倒すと、メルは背中に飛びのり兜(かぶと)を目がけて大剣を振りおろす。命石を狙ったように見せかけて、おそらくは頭部への攻撃。

鎖帷子(くさりかたびら)に守られていても、打撃の衝撃を完全には防げない。

「リヒトさん！」

ニナはたまらず矢を放った。利(き)き腕を射ぬかんとした一矢をメルはのけぞって避ける。くるりと後転して、リヒトの身体からおりた。

「……っ！」

水色の目がゆっくりとニナへ向けられる。

怒りも悲しみもなにもない。がらんどうの硝子玉がニナを捉え、大剣がちゃき、と鳴った。標的をさだめて走りだしたメルの前に、片手を支えに身を起こしたリヒトが辛(かろ)うじて大剣を突きだす。足をとられたメルが転がった隙にニナに駆けよると、息を荒らげて身がまえた。

容赦(ようしゃ)のない強打の影響だろう。ふらつく足をどうにか踏んばると、朦朧(もうろう)とする頭を軽くふる。

「なにこれ。予想以上。強さもだけど、完全に〈盾〉の動きを理解してる感じ」

「は、はい」

「……でもさ、なんで理解できたのかって考えると、少し見方が変わるんだよね。だって〈弓〉のことが嫌いだったら、きっと無理だから」

「え？」

「同じ立場としての希望的観測？　……うん。でもだったらおれも、なけなしの我慢をふりしぼれる。ちゃんとニナより、勝利のための命石を優先できる」

リヒトが小さく笑ったとき、審判部の角笛が鳴った。

二人が弾かれたように視線をやると、土煙の向こうで腹部をおさえたヴェルナーの姿が見えた。

その足元には兜が外れた相手騎士が倒れている。破石した瞬間に腹を打たれたのか、膝を折ったヴェルナーの命石をほかのバルトラム国団員が奪った。角笛がふたたび飛び、集団の指揮役を失ったことで情勢は一気に動く。

二人の中年組が立てつづけに命石を割られた。形勢の不利を悟った残りの二人が、右手側でバルトラム国騎士団長と対峙するロルフの元へと走った。

中央の攻防を制した五名のバルトラム国騎士は二手に分かれる。三名は逃れた中年組を追い、残りの二名は左手側でリヒトらと対峙しているメルの加勢に向かった。

この時点で残りの騎士数は、バルトラム国七名に対してリーリエ国は五名。

盾と弓は一対でこそ機能すると承知しているのか、二名の騎士とメルはリヒトとニナを離しにかかる。調査で得た相手の癖や動きも共有されているのだろう。二名の攻撃を受けたリヒトが盾と剣を使って防いだのと同時、仲間の背中を足がかりに高く跳躍したメルが、上空から大きな一閃をニナにくだした。

「……っ！」

後方に飛びのいて避けたニナだが、メルの一撃はリヒトと距離をあけることを目的としたものだったらしい。

十数歩先まで引き離され、すぐさま駆けよろうとしたリヒトを、相手騎士が前後から足止めした。強引に振りきる素振りを見せたリヒトだが、失石の危険性を考えたのだろう。焦燥を顔に浮かべながらも目の前の相手に集中する姿が、流れてきた土煙の向こうに消えた。

盾とはぐれた弓を前に、メルは落ちついた様子で攻撃の姿勢をとる。

ニナはふーっと大きく息を吐いた。左手に短弓をかまえると、背中の矢筒から矢羽根を引き抜く。

リヒトといつ合流できるかも、兄ロルフたちの状態も現時点ではわからない。だけどいまはともかく、自分のできることをするだけだ。

——身体能力で敵うはずはありません。でも命石を狙うのが苦手だと……ほとんど経験がないのだとしたら、破石に関してはわたしに分があるはずです。〈連中〉に騎士団としての答えを返し、リーリエ国の情報を与えてしまった失態を挽回するためにも、なんとかしてメルさんの命石を先に。……それになによりも、メルさんにわたしを傷つけさせたら駄目です。

だって彼女は——きっと。

ニナは唇を強く結ぶと、獣のごとく地を蹴ったメルの大剣を目がけて弓射する。

持ち手を打って武器を落とすつもりだったが、盾であっさりと弾かれた。すかさずニナはメルの足元に矢を放つ。距離を稼ごうとした意図を見抜かれ、跳躍したメルはそのまま、空中から横に薙いだ大剣でニナの顔面を狙った。

「！」

風切音がうねる。辛うじて屈んだニナの、兜の飾り布が真っ二つに断たれた。

いきおいで転んだニナは、仰向けの姿勢で矢をかまえる。しかし放つ瞬間に胸を足で踏みつけられ、ぐ、と息が詰まって矢が手から離れた。呼吸を奪われたニナはたまらず、にぎった拳でメルの長靴をたたいた。

無我夢中で身体の下から這い出て身を起こそうとすれば、軍衣の裾を大剣で縫い留められる。反動で大地に顔面を打ちつけ、鼻を強打した目に涙がにじんだ。

体中が軋んで苦しい。でもまだだ。この程度の痛みなんか怖くない。殴られるのだって平気だ。ニナは勇者でもなんでもない。小さくてちっぽけで、ガルム国では王子ガウェインに、それこそ試し切りの案山子よりも殴打された。

心の奥底の望みに気づくことなく、猛禽のまま谷に消えた赤い髪の騎士。ほんの少しのかけちがいで、変わったかも知れなかった現実。あんな思いはもう嫌だ。自分は、メルの軍衣をにぎって後悔するなんて嫌だ。

だからどうしても、ぜったいに。

「！」

背後から迫る剣風を感じて、ニナは横っ飛びに転がった。即座に身を起こすと、地面にめりこんだ大剣を抜いたメルに向きなおる。

互いに手のうちを知っている二人の攻防は膠着状態がつづいた。

汗粒を飛び散らせて荒い呼吸をもらし、軍衣を土にまみれさせて避ける、屈む、逃げる、跳ねる。まるで獣の子同士が争っているような対決のなかで、腹を打たれ横面を盾で殴られたニナは、血の混じる唾をなんども吐いた。

破石を告げる角笛が遠く聞こえる。

兄やリヒトが退場したのかと思ったけれど、視線を向ける余裕はない。

一つ、また一つ。断続的に飛ぶ角笛と歓声を耳に、ニナはただ必死にメルと対峙する。知恵と体力のかぎりをつくして抗い、弓弦を幾度も鳴らした。背中の矢筒にはとうとう、二本の矢が残されるだけとなった。

——あと二本。

ぜえぜえと息をもらしながら、ニナは思考をめぐらせる。手持ちの矢を使い果たせば落矢を探すしかない。いままでと同じように射たのでは、盾か剣で弾かれる可能性が高い。

三十本ちかく弓射してなお甲冑にさえ当てられないなど、メルは本当に武器に精通している。矢の軌道、飛距離、速度。役目を確実に果たすためか、ほかの地域の珍しい武器の特性まで熟知していた。弓についても、東方地域で昔使われていた大弓のことまで——そこまで考え、はた、と思いだす。

メルが説明してくれたこと。東方地域の大弓。攻撃ではなく上空にいっせいに弓射。相手を誘導する。誘導——動かす。

「！」

ニナは残された二本をまとめて矢筒から引き抜いた。

命石を狙い一本目の矢を打つ。

ほぼ同時にもう一本の矢を放った。誰もいない空間に矢尻をさだめて——一本目の矢を、メルがどのように避けるかを予測して。

己の命石を射ぬかんとした一矢に、反射神経のまま横に飛んだメルは、兜に迫る風音に目を見ひらいた。

「⁉」

小さな身体は空中にある。着地する体勢で回避行動をとるのは不可能だ。

赤い命石に矢尻の先端が迫り、射ぬけた、とニナが確信した瞬間。

「――！」

メルは己の額すれすれを大剣で跳ねあげた。

銀の光芒が閃く。中央部分が断たれた矢が、くるくると回転しながら付近に落ちた。防がれた、とニナが思ったときには視界がまわっていた。短弓が手から投げだされ、背中には大地の感触。そして青空を背景に、仰向けになったニナに馬乗りになって、大剣をかまえているメルの姿。

「あ――……」

ぴたりと止まった切っ先はニナの目元に向けられている。

反射的に逃げをうった腕が、メルの大剣に切断された矢の先端部分に触れた。ニナはとっさにそれをつかむ。水色の瞳と、青海色の瞳が真っ直ぐに合わさった。

もしメルが目を奪うつもりなら、自分が見る最後の光景はこれなのだろうか。そう考えたニナの心に、メルと出会ってからのことがよぎった。楽しかったこと、嬉しかったこと、悲しかったこと――すべての彼女との風景が。

　折れた矢をにぎる細い指に力がこもる。

　ちがうかも知れない。そうかも知れない。だけど自分は信じる。見えないところできっと守ろうとしてくれていた、小さな〈盾〉を――

　メルが掲げた大剣の切っ先に夏の陽が反射した。風音が大気を切り裂き、鋭い先端がみるみる大きくなる。

　ニナは目をそらさなかった。

　剣先とともに迫ってくるメルの頭部。その兜に輝く命石を強く見すえて、にぎった矢の先を渾身の力で突きあげる。

「！」

　ぱりん、と綺麗な音がひびいた。

　赤い結晶がきらきらと舞う。

　弾けた思いのように、鎖から解き放たれるように。それをたしかに青海色の瞳に――己の目にはっきりと映して、ニナは肩を大きく動かして息を吐いた。

　角笛が鳴る。つづけて二つ。

　土煙に汚れたニナの顔に、温かい水滴がぽたりと落ちる。

　ニナの命石を大剣で粉砕したメルは、硝子玉の目を大きく見ひらいていた。矢尻の一撃で命石ごと飛ばされた、その頭に兜はない。

　零(こぼ)れ落ちてくる彼女の涙を頬(ほお)で感じながら、ニナは声をふるわせる。

「……こうなるって、わたし、し、信じてました」

　思い浮かぶのはテララの丘に来てからのメルの姿だ。ここから去れと言ったのも、自分の秘密や計画をあかしたのも、負ければ良かったのにと怒ったのも、武器を壊したのも。ぜんぶぜんぶ、きっとそれは。

「あなたはわたしを……〈守ろう〉としてくれていたんですね。ここにいたら傷つくことになるから。自分が、傷つけることになるから。メルさん、そうでしょう……？」

　両手を支えにして身を起こすと、ニナは己の腹の上に座りこんでいるメルに腕をのばす。兜が外れてあらわになった頭を、抱きしめるように包みこむと、液体がぬるつく感触が返った。見なくても想像できる。酷(ひど)い炎症状態だった後頭部は、どれだけ掻(か)きむしったのだろう。皮膚(ひふ)が抉(えぐ)れて凸凹に形が変わり、髪が抜けている部分もある。

　ニナはくしゃりと顔をゆがめた。役目のたびにかゆくなると言っていた。淡々とした無表情で言葉で伝えたわけでもなくて、だけど身体(からだ)は悲鳴をあげていたのだ。たしかに、訴えていたのだ。

「メルさんは本当は、誰かを傷つけることが嫌なんです。小さいころから当然の役目だと教えられていても、あなたの意思が……あなた自身は、嫌だって思ってたんです。だから辛くて、でも命令は絶対で。どうしようもなくて代わりに、自分を傷つけて……」

ずっと痛かったですね、薬が効くわけなかったのに、ごめんなさい、わたし、少しも気づかなくて——声を振りしぼるニナの目から涙がこぼれる。わななく指は労るように、傷だらけの頭をなでている。

メルの手から大剣がカランと落ちた。

己の頬を流れる涙を両手で触ると、見おろして確認する。メルはやがて、不思議そうに問いかけた。

「……これはなに」

「え？」

「目から水が出てる。温かい水」

「涙です。えと、泣くと出るもの、です」

「〈泣く〉は知ってる。〈悲しい〉ときにすること。ならわたしとニナは、悲しいの？」

ニナは優しく首を横にふった。

「涙は、嬉しくても出るんです。わたしたちは、きっと嬉しくて泣いてるんです。……ちゃんと最後まで、騎士として精一杯に戦えたから」

角笛が鳴っても木杭の外に出ない二人に、近くの審判部が早く移動しろと合図をしている。ニナは濡れた顔をぬぐうと、袖口でメルの涙をふいた。落ちていた短弓を拾って立ちあがる。いっしょに行きましょうか、とメルに腕を差しだした。

　小さな手に自然とかさねられた己の手。それをじっと見おろして、メルは言った。

「……ニナ、呼んで」

「え？」

「〈わたし〉の名前、呼んで」

「えと……メルさん？」

　——呪縛が解ける。

　硝子玉の瞳に光彩が宿った。

　曖昧だった焦点がはっきりとしてくる。地平に射しこむ陽光が薄暮の空を美しい水色へと染めゆくように。鮮やかな変化にニナが見惚れると、薄い唇が柔らかい弧を描いた。

　浮かんだのは初めて見る彼女の微笑み。

　えっと息をのんだニナの目の前で、メルの身体が足からゆっくりと崩れていく。あわてて支えようとしたニナが堪えきれずに倒れたとき、競技終了の銅鑼が鳴った。

　大競技場に散っていた騎士たちの動きが止まり、雲海のような土煙が次第に晴れていく。

　中央付近には四名の姿がある。

　彫像のごとく顔を強ばらせたバルトラム国騎士団長と剣を合わせているのは、結った黒髪を乱れさせて肩で息を吐くロルフ。その背後には軍衣に複数の太刀傷を受けた二人の中年組が立ち、彼らの足元には三人分のバルトラム国騎士の命石が落ちている。

少し先では三名が銅鑼の音を受けて制止していた。

二人のバルトラム国騎士を相手に最後まで競技場に立ちつづけたリヒトの兜には、勝利の一助となる赤い命石が輝いている。昏倒したメルに必死で呼びかけているニナの姿を確認したリヒトは、安堵の息を深く吐いた。

残り騎士数は四名対三名。眉尻をさげて新緑色の目を細めたリヒトの耳に、リーリエ国の勝利を告げる審判部の声が高らかに聞こえた。


「――もう潮時っすね、殿下？」

自分の心を読みとったような言葉。レミギウスがはっとして視線を向けると、円柱の陰にたたずむ影があった。

大競技場を見おろせる本館の観覧台。

リーリエ国の勝利で終わった二回戦に、臨席の貴人たちは興奮の面持ちをしている。折れた矢で相手の命石を、二人とも子供だろうに、いや勇敢といえば〈隻眼の狼〉だ、盾を持たず大剣のみで――口々に出る賞賛が気に食わず、レミギウスが席を立った直後にかけられた声。

相変わらず不気味なまでに気配をつかませない。黒髪の男はその背後に四女神の軍衣を着た国家連合職員を——地下遺構から潜入させた仲間を引きつれている。

彼らが剣帯にさげるのは白銀色に輝く大剣だ。一見すると鋼のそれと変わらない、けれど剣を交えれば驚愕とともに理解するだろう。戦いを有利に運ぶために持ちこんだ硬化銀製の密造剣。

「当てつけなのか意趣返しなのか。キントハイト国とリーリエ国の競技会運びを見るかぎり、こっちの動きを微妙に感づかれてる気がします。指示にそむいたメルちゃんは完全に壊れちまったし、それにキントハイト国の早馬が防壁に近づいてるようで」

「キントハイト国の早馬……まさか南方地域の」

「あの太刀傷でもう動けるなんて、あの細目の副団長、平凡な見た目のわりにさすがは常勝国の二番手でした。リーリエ国の元副団長も、史跡部の遺構修繕記録をしつこく調べてる。予定より少し早いですが、次の競技中にはじめちまった方が無難でしょう」

黒髪の男の進言に、レミギウスは眉をよせて唇を結ぶ。

昨日までは目論見どおりにいっていた。審判部長であるクロッツ国の理事に、主力騎士が襲撃された国の情報を流す。審判部長はそれらの国を組み合わせ表の右側に集めて、砂時計一反転ともたずに総退場したと酷評の自国騎士団を入れた。少しでも先まで勝ち残り、議長選で自身を有利に導くために。

結果として左側には〈仕込み〉を入れた強豪国が集まる。〈仕込み〉を使い当日の邪魔になる有力騎士を潰して勝ちあがり、弱小国相手に勝利したクロッツ国とバルトラム国の決勝を決起の場と望んでいた。戦闘競技会の汚濁そのもののクロッツ国騎士団を最初の〈生贄〉として血祭りにあげるつもりだったが――

レミギウスは忌々しげに舌打ちした。

「仕方ない。バルトラム国は負けたのだ。くそ。あの程度の騎士団に後れをとるとは、まったく役立たずの〈人形〉たちが」

「殿下のお腹立ちはもっともですが、競技会はあくまで前座。お楽しみの本番はこれからです。それにまだ、とっておきの〈優秀な人形〉が残ってますから、ね？」

自分のことか、とレミギウスが睨めば、黒髪の男は曖昧に首をかしげる。細められた闇色の瞳は地下世界の生き物のように光彩がない。なんとなく胸がざわめいたレミギウスだが、返したのは承諾のうなずきだった。

計画の変更も指図されるのもしゃくに障る。しかし愛妾と脳天気に拍手をしているリーリエ国王や、雄々しい勝利だと褒めそやした貴人たちが恐怖に泣き叫ぶ姿は溜飲がさがる気がした。それに黒髪の男の言葉はいつも正しい。道筋をととのえて献策し、最適な手段を講じる。恐ろしいほど適切な男の進言に、レミギウスが否と答えたことはない。

ただの一度も――

黒髪の男は国家連合職員に扮した仲間を持ち場に移動させる。祖国で反乱の準備を進める鉱山卿ルクルスらに早馬を出すこと、テララの丘近郊に潜伏させた騎馬兵に連絡をつけてくる旨を告げてその場を去った。

奥の階段をおりていく男が不意に振りかえる。

ふたたび席に戻ったレミギウスの後ろ姿を眺めて薄く笑うと、ばいばい、と片手をあげた。

——大地を鳴動させる轟音が競技場の本館を包んだのは、それから砂時計二反転後のことだった。

「——よかった、ニナ、気がついた……！」
耳に飛びこんでくるのは恋人の声。
薄く瞼をあけたニナは、ゆっくりと目をまたたかせる。安堵に肩の力を抜いたリヒトの溜息が頬にかかった。痛いところない、苦しいところは、と矢継ぎ早に問われ、緩慢に首を横にふった。

仰向けの身体は膝をついたリヒトに抱きかかえられている。既視感のある状況に、ニナは自分が破石されて気を失っていたのかと思ったが。

──いいえ変です。だってメルさんに命石を割られたあと、医療係に運ばれるメルさんといっしょに木杭の外に出ました。

次第にはっきりしてくる視界には、灰色に煤けた顔に金髪を乱れさせて、ほんとに怪我してないよね、とニナの全身をくまなく確認しているリヒトの姿。その背景にあるのは白い煙と天井だ。競技場から見える青空でも周囲をかこむ観客席でもない。

──これって……夢……？

ニナはきーんと耳鳴りのする頭を緩慢にあげる。白煙に満ちた奇妙な世界を眺めながら、曖昧な記憶をたどった。

バルトラム国戦に勝利したあと、負傷した団員に付きそって医務塔へと向かった。兄やリヒトが処置を受けるあいだに、上階の個室へと搬送されたメルを見舞ったところ、マルモア国の女騎士らがすでに来ていた。二人ともがんばったね、よくやったよ、と抱きつかれてもみくちゃにされた。隊を組んだ仲間として、メルとちゃんと話をしようと赤毛が提案してくれた。

けれど昏倒したメルはなかなか目覚めず、ひとまず宿舎で着替えてこようと廊下に出て階段をおりていくと、リヒトと兄ロルフが走ってきた。ほぼ同時に地鳴りのような轟音が弾けて建物が——そこまでを思いだしたニナは、はっと眉をあげる。

　急いであたりを確認すると、リヒトの腕をつかんだ。

「あの、に、兄さまは？　すごい大きな音がして、階段が揺れて、手すりが倒れて足元に落ちてきて……」

「ロルフなら大丈夫。いまちょっと近くの様子を見にいってるだけ。だからともかく落ちついて……って言っても、正直、おれにもなにがなんだか……」

　眉を寄せて周囲をうかがったリヒトは、足元に気をつけて、とニナを立たせた。

　床に触れた長靴（ちょうか）が、じゃり、と硝子片を踏んだ。昏倒した拍子で外れたのか、リヒトは近くに落ちている短弓を拾うと、ニナの背中の矢筒（やづつ）にかけてくれる。彼の説明によれば、処置室で手当てを受けていたところ不審な剣戟（けんげき）が聞こえ、不測の事態かとニナを呼びに上階へ向かった。その途中で轟音とともに建物が震動し、気がつくと白煙があたりを包んでいた、とのことだった。

「……でもさっきの地鳴りみたいな音と大きな揺れ。ロルフとも話してたんだけど、中央火山帯っていう土地を考えたら、もしかして地下の炎熱になにかあったのかなって」

「地下の炎熱……？」

「うん。おれは教会で学んだ程度の知識しかないけど、火の島の名前の由来は炎熱の塊（かたまり）を吐きだす火山でしょ。テララの丘の大地はグナレク山が大噴火したときの火山灰土で、噴火のときは地中で炎竜が暴れてるみたいに地面が揺れて家が壊れるって。たしかに本館そのものが激しく動いて、壁や崩れて窓硝子も割れてるし……」

　ニナは頼りない表情で考えこむ。

　テララの丘の地中にひそむ炎熱については、城下で会ったメルから少しだけ耳にした。中央火山帯の地の底には、古代帝国の開祖に退治された炎竜になぞらえられる炎熱の塊がある。それ自体は眠っているけれど、地下水路が熱せられて空間が膨張したことによる水蒸気噴火が、まれに生じると。

　でも建物が倒壊するほど大規模な噴火は、古代帝国の末期より起こっていないと教えてくれた。国家連合が樹立して三百年。学者ではないニナには推測でしかないが、三百年もなかった現象が、こんなにも突然に生じることがあるのだろうか。

　――いいえ、そういえばあのとき。

　城下の井戸にいた女性たちの会話をふと思いだす。井戸の水温が不安定だったり、遺構の甲虫の動きが活発になったのは、地中の炎熱が活動期に入ったのではないかと話していた気が――

　あらためて己を見おろせば、濃紺の軍衣は灰のような粉にまぶされ、足元には崩れた壁材にまぎれて黒い砂礫が転がっている。靄を思わせる白い煙を鼻から吸いこむと、腐った卵に似た奇妙な臭いがした。

まさか本当にそうなのかと、ニナが乾いた喉を鳴らしたとき、白煙の向こうから兄ロルフが姿を見せる。目を覚ましているニナを確認して短く息を吐いたロルフは、背後を一瞥してから口を開いた。

「あちこちで壁や床が壊れ、搬送用の階段は上下とも、ホールへの階段は上階のみとおれない。それとやはり、処置室で耳にした剣戟の音が聞こえる。先ほどの轟音と震動については、個室で療養していた負傷者たちが集まり、地熱の異変ではないかと話し――」

足元が微かに揺れるのを感じた三人は、緊張の面持ちで身を寄せあう。

天井から砂粒のような破片が落ちて、倒れていた植物の鉢が転がった。現在地は医務塔の三階。事象の原因がなんであれ、普通の状況ではないのは事実だ。ともかくは一刻も早く本館から出て、宿舎にいるだろう団長ゼンメルと合流した方がいいと相談する。ニナは上階のメルや赤毛たちのことを思ったが、瓦礫に埋もれた搬送用階段を見やると唇を結び、歩きだしたリヒトのあとにつづいた。

粉塵まじりの白煙に口元をおおいながら慎重に廊下をすすむ。ホールへの螺旋階段に入ると剣戟に加えて、なんだ貴様らは、なぜその軍衣を、その大剣は、いったいなにを――との怒声が聞こえてきた。

警戒しつつ一階までおりると、白い世界にぼうと浮かぶ正面扉あたりに四女神の軍衣が見える。国家連合職員の姿に安堵して駆けよろうとしたニナの腕を、リヒトが急いでつかんだ。表情を険しくしたロルフに顎をしゃくられ、三人は近くの円柱に身をひそめる。

円柱の裏からあらためて確認すると、四女神の軍衣の男は大剣を手にしている。その前には格子柄の軍衣のものがおり、二人は大剣を閃かせて戦っていた。

「――え？」

ニナは唖然と目を見ひらく。国家連合の職員と騎士が、なぜ交戦しているのだろう。様子をうかがっていたリヒトがロルフの耳元に口をよせた。なにあれ、どういうこと、との問いかけに、ロルフは眉根をよせて首を横にふる。

「おれにわかるはずがない。競技結果に不満を持った騎士団の反乱、議長選に絡んだ国家連合の内紛、貴人が集まる火の島杯を好機とし、どこかの国が戦争を起こした。すべてが考えられる」

「って、回答が多過ぎるんだけど」

「だが不明だからこそ、不用意に近づくのは危険だろう。こちらは三名で、正面扉付近から聞こえる剣戟の音は数十をこえている。本館から外に出るには、あとは連絡通路からいったん競技場へ……」

右手に顔を向けたロルフが動きを止めた。

なに、と視線の先をたしかめたリヒトが息をのむ。そんな二人にならって右手側を見たニナは、ぽかんと口をあけた。

瓦礫に覆われた観覧台への吹き抜け階段の向こう。イザークと眺めた三百年前の火の島が描かれた壁――そこからなぜ青空と、木杭にかこまれた大競技場が見えているのだろう。

「――……」

砂まじりの風が黒髪と金髪をさらった。

時が動いていることを知らせる自然の流れに導かれて、やがて三人は呆然と歩きだす。倒れている幾つもの円柱を避けると、巨人が壁ごと引きはがしたような大穴から外へと出た。

目に飛びこんできたのはあまりに異様な光景だ。

観客席は西側から北側にかけて崩れ、大競技場には背丈より高い石材や各国の国旗が散乱している。ところどころに横たわっている影は観戦していた騎士団員だろうか。背後に向きなおると、薄靄のような白煙に包まれた本館は管理塔が半壊し、床面がまばらに崩落している観覧台の屋上庭園には最後の皇帝の像がない。

そして本館の前に小山ほど積みあがった建物の残骸のなかには、鷹揚に微笑んでいる銅像の頭部や命石の原石が、ちぎれた植物にまぎれて転がっている。

これは悪夢か――この世の終焉か。

ニナはぼんやりと首を横にふった。

ほんの少しまえまで観覧台は臨席の王侯貴族で埋まり、観客席では他国騎士団が歓声を放ち、自分は武器を手に大競技場を駆けていた。一変した世界に対応できず、なにが起こっているのかも理解できない。

周囲をただ見まわすニナの目が、やがて観覧台の上階で止まった。支える円柱が割れて崩れ落ちそうな五階の突端に、華やかな服装のものが数人いる。床面の崩落から辛うじて逃れた王侯貴族だろうか。身をよせあう彼らのなかには頭上に冠を輝かせた——白百合紋章の王冠を戴く男性がいた。

「オストカール国王陛下……？」

呆然とつぶやいたニナがあらためて目を凝らせば、壊れた観覧台のあちこちに華美な衣装の人影がある。そして中層階あたりでは先ほど本館で見たのと同じく、国家連合職員の風体のものが、貴人を守る侍従らしきものと剣を交えている。

「——！」

ロルフが弾かれたように視線を投げた。

迫ってくるのは無数の長靴の音。彼らがとおってきた本館の大穴から、百名をこえるだろう四女神の軍衣のものが大競技場に入ってきた。三人の姿に気づくと二十名ほどが集団から離れて、大剣を手に殺到してくる。

見た目はまちがいなく国家連合のそれだ。しかし隠しようもない殺気に、ロルフは剣帯に指先をのばす。どういうことだ、なぜ我らに、と鋭い声を放つが、侵入者は答えずに斬りかかってくる。

　敵か味方か。正体も状況も不明だが、攻撃を受けてはやむを得ない。ロルフが大剣を鞘走り、それを見たリヒトが同じく剣を抜いた。二人の後方に立つニナは、短弓をかまえて矢羽根を引き抜く。

「！」

　金属音が弾けて白刃が煌めいた。

　数の差は歴然で周囲には退路を断つごとき瓦礫の山。同時に押し包まれれば一気に勝負が決するだろう多勢を相手に、ロルフとリヒトは濃紺の軍衣を舞わせて大剣をはしらせる。集団の素性がなにものであれ、個々の力は国家騎士団員たる彼らの敵ではない。

　胸を強打されたものが倒れ、腹を一閃されたものが吹き飛び、足を薙がれたものが転がった——しかし。

「！」

　激しい鍔迫り合いをしていたロルフの大剣が、甲高い音を放って折れた。

　煌めいた剣先は回転しながらニナの近くに落ちる。

　ロルフの手に残されたのは剣身のなかほどで断たれた大剣。

　たしかな既視感がニナの脳裏をよぎった。自分はこれを見たことがある。千谷山の城塞と港街の交易船の甲板。異なる硬度の金属同士がぶつかった、その結果の——

「硬化銀の剣……」

無意識につぶやいて、しかし顔に困惑を浮かべる。

製造、使用、所持が禁じられる硬化銀製武器だが、国家連合だけは例外で、テララの丘には制裁用のものが保管されていると聞いている。けれどそうであっても、なぜ自分たちにそれを向けるのだろう。

いいやそもそも目の前の彼らは本当に、国家連合職員なのか、、、、、、。その素性を弁別するのは四女神の軍衣だ。仮に侵入者が若草色の衣をまとえば――硬化銀の密造剣を持っている〈連中〉がそれを着ても、見分けることなど――

「まさか……れ、連中……？」

ニナの口を自然とついて出た言葉に、ロルフとリヒトが視線を交わした。無言のままどんな意思疎通があったのか。リヒトは対峙する相手の腹に蹴りを入れると、体勢を崩したその腕に大剣をいきおいよく振りおろした。

重い打撃音がひびき、悲鳴をあげた相手が手放した武器を、待ちかまえていたロルフが拾いあげる。ロルフは打ちかかってくる別のものと即座に刀身を合わせると、ひねりを加えて大剣を弾き落とした。足元に転がったそれを、こんどはリヒトが奪いとる。

襲撃者の素性と大剣の正体は推測でしかないが、ともかくこれで武器の優劣はない。ニナがそう思ったとき、背後から女性の悲鳴が飛んだ。

はっとふり向くと観覧台の五階。突端に身をよせているリーリエ国王たちに、大剣を振りあげた若草色の軍衣が迫っている。

「！」

ニナは瞬時に短弓を引きしぼった。

武器に狙いをさだめて矢を放つ。弓弦が鳴り、接近していた軍衣のものが身を跳ねさせた。射ぬかれた大剣が手から離れ、床面の亀裂から音をたてて落下する。突然の弓射で得物を奪われた相手は、下方の大競技場で弓をかまえているニナに気づくと、ぎょっとした様子で観覧台の奥へと逃げ去った。

安堵の息を吐くニナだが、観覧台にはほかにも数十名をこえる若草色の軍衣のものがいる。中層階では襲撃されたのか、倒れている貴人の姿も数人ほど見えた。

——このままでは国王陛下たちが危険です。弓ならここからでも攻撃できますが、でも大勢で同時に襲われたらとても対処できません。それに矢筒にあるのは競技終了後に拾った落矢だけです。使用できるのは、たぶん三十本もありません。

ともかくはできるだけ早く、そばまで行くしかない。本館ホールは正面扉付近で戦闘がおこなわれていて、吹き抜け階段は瓦礫で埋もれていた。目の前の建物の残骸は四階くらいまで積みあがっている。足場はかなり悪そうだけれど、身軽で高いところに慣れたものならのぼれるかも知れない。

自分にはとても無理だ。左手を怪我している兄にも難しいだろう。

だったらあとは――

ニナは背後で大剣を振るっているリヒトをそっとうかがった。

迷いにきつく眉をよせる。父国王をはじめとした王侯貴族を、リヒトが忌避しているのは知っている。無分別に翻弄されたという母親の苦労はもちろん、〈銀花の城〉に引き取られてからの不条理な境遇。テララの丘での貴人に対する態度や、父国王と揉めたあとに膝を抱えて座りこんでいた姿を見れば、軽々しく口にしていいことかどうかもわからない。

――でも、このままあの方たちが、ここで命を落とすことになったら。

王家は国の支柱であり社会制度の基盤だ。柱を失った家屋が倒れるように、一個人が失われるのとは意味も重さもちがう。それに国王は審判部長の計らいで、西方地域の国は五階の最前列を融通されたと話していた。もしあそこにいるのが近隣諸国の王族たちならば、政情が一気に乱れたことで地域そのものが揺らぐ事態に――場合によっては戦乱の種となる混沌状態が生じるのではないだろうか。

――国章の裏には民がいて、そして国家連合の土台の上には無数の国旗が立っている。それを思えばたいていの不条理は飲みこめる。

三百年前の火の島の壁画を前にイザークが告げた言葉が頭をよぎる。亡国の民の末路を語り、多少は汚れた王家や制度でもいまの平穏には必要だと言っていた。庶子としてのリヒトの境遇に一定の理解を示しつつも、国王が国王にしか思えぬなら、騎士として守るべきものを守れないだろうと。

――騎士になればお金と食べ物が手に入って、理不尽なことや悔しい目にあわなくてすむし、それに大事な人も守れるから。

貧民街に育ったものとして生きるために、そして母親や仲間のために騎士を望んだと語ったリヒトは、街中で困窮する子供を見れば惜しまずに手を差しのべている。己自身も少しの施しで命をつないだと、彼が幼少期を過ごしたような裏路地に生きる、親に捨てられた子や身よりのない孤児に。

だけどもし戦乱となれば、数えきれぬほど多くの悲しい生涯が生みだされるのだ。国という寄る辺をなくし飢えや暴力に苦しみ、あるいはメルのように、悪しき心のものに容易く利用される存在が。失われた国名の下には民がいて、いまも掲げられた国旗の下にはこの瞬間にも暮らしている人々がいる。

ならばあそこにいる国王陛下たちの後ろには――

ニナが唇を結んだとき、背後から聞こえていた剣戟が止んだ。

武器を奪われ手足を強打され、腹部や胸に重い一撃をくだされる。倒れ伏した二十人ほどの侵入者はすべて、しばらくは戦える状態ではない。

観覧台の下層階からは獲物を探すように、上階へと移動していく若草色の軍衣が見える。

うまく伝えられる自信はない。それでも迷っている時間もないと、ニナは思い切って声をかけた。

「……リヒトさん、臨席されていた国王陛下が、あそこに避難されています。周りにいらっしゃるのは、たぶん、西方地域の王族の方々です」

額の汗をぬぐっていたリヒトが、え、と振りかえる。

ニナは観覧台を指さして説明した。若草色の軍衣のものが国王たちに襲いかかってきたこと。ふたたび襲撃される危険があるので、すぐに助けにいく必要があること。目の前の瓦礫の山をのぼれば到達できそうで、この場で行けるのはリヒトしかいないこと――

リヒトは虚をつかれたような顔をした。

観覧台を見あげて、突端付近に集まる人影を確認すると目を細める。折れた円柱や石材が積みあがった残骸をしばらく眺めると、周囲を警戒しているロルフの左手首を見やってから、ニナに向きなおった。

戸惑いもあらわに眉根をよせると、あ、いや、と歯切れ悪く口を開いた。

「状況はわかったけど……わかったけど、なんていうか、それってつまりおれに、あそこにいる貴人たちを守りにいけってこと……だよね？」

「はい。そ、そうです」

「そうですって……いやおれ、そもそも観覧台で高みの見物をする奴らに、見捨てる恨みはあっても救う恩義はないっていうか。父国王はもちろん、西方地域の王族だって騎士を軽んじたり身勝手な理由で会場整備に文句を……って、ああまた嫌な言い方になってるけどこれは無理。さすがに自業自得とまでは思わないけど、取り残されてる姿を見てもあーって感じただけで……助けたいとか助けなきゃとか、言いづらいけど、おれにはとても」

「それは……あの、し、仕方ないというか、わたしもリヒトさんが、率先して国王陛下たちを救出に行くとは思いません。〈ラントフリート〉としてのリヒトさんの苦労のぜんぶを、知っているわけでもありません。……でも、それでもです。王家を守ることは、きっと、その後ろにいるたくさんの人を守ること、だから」

「後ろにいるたくさんの人?」

くり返したリヒトに、短弓を胸に抱いたまま、ニナは大きくうなずいた。

「あの轟音も本館の崩落も、テララの丘でいまなにが起こっているのかも、わたしにはわかりません。で、でも国王陛下たちが危険なのは事実で、もし本当にあの方々が倒れたら、それぞれの国が乱れて、西方地域そのものが揺らいでしまう可能性だってあります。仮に戦火が起こるような事態になったら、失われるのは王都ペルレの城下や地方の街で、普通の人々が営んでいる平穏な生活です」

リヒトはじっとニナを見つめる。

「わ、わたしたちの毎日は、王家とか制度とか、そういう枠組みのうえにあります。この競技場をかこむ四女神の腕に国旗が掲げられて、風から遮ってくれているように。その庇護を奪われた民の多くは、当たりまえの恵みから遠ざかります。リヒトさんが街中で手を差しのべるような悲しい子供も、きっと増えます。その意味で、ここで助けるのは〈国王陛下たち〉じゃありません。で、ですから、その」

言葉をつくして告げれば、リヒトはふと顔をそむける。

胸の奥に詰まった痛みを堪えるように唇を結んだ。表情を隠す形で髪をかきあげると、待って、ちょっと待ってと、混乱と動揺もあらわな声で言った。

「ニナの主張は……言ってることは、たぶんまちがいじゃないと思う。情けなくて駄目なおれとちがって、ニナはいつも眩しいくらい正しいから。……でも正しいことと、出来ることは同じじゃない。おれはやっぱり〈おれ〉でしかなくて、どうしようもない部分だって、変われない部分だってあって」

「か、変われないわたしを導いてくれたのは、リヒトさんじゃないですか」

ニナは思わず声を強めて言っていた。

「出来そこないの案山子だったわたしに、変われる可能性を教えてくれたのはリヒトさんです。過去ばかりじゃなくて、少しずつ周りに目が向けられるようになって。メルさんのことで傷つくってわかってて、でも信じて見捨ててくれて。庇護するだけの対象じゃない。対等な団員として見てくれて……見てくれるように変われたのも、リヒトさんです」

「ニナ……」

「本音を言えば、わたしだってリヒトさんやお母さまを苦しめた国王陛下も、競技場で戦う騎士より自分たちの都合を優先なさる感覚も、す、好きじゃありません。でもわたしたちがこうして暮らしている毎日が……いつか住む〈小さい家〉が、そういうものを受けとめた先にあるのなら。平和を願って剣を振るう、いまの世を生きる騎士として。守るべきものを守るために、あの方たちを――」

観覧台から悲鳴が飛んだ。

ニナは弾かれたように背中の矢筒に手をのばす。

五階の国王たちに大剣を振りあげて近づく軍衣のものは二人。即座に弓弦を引き絞り、一人目の武器を狙って放った一矢は近くの円柱に阻まれた。焦りに顔をゆがめたニナは、それでも奥歯を嚙(か)みしめると、矢筒から引き抜いた矢をふたたびつがえる。

白煙を切り裂いた一本は見事に大剣を射ぬいた。さらにもう一本もたがうことなく二人目の武器に命中。弓弦の音につづいて、弾き飛ばされた大剣が下方に落ちていく金属音がこだまする。眼下の射手に気づいた軍衣のものたちは、若草色をひるがえして奥へと消えた。

安堵(あんど)の息を吐いたニナはリヒトを見やる。

向けられるのは問いかけるような青海色(あおうみ)の目だ。求めるのでも強制するのでもない。曇りがなく、だからこそ対峙するものの心を返してくれる深い海の――懐かしいシレジア国の海をどこか思わせる。

リヒトは瓦礫の後方にそびえる観覧台に向きなおる。

砂塵混じりの風が金の髪をさらった。戦火に焼かれたごとき損壊を晒す本館と対照的に、美しく広がる青空に白い軌跡が細く流れる。

目を凝らせば、小さな翼を懸命に動かしているのは一羽の白鳩だ。大地の異変に巻きこまれ剣戟の音に追われ、逃げるのか帰るのか、それとも旅立つのか。重しのように薄くまとわりつく白煙を振りきって、西の空に向かって飛び立っていく。

「…………」

やがてリヒトは、肩で大きく息を吐いた。

無言のまま剣帯に大剣をおさめる。うつむいて歩き出した彼がどんな表情をしているかは、ニナからはわからない。散乱する砂礫や石片を踏みしめて、ゆっくりと、けれどたしかに岩山のごとき建物の残骸へと歩みよっていく。

その長身が背丈ほどの石材に手をかけるのを待ち、ニナは緊張に潤んでいた目をしばたいた。腕を組んで二人のやりとりを見ていたロルフは、谷間のような亀裂を飛びこえていくリヒトを睨みつける。なんと面倒な男だ、ここまで言われねば動けぬのか、と吐き捨てた。

本館に空いた大穴から、ふたたび若草色の軍衣の集団があらわれた。

瞬時に顔を強ばらせる妹に、ロルフは落ちついた声で告げる。

「不埒な企みでバルコニーを跳躍するほど身軽な男だ。さほど時間をかけずに国王陛下たちのもとへ行けるだろう。ニナ、奴が到達するまで観覧台はおまえの弓に任せる。おまえの守りはおれが。いいな」

はい、とうなずいたニナに背を向ける。

二人に気づいて殺到してくる長靴の音はおよそ十名。半身の姿勢で腰を屈めたロルフの視界に右手の大剣が——おそらくは硬化銀の密造剣が鮮やかに輝く。

ロルフは瓦礫の下方に転がる最後の皇帝の頭部を見やった。鷹揚な微笑みを浮かべた顔はひびわれ、目元に刻まれた亀裂のせいで慟哭しているようにも思える。

皇帝とアルサウが戦い抜いた平凡な存在だったとしたら、天界から聖者の顔で睥睨するよりも、ある意味で相応しいだろう姿。そんな尊い主君の姿に、家臣の子孫を標榜するものが、硬化銀の甲冑をも断てる禁忌の武器を手にどんな戦いをささげるべきか。

「！」

五階に侵入した新手に短弓をかまえた妹を後ろに庇い、ロルフは襲いかかってくる集団と剣戟を交わす。

同時にくだされた二本の大剣を、右手のみで掲げた大剣を横に倒して受けとめる。歯を食いしばり腕をふるわせ、気合を放ち身体ごと弾き返した。夏空高く跳躍すると、己の横をすり抜けてニナに走りよる背中を上段から打ちつける。

倒れたところでその利き腕をたたき折り、瞬時に身をひるがえすと、上から横から斜めから、あらゆる角度から迫る剣風を狼の反射神経でしりぞける。腕を払い足を薙ぎ、身動きこそとれなくするものの、ロルフはしかし急所の首も心臓も、決して狙うことはない。

獣の尾のごとき長い黒髪が、騎士の誇りとともに風に流れた。

6

――視線を向けたその場所にはあるはずのものがない。

テララの丘をかこむ防壁の門塔付近。

街道から少し離れた砂礫の大地に立ち、リーリエ国騎士団長ゼンメルはなんとも表現できぬ気持ちで丘上を見やる。青空にそびえるプルウィウス・ルクス城は右側の競技場あたりがいびつに崩れ、無残な姿を晒している。

国家騎士団の軍衣をまとい四十年。数度の制裁に参加したゼンメルは、昨日見た堂々たる城が一夜で焼け落ち、朝に挨拶した仲間が夕方に骸となる現実を味わってきた。しかしそれであっても一カ月ほどまえにこの場所で、その威容を誇っていたかに見える神の居城が、古の戦乱を彷彿とさせる荒廃を見せるなど想像だにしていなかった。

「無為に老いさらばえた報いか。まさか生きているうちに、このような光景を目にすることになろうとはな……」

つぶやいたゼンメルに背後から近づく足音があった。

気配で誰かはわかっていたのだろう。ここ数日の疲労か、少し痩せた老顔を静かに向けると、漆黒の軍衣をまとった浅黒い肌の偉丈夫が歩みよってきている。

その手に酒壺と二つの木杯を確認したゼンメルは、呆れた表情をする。旧知であるキントハイト国騎士団長イザークと公式競技会のあとに酒を飲むのは慣習だ。たしかにいまは長い火の島杯がようやく終わり、互いに帰国の途につくところだけれど。

「本国から持ちこんだ蜂蜜酒です。詰草の蜂蜜でつくった極上の年代物。あなたと飲むのは競技と同じくらい、おれの楽しみなので」

木杯を渡してきたイザークの手には生々しい打撲の痕がある。

精悍な顔に刻まれた太刀傷と襟元からのぞく白い包帯。戦闘の痕跡を色濃く残しながら、イザークは酒壺をかたむけた。ゼンメルは小さく息を吐くと、自身も蜂蜜酒をついだイザークと木杯を合わせる。

乾いた音がひびいた。

二人の騎士団長は旅用外套を、いまだ火山臭を帯びた風にひっそりと舞わせる。

——あの日の詳細がおおよそ判明したのはほんの昨日。捕縛した関係者の聴取がすすめられるなか、崩壊した本館の片付けや行方不明者の捜索が一段落してからのことだった。

硬化銀製密造剣を使い火の島の各地で不穏な活動をしていた〈連中〉。

その主犯であったバルトラム国王甥レミギウスの目的は、火の島杯で戦闘競技会制度の問題点を天下に知らしめたうえで観覧台を襲撃。王族と国家連合の上層部を殺害して火の島をふたたび戦乱の世にもどす。同時にバルトラム国で兵を起こして、国王ウィクトルを譲位させて王位を簒奪すること——だとされた。

された、というのはレミギウス自身が、本館の崩落に巻きこまれて死亡したからである。

異変は第五競技三組目の砂時計二反転が過ぎたころ。

突如として観客席にいた国家連合職員——それに扮していた〈連中〉が大競技場へと飛びおりた。競技中の騎士や審判部に剣を向け、気をとられていた各国騎士団が我にかえったときには、同じく国家連合職員を装うものたちが観覧台を占拠していた。

貴人の保護を理由に出入り口がかぎられている本館は、正面扉を制御されれば容易に内部に入れない。王族を人質にとられた騎士団や警備部は動きを封じられ、騒然とした空気が周囲を包み——そして地を揺るがす轟音が競技場に轟いた。

それより少しまえ、ゼンメルは宿舎棟の自室にてイザークの緊急の訪問を受けていた。

警戒していた人目もはばからず、靴音高くあらわれたイザークが持参したのはユミルからの早馬が届けた四女神の軍衣。南方地域の襲撃に使われた交易船を調べていたユミルが、元造船を依頼した商会の倉庫から発見したという数十着もの軍衣に胸騒ぎを覚えるなか、元副団長クリストフの報告書がもたらされる。

王甥レミギウスの史跡部長としての業務調査。遺構の修繕記録に対して使用された石材などの量が、二、三年まえより不自然に増加していたとの情報に、ゼンメルとイザークは強ばった顔を見あわせた。専門部が消耗品などの水増し請求で小金を得ることは、国家連合の悪しき慣習の一つとして黙認されてはいる。

しかし地下遺構の保全に関わる不審と四女神の軍衣。

侵入路と擬態──

まさかと窓を見れば中庭も競技場の周囲にも、ありとあらゆるところに鮮やかな若草色が──異様なほど多い国家連合職員がいる。

ゼンメルは届けられた軍衣を手に居館へと走り、議長に証拠品を見せて賊が侵入している可能性を訴えた。イザークは騎士団員を招集して城下へと馬を駆り、テララの丘の出入り口である門塔を侵入者から守ろうとした。ゼンメルと議長がいた会談室の窓硝子が爆風で弾け、轟音におどろいたイザークの馬が前脚を大きく振りあげたのは、それからまもなくのことだった──

丘上を眺めながら当日を想起したゼンメルは、知性を感じさせる目を細める。甘い麦酒に似た味であるはずの芳醇な蜂蜜酒が、今日ばかりはやけに苦い。

事実だけ見れば〈連中〉にまつわる一連の出来事は解決した。

調査の結果、大地を揺るがした震動と轟音は、本館の地下で生じた水蒸気噴火とされた。

これほど大規模なものは記録がないが、軽微なものなら二年まえに厩舎脇で起こり、前兆として井戸の水温や洞穴生物の動きの変化も同様に見られていた。原因は過去にも事例のある、地下水路が流木などで詰まり、閉鎖された空間が地熱で熱せられたことだと推定されている。

滅多にないだろう大きな災禍と、硬化銀の密造剣を使った反乱がかさなったのは、幸運だったのか不運だったのか。観覧台の崩落は主犯であるレミギウスをもの み込んだ。情報が錯綜するなかで噴火後も戦闘がつづいたが、秘密裏に修繕されていた避難塔の脱出口から城下へと侵入した、およそ五百名の賊は討伐、あるいは捕らわれた。

〈連中〉のなかにはバルトラム国騎士団とともに防壁の門塔を開門し、城外で埋伏中の騎馬隊を導きいれる役割のものもいた。しかしそれらはキントハイト国騎士団と警備部により阻止され、千をこえる密造剣が押収された。バルトラム国本国では密造剣製造を主導していた鉱山卿ルクルスが、強硬派とともに王城を占拠したとの報もあるが、〈連中〉の野望はほぼ潰えたと言える。

しかしゼンメルは複雑な表情で、ふと口を開いた。

「……競技会なれば戦術を駆使して大剣を振るい、砂時計六反転の制限時間いっぱい。敵味方ともに重傷者を出しながらの、残り騎士数二対一での辛勝、といったところか」

「ならばユミルの襲撃は、開始早々の手痛い失石でした。四女神の軍衣の存在をいま少し早くつかんでいたらと悔いが残ります。もっともだからこそ〈連中〉は奴を襲撃して時間稼ぎをし、そして我らは後手にまわった」

騎士団長らしい表現に、イザークも同様の物言いで返す。

空になったゼンメルの木杯に酒壺をかたむけた。注ぎ手の瞳のごとき深い琥珀色に、風に揺れる白髭が映る。

「ここまで後悔の残る勝利は初めてだよ。頭も手足も、〈連中〉の一味を根こそぎ捕らえようとした貪欲さで、バルトラム国理事館に踏みこむ手段をとらなかった。密造剣を使う場所は競技場の〈内〉か〈外〉かと考えながら、二重の壁と検問に守られたテラの丘の防御への慢心もあった。あの一刀が、交代がと……やくたいもない繰り言ばかりだ」

「しかし我らが完璧な競技会運びをしたとて、完勝はありませんでした。死傷者の数は戦闘よりも本館の崩落に巻きこまれた方が多い。炎竜の機嫌を予測できるものなどいません。リーリエ国は他国に先んじて競技場に駆けつけ、賊の一掃から負傷者の救出まで奔走されたと聞きました。観覧台に先行した金髪の働きで、西方地域をはじめとした多くの王族の命も拾うことができた。そこまでご自分を責める必要は――」

「いやすまん。破石王に慰めの言葉をもらうなど本当に年はとりたくないな。ただの老人の愚痴だよ。おぬしが野盗から押収した硬化銀製武器の鑑定を頼まれてより一年。拙い知恵をしぼり幾通りもの可能性を考えて手を打ち、その結果が今日かと考えると虚しくてな」

眉尻をさげて苦笑し、ゼンメルは木杯の蜂蜜酒を一息で飲みほす。

酒の匂いの短い息を吐いた。丘上のプルウィウス・ルクス城をあらためて見あげると、苦い声で告げた。

「……すべては終わった。しかしこれは〈はじまり〉かも知れぬ。国家連合はあらゆる意味で大きな傷を受けた。権威や信頼の失墜に人的損失。戦闘競技会制度の矛盾を訴えて生贄をささげることがレミギウスの狙いなら、奴は〈連中〉と自身を供物に目的を果たした。道筋をつけて楽隠居どころではない。これではわしは、団舎の十字石に老衰で名を刻む覚悟をせねばなるまいよ」

イザークはかたむけていた木杯をふと止める。

言葉の意味するところを察して、傍らの老団長をじっと見つめた。問うような視線に気づき、どうした、とたずねたゼンメルに、いえ、と首を横にふる。

「あなたが現役をしりぞいて以来、団長職を辞す機会を図っていたのは知っていたので。〈連中〉に肩入れはしませんが、国家連合が神に程遠い存在であるのは事実です。戦争という嵐から守る代わりに道化を強いる。逆らえば容赦なく制裁で滅ぼし、微笑みの裏では派手なドレスや豪華な指輪をせっせと貯めこんでいる。そんな不実な〈女〉に、この先も忠誠をつくすと？」

「不実な〈女〉はわしも嫌いだ。騎士の誠心を頼みに、舞台装置が変わる劇場で踊る愚かしさも理解している。……しかしここでわしがおりたら、茶番と知りながら必死に足掻いて倒れた仲間に合わせる顔がない。武具庫の作業机に残された過去の団員たちの装備品の記録。わしの手はどうしても、あの重さを忘れることができないのだ」

淡々としたゼンメルの声は、諦めにも似た静かな決意を秘めている。しんみりした空気を払うように、己を見すえる破石王に笑いかけた。

「戦争の悲惨さは経験したものでなければわからぬ。おまえが鬱憤を腹に秘めながら戦闘競技会制度の保護を望むのも、草の根を食み泥水を飲んで生きのびた戦災孤児として、あの地獄が骨身に沁みているからだろう。皮肉な話だが矛盾に文句を言えるうちは、まだしも幸福ということだ」

イザークはやがてふっと息を吐く。

かつてはギレンゼン国の制裁に従軍した中隊長と新兵として。いまは同地域の異なる国の騎士団長として。イザークの忠誠がキントハイト国王家である以上、立ち位置が変われば剣を向ける可能性もある相手だ。しかし言葉にならぬ意識の奥底を共有できる感覚は、騎士としてなんとも心地いい。

楽しそうに口角をあげると、イザークは酒壺をゼンメルの木杯に近づけた。

「我らをもてあそぶ女への片恋を貫くのは心が躍りますね。実に面白い。〈容赦のない中隊長〉がそのおつもりなら、〈くちばしの黄色い新兵〉もお供いたしましょう」

　相好を崩しつつ、ゼンメルは、なにが黄色いだ、とイザークを睨む。

「おまえが正騎士を同行させなかった理由が、女性問題で国王の不興をかったからだという艶聞の真偽は知らぬ。仮にユミルを襲撃した手練れが暗躍する場に王太子を参列させる危険と、王太子を本国に残す憂慮を鑑みての処置だとすれば、騎士として健気だと言えなくもない。なれど角度を変えれば、ちがうものも見えてくる」

「……真偽はリーリエ国風に表現する守秘義務で。ですが、見えてくるちがうもの、とは？」

「おまえは控えの騎士だけで上位四カ国入りを果たした。門塔の攻防では、密造剣を使用したバルトラム国騎士団長に対峙して見事に首級を奪った。西方地域の破石王の名に恥じぬ戦績と戦果は、おまえを成り上がりと蔑む貴人の口数を減らすだろう。狙っていたかは知らんが、おまえのくちばしは、もうじゅうぶんに〈真っ黒〉だよ」

　皮肉めいた讃辞に、イザークはわずかに目を伏せる。

　真実はどうであったのか。ゼンメルはそれ以上は問わず、賞賛を贈るように己の木杯をイザークのそれに合わせる。

　心地いい音が弾けた。互いに喉を見せて飲みほしたとき、長靴が砂礫を鳴らした。

　キントハイト国の団員が街道の方から近づいてきている。ユミルからだという銀の書筒を差しだしてきた団員は、出立の準備が完了したことを告げて立礼した。

馬用の水を汲んでいた中年組が、声をあげて立ちあがった。

「おう、なんだよもう出発か！」

街道をくだる途中で馬を止めた隊列に駆けよる。がっしりと抱きあった相手は観客席で左隣に座っていた騎士団だ。滞在中にすっかり打ちとけたのだろう。涙目で別離の挨拶をのべ、髭面をよせて母国の酒を送る約束をすると、力強い立礼をかわして白い歯を見せる。

テララの丘をかこむ防壁からつづく街道。

開会式前に各国の騎士団が行列をつくった地では、旅用外套をまとった騎士たちが、木桶や革袋を手に井戸の周りに集まっている。

競技場本館地下で生じた水蒸気噴火の影響で、プルウィウス・ルクス城はもちろん、地下水路から水をひいていた城下の井戸は湧水量が激減した。大会期間中に防壁外で待機する警備兵の使う井戸は、幸いに水源が異なる。したがって帰国の途につく各国騎士団は、道中の水をここで確保する次第となった。

馬の鞍を確認しているロルフに何事かを話しかけ、大剣の柄をにぎってうなずかれるなり首を横にふり、赤い顔で立ち去っていく女騎士の集団。御者台をととのえているオドのもとには騎士見習いが駆けよって、倒壊物の下から救出された貴人の謝礼を手渡している。老騎士たちは丘上を見あげてしんみりと語りあい、屈強な騎士たちは無精髭がのびた顔で、傷だらけの甲冑をねぎらうように叩きあう。

失われたものも残ったものも、新たに育まれたものも。さまざまな形で交わされる別れの挨拶のなかで、天馬の国章を馬車に戴いたクロッツ国騎士団の隊列が、どこかひっそりと街道を通りすぎた。

同国の団長は水蒸気噴火に仰天して宿舎に逃げこんだのだが、目についた扉をあけるなり甲虫の大群に襲われて転倒。顔面を強打して歯と鼻の骨を折る大怪我をおった。噴火が影響したのか何者かが飼育していたのか。千匹をこえる甲虫が宿舎南棟にひそんでいた理由は不明だが、木桶を運んでいたトフェルは足を止めると、神妙な表情で去っていく隊列に立礼をささげた。

灌木が風に揺れる井戸のそばでは、リヒトとニナが団員用の飲み水を準備している。

つるべの綱を引くニナの指を自分の手で包みこみ、革袋に水を移し入れるニナの腕に己の腕を沿わせて支え、動きづらさに見あげてくるニナに上機嫌で目を細める。本館崩落後の戦後処理に等しかった多忙な日々を経て、久しぶりの〈その手〉の行為を水といっしょに補給していたリヒトは、ゼンメルと連れ立って歩いてくるイザークを見るなり眉をひそめた。

　それでも状況から相手がなにをするつもりなのかを察したのだろう。爽やかな笑顔を瞬時に浮かべる。井戸の前に屈んでいるニナに手を差しのべて、優しく立たせた。

「ニナ、イザーク団長が挨拶にきてくれたよ。えーといわゆる……永遠の別れの？　国家連合もしばらくは戦闘競技会どころじゃないし、今年の西方地域杯は中止かもだし、本当に残念だけどどうまくいけばこれっきりだからね。ていうかリーリエ国を守ってくれる国境って、合法的に目障りな相手を遮断してくれる得難い境界だよね」

　イザークは大きく目をまたたいた。

「……下手な演技は飽きていなかったか。それにしてもおまえの被り物は猫の目の光彩のごとき変化だな。言葉の端々から本音が漏れている致命的な欠点さえなければ、ユミルとちがった分野で間諜ができそうだ。しかし永遠の別れなれば、それにふさわしい餞別をもらうのが世の道理だろうが」

　思案するように顎に手をやると、意味ありげにニナを見おろす。

　自分の発言が不愉快な墓穴を掘る可能性があると察したリヒトは、小さな恋人をあわてて抱えこんだ。外套をまくりあげると、ちょ、リヒトさん、挨拶がまだ、と身をよじるニナに頭からかぶせる。

　大切な荷物はしっかりと梱包してさっさと馬車へ。そのまま荷台へと運び去ろうとしたリヒトの頬が、しかし固いなにかで唐突に突かれた。

二度もされればその正体と相手は聞かずともわかる。ぐにゃりと頬をひしゃげさせられた状態で、だからおれは馬じゃないって、とリヒトが視線だけ向けると、馬具の調整を終えたロルフが仏頂面で立っていた。

「馬は鞭などなくとも常識をわきまえる。まえにも告げたが、なんど成敗されても懲りない非常識なおまえを、賢明なる乗用動物と同列になど断じて扱わん。唯一の取り柄とやらの顔に穴があくまえに、さっさと妹を解放しろ」

冷ややかに言い捨て、容赦なく鞭に力をこめる。

〈まえ〉じゃなくてもう〈あと〉、これ絶対に刺さってるって、と悲鳴をあげたリヒトに、木桶に水を移していたトフェルがぽつりと漏らした。

「……まあたしかに、リヒトは非常識の分野でリーリエ国の一の騎士だからな。だってマジで信じらんねえよ。子供にしか見えねえ小さいのを縄で縛りあげて、薬壺を携帯させるほどの傷を負わせるなんてよ。拘束してどんなひでえ無体をやらかしたんだか……い、いや駄目だ。おれにはやっぱ、怖くて聞けねえ」

リヒトとロルフの動きが止まった。

ゆっくりと合わされるのは新緑色の瞳と青海色の瞳。

トフェルの言葉でなにを想像し、そして決意したのか。ロルフは鞭を投げ捨てると、片足を引いておもむろに攻撃の姿勢をとった。不気味なほど静かな表情で剣帯に手をのばした姿に、リヒトは口の端をゆがめて首を大きく横にふる。
「え、し、知らない。ね、本当に誤解だって。縄で拘束とか、いくらおれでもさすがにないからさ――事態を悪化させる弁明に乾いた一瞥をくれたゼンメルは、御者台のそばにいるオドに準備のすすみ具合をたずねた。
……ねえ？　なんというかあれだよ、少なくとも現時点では魅惑的な空想以外で実行して

リーリエ国の隊列は馬車が二台と四頭の騎馬。副団長ヴェルナーと数名の中年組、王女ベアトリスは一足先に帰国した国王オストカールの護衛として、すでにテララの丘を発っている。

ロルフに迫られて後退するリヒトを横目に、外套から這いでたニナはふう、と息を吐いた。イザークに歩みよると居住まいを正して、滞在中に世話になったことへの礼をあらためて述べる。いや、おれこそいろいろと助かった、と苦笑して頭をなでられ、ニナは少し苦い気持ちで眉尻をさげた。

自分に声をかける形を装って、ゼンメルと連絡をつけていたなど気づかなかった。〈連中〉を確実に捕らえるために、二人の団長が粘り強く手段を講じていたことも知らなかった。きっと思う以上にたくさんの場面で。〈お母さん〉どころか〈お客さん〉でしかなかった未熟な自身を思うと、申し訳なくて下を向きたい気持ちになる。

神とは異なる国家連合の顔や、王城と群衆に身分だけではない壁があることに戸惑った。騎士の誠心を踏みにじろうとした〈連中〉を恐れて、都合の悪い現実から目をそむけようとした。メルへの疑惑を伝えたら平静を保てないと判断された——事実できなかっただろう情けない自分だ。

——それはわかっています。……でも。

キントハイト国の隊列はすでに出立の準備をととのえて、街道のそばで漆黒の国旗を整然と並べている。息災でな、と立ち去りかけたイザークを、ニナはあの、と呼びとめた。前脚で砂礫をかく馬の蹄の音に背中をおされたように、思いきって口を開いた。

「ユミル副団長は、その、いつごろになったら自由に動けるようになります……か？」

ふり向いた姿勢のまま、イザークは軽く眉をあげた。質問の意味するところを考えるように視線を動かしたが、もう秘する必要がないと判断したのだろう。

小さく息を吐き、ニナに向きなおって答えた。

「……全治三カ月の背中の太刀傷で、角度が少しでもずれたら即死だった。出血多量で意識不明の重体。本国にも運べず東方地域の拠点にて療養させていたが、見た目のわりに精神も身体も図太い奴でな。情報収集活動は、寝台から新人団員を酷使しておこなっている。奴自身は秋には騎乗も可能となろうが、ユミルになにか用か？」

「用というか、えと、ユミル副団長を襲った相手がどんな人だったか、教えていただけないかと……そう、思って」

「襲撃者について知りたいなど、穏やかならぬ〈おねだり〉だが」

しかしなぜそんなことを、と怪訝そうに問われ、ニナは胸の前で手をにぎった。本館の復旧作業をしながら、出立の今日までずっと考えていたこと。少しためらい、それでもわたしの想像なのですが、と断わってから切りだした。

「南方地域で拿捕した交易船とか、〈連中〉の証拠品を調べていたユミル副団長が襲われたなら、その相手はきっと港街での一件を見ていたと思うんです。メルさんは〈先生〉の指示で有力騎士を傷つけたり、情報を集めたりしていました。同じ街でわたしたちを見ていて、ユミル副団長に重傷を負わせられるくらい強いなら、その襲撃者がもしかしたら、メルさんの〈先生〉ではないか、と。……だからユミル副団長にお会いして、特徴とかを聞かせていただけたらと、そ、そんなふうに」

「――……」

イザークは、はっきりと目をみはった。

己の腹ほどの位置にあるニナの顔をまじまじと眺める。おどろきもあらわな反応に、ニナは怯んだように首をすくめた。不安そうな上目づかいを向けられ、イザークはやがて、いや、と薄い微笑みを浮かべる。

「すまん、なんでもない。……そうだな、うん。おまえの〈想像〉は、たしかに一理ある。

だがユミルから襲撃者の情報が得たいということは、おまえはまさかその襲撃者を――〈先生〉を探し出したい、あるいは捕らえたいと考えているのか？」

抱いている意図を明確に口に出され、ニナの下腹部がにぶく痛んだ。緊張に乾く喉を感じながらも、はい、とうなずいて言葉をつづける。

「メルさんは〈先生〉に抹殺と調査の手段を教えられたそうです。ささいな失敗でも怒られて殴られる酷いやり方で、意思のない〈人形〉として。ですからモルスの子としての彼女の行為が許されないことでも、それを〈当然の常識〉として与えた〈先生〉の存在が判明すれば、ほんの少しでもメルさんの罪が軽くなるのではと思いました。だ、だからユミル副団長に、お話が聞けないかと……」

「……そういうことか。しかしユミルの背後を奪い凶刃をくだせた相手ならば、それこそ〈赤い猛禽〉に匹敵する化物の可能性もある。小さな子兎が狩れる獲物とはとうてい思えん。予想外の結末ではあったが〈連中〉の件は終わり、おまえは無事に国に帰れる。これ以上、下手に関わらぬ方が賢明ではないか？」

身のほど知らずだと一蹴しているのではない。状況と相手とニナの実力。幾多の騎士と対峙してきた破石王としての苦言を受けたニナは、唇を結んでうつむいた。

イザークの言葉はもっともだと思う――だけど、そうであっても。

「き、危険なことも、わたしが敵うような相手でないことも、理解しています。殺傷の手段を教えた〈先生〉なんて、得体が知れなくて怖いです。でも手がかりが得られて身元が特定できたら、自分で捕まえられなくても、〈連中〉の一味として国家連合に通報することもできます。やれることがあれば、どんな小さなことでもいいんです。……だってメルさんは、そうしてくれたから」

「あの娘がおまえに？」

「……メルさんは、わたしを守ってくれていました。なにも考えず、ただ単純に再会を喜んだわたしを危険から遠ざけようって、彼女なりの精一杯のやり方で。冷たい言葉をかけたり短弓を壊したり、〈連中〉の企みを話したり。〈先生〉に気づかれたら酷い目にあわされたかも知れないのに、まるで競技場でわたしの前に駆けこんで、小さな腕で懸命に大剣を振るうみたいにして」

胸が苦しくなるのを感じながら、ニナはにぎった拳に力をこめる。

「広大な火の島からたった一人を探しだすなんて、どれだけ努力しても無理かも知れません。仮にできても、何年もかかることかも知れません。でも〈人形〉としてのメルさんを操っていた〈先生〉が見つかれば、彼女の罪が一つでも減らせるかも知れない。こんどはわたしがメルさんを助けたいって……守りたいって、だから」

微かに揺れる声で、それでもたしかにはっきりと。

危険に近づこうとしている自分自身を怖がっているのか、外套が緩く感じられるほど小柄な体躯は固くちぢこまっている。少し青ざめた顔と不安げによせられた眉。けれど曇りのない青海色の瞳には、競技場で相手の命石を射ぬく瞬間のような真摯な力があった。

イザークの脳裏にふと、千谷山で保護したときの光景がよぎる。雪深い山林の木の洞。赤い猛禽に見つかるのに怯えながら、凍えてふるえる己の身体が甲冑を鳴らすのを恐れ、細い腕を必死に巻きつけて息を殺していた姿が——

「……強敵から逃げるために隠れていた子兎が、自ら凍てつく雪原に飛びだして、小さなその牙を戦うために使うのか。これはいい。このうえない〈餞別〉だな」

狩人としての賞賛が自然ともれる。餞別、と顔をあげたニナに、イザークは首を横にふった。重い空気を払うように表情を和らげると、少し砕けた口調で告げる。

「〈少女騎士〉には同行者がいたそうだ」

「——え？」

「さっきユミルから届いたばかりの報告だ。おまえたちが滞在した港街や襲撃現場となった山麓付近の宿場で、〈少女騎士〉には連れがいたとの目撃情報が得られたと。状況的にそいつが襲撃者だとユミルは考えている。フード付き外套で顔までは不明ながら、背格好から男。髪は濡れたような黒だそうだ」

「黒髪の男の人……」

「捕縛された〈連中〉の証言によると王甥レミギウスの周囲にも、やはり外套で風体を隠した黒髪の男がいたらしい。計画の中心人物として〈仕込み〉を使う調整や、観覧台へ侵入者を導く算段をつけていたそうだ。おまえはまったくユミルの表現した〈お利口な子兎さん〉だったな。襲撃者とモルスの子に殺傷を教えた〈先生〉とやらは、同一人物の可能性がおそらく高い」

ニナはゆっくりと息をのんだ。

イザークは力強くうなずくと、どこか楽しそうに口の端をあげる。

「だがそれだけだ。生死も行方も不明で、現時点では霧のなかに幻を探すに近い。仮に捕縛して証言が得られても〈少女騎士〉の罪が軽くなる保証はないが、それでもよければユミルに連絡をつけておく。ああ、ゼンメル団長への相談は団員としての義務だ。金髪の許可は不要だが、〈大人の余裕のある恋人〉の被り物を投げ捨てた、重くて面倒な屁理屈を聞く覚悟は必要だろう」

励ますように肩をたたかれ放心していたニナの身体がよろめく。

あわてて足を踏んばり、あ、ありがとうございます、と膝に額がつくほど頭をさげれば、柔らかいまなざしが返った。礼を言うのはおれの方だと小さく笑い、イザークは街道に並ぶ隊列に向かって合図をする。

キントハイト国の団員が馬を連れて近づいてきた。

手綱を受けとったイザークは旅用外套を舞わせて騎乗すると、砂礫の果てに視線を投げる。大剣を振りかぶったロルフの足元で、両手を突きだした姿勢でへたりこんでいるリヒトを見やると、琥珀色の目を満足そうに細めた。

「国王を助けた騎士は狼に成敗される野良猫になり、子兎は友のために獅子となる道を選ぶ。……今回の件はおれにも後悔がある。くさくさしていたが、おかげで晴れた。折れた矢で諦めずに〈人形〉の命石を——その心を射ぬいた〈少年騎士〉の、最後まで地に膝をつかぬ頑なな意思。永遠の別れとやらにふさわしい最高の贈物だ」

軽口めいて告げると頰の脇に手をそえる。ふーっと胸が膨らむほど息を吸いこんだ。じゃあな義兄さま、貸しはあと一つ残っている、また警吏に捕まって説教をくらい、街の牢屋で一晩をともに過ごそう——と、井戸で水を汲む騎士たちが振りかえるほどの大喝を放った。

ロルフがぴたりと制止する。

大剣を高々と掲げたままの不自然な硬直に、追い詰められていたリヒトはこれ幸いと身を起こすと、土埃をあげて逃げていく。

「警吏……？　街の牢屋って……」

兄の方を向いたニナが訝しげに首をかしげたとき、イザークが馬の腹を蹴った。

控えていた騎士団員がいっせいに長靴であぶみを鳴らす。獅子の国旗が風をはらみ、地鳴りのごとき馬蹄が轟いた。瞬く間に西へと去っていく馬影に、顔を戻したニナはあわてて、もういちど深々と頭をさげた。

丘の上から午前の鐘が遠く流れる。

その音に惹かれるように、ニナはプルウィウス・ルクス城を振りあおいだ。

青海色の目に切なげな影がよぎる。

――メルさん、いまごろは……。

水蒸気噴火のあったあの日、観覧台の国王たちに迫る襲撃者を弓射にて退けていたニナだが、矢筒が空になるころには団長ゼンメルらが助勢に駆けつけていた。遅れて他国騎士団も競技場へと集結し、午後の鐘が鳴るまえに本館での大規模な戦闘が終了。崩落に巻きこまれた貴人たちの救出作業が開始され、医務塔にいたメルや赤毛たちの無事はまもなく確認された。

けれどメルはやはり目覚めず、捕縛された関係者から反乱の次第が明らかとなったことで、重要参考人として国家連合の保護下におかれることになった。帰国する今日まで何度も面会を頼んでみたが認められず、担当の医療係に手紙を託しただけで、だから会話をしたのはあの競技場が最後だ。

モルスの子として存在したメルが過去にどれほどの罪を犯したのか、ニナにはわからない。特殊な教育を施され指示に逆らえなかった状況だったとしても、人を傷つけたり殺めたりした経緯が、どういう形で裁かれるのかも。

それを思うと自然と目が潤むけれど、でもここで泣いてもきっとなんにもならないと思う。団舎（だんしゃ）の寝台でいくら涙をこぼしても、彼女に近づけるわけでもないと思う。

同じ地上にありながら別世界だった国家連合や王家の難しいこと。自分には縁遠くて分不相応だからと。それを口実に顔をそむけていたら、この先もずっと同じままのような気がする。

どんなときでもお酒と陽気を貫いた中年組や、たしかな芯を胸に美しく咲いている〈金の百合（ゴルト・リーリエ）〉。厳しくて優しいまなざしで先を考えている団長ゼンメルや、気高く雄々（おお）しい誠心をもった兄に、立ち止まりながらも少しずつ歩いていくリヒト。彼らと同じ光景を見るために、都合の悪い現実にも向きあえる、そんな揺るぎない姿勢がほしい。

――〈わたし〉の名前、呼んで。

いっしょにいこうと差しだして、ためらいもなくかさねられたメルの手。あの手をもういちどつかみたいから。あの微笑みを、最初で最後にしたくないから。

こみあげる思いに導かれて、ニナは丘に向かい立礼をささげた。

心のなかで弓を射る己の幻影が見える。

親しみも切なさも、感謝も悲しみも。すべての気持ちをこめた矢はきっと、自分を守ってくれていた小さな盾に届くだろう。

出立（しゅったつ）を告げる団長ゼンメルの声がする。

はい、と答え、身をひるがえしたニナの髪を、夏の終わりを伝える風が懐かしくさらった。

――本館地下の水蒸気噴火と戦闘を合わせた死者、行方不明者はおよそ四百人。重軽傷者は千五百人以上。

亡国の残党や元騎士等、国家連合職員に扮して襲撃に加担したものの取り調べは着々と進められ、複数の潜伏場所や協力者があきらかになった。テララの丘での決起に連動し、バルトラム国の王城を占拠した鉱山卿ルクルスら強硬派については、国家連合が討伐軍派遣の準備をととのえている。

バルトラム国騎士団員をはじめ、モルスの子の何名かも国家連合により確保された。しかし幼少時より特殊な教育を受けた彼らの証言は曖昧で、素性や年齢など不可解な部分が多い。指南役だったという〈先生〉の存在や指導を受けた教会の場所もふくめて、究明には時間がかかる見とおしだった。

議長選は火の島杯の中断とともに延期され、暫定的に現議長がその椅子に座ることとなった。はからずも三選を果たした現議長や反乱を未然に防げなかった上層部については、批判の声が大きい。臨席した王族を失った国は対応に追われ、団員を奪われた騎士団は体制の立てなおしを余儀(よぎ)なくされた。国家連合の揺らぎと政情不安につけこみ、火の島の各地で軍事蜂起(ほうき)が相次いだ。

あらゆる方面に禍根(かこん)を与えたその日の出来事はやがて、〈炎竜の事変(フラルドラーゴ・レベリオ)〉と呼ばれるようになった──

終章

地下墓地は湿った空気に満ちている。

死者の臭い、悲しみの名残。悲痛な悔恨。

バルトラム国王都にそびえる〈鋼の城〉の最下層。歴代王の墓所を手提灯を手に歩き、外套姿の黒髪の男は、ずらりと並ぶ石棺の横に、ぼう、と揺らめく灯を見た。

なにかと疑問に思うまでもない。偉大なる最後の皇帝の系譜が眠る静謐の世界に入れるのは、その血を受けつぎし現国王ウィクトルと彼の計画に賛同する少数の重臣、そして手足としてのモルスの子らだけだ。

男の気配と接近に気づいていたのだろう。手提灯を掲げた無機質な表情の青年は、微塵の隙もない動作で頭をさげる。

青年の足元には蓋が半分ほどあけられた大きな石棺。

理性と人徳をそなえ賢王と称される国王ウィクトルは、失意に自死した父国王への鎮魂の祈りを欠かさない。人払いしておこなわれる尊い拝礼にまぎれ、石棺に隠された通路を使うさい、安全を確保するのはモルスの子らの重要な役目だ。

人を殺傷する程度で心を壊した、王甥レミギウスのもとに送りこんだ出来そこないの人形とはちがう。汚れない深雪のごとき純白の完璧。極上の純度と類まれな硬度を誇る硬化銀製武器と等しい、優秀な道具として育成された、正義と死を司る女神モルスの真実の子供たち。

ご苦労さん、と青年の肩をたたく。白骨が隅に避けられている石棺のなかにひょいと身を躍らせ、外套の男は苔むした階段に身を沈めていく。

おりた先につながるのは細い通路だ。

地下世界へと誘われるごとき深淵の先には光が見える。まるで天上世界へと旅立った愛する存在が手招いている光源を目指して歩き、やがて男は通路の先の開けた空間に出た。

壁灯がちらちらと照らしだすのは、女神モルスの立像が安置されている礼拝堂だ。壁の暖炉には九月の下旬ながら赤々と薪がはぜ、両脇に掲げられたバルトラム国旗の純白を血潮の朱色で彩っている。

中央の祭壇には二つの木杯。そして一年の大半を冬が支配するこの国の地底らしく、氷盤のような床には王冠を戴いた小柄な老人が膝をついていた。

その前に横たわるのは軍衣姿の老騎士。

王冠の老人――バルトラム国王ウィクトルは、口から血を流している老騎士の頰を干からびた手でなでている。

外套の男は手提灯を足元に置き、深くかぶったフードをはずした。

口髭(くちひげ)が似合う甘い顔立ちと、濡れたような耳下までの黒髪があらわになる。騎士の覚悟には相応の祈りを。目を閉じている老騎士に美しい立礼(りつれい)をささげ、男は国王に問いかけた。

「鉱山卿(こうざんきょう)のじーさんは旅立ちましたか?」

「……強硬派の筆頭として王甥レミギウスの反乱に加担し、わしを鋼の城に監禁(かんきん)するも計画の破綻(はたん)を知らされ、国家連合(リントヴルム)に捕らわれるを由(よし)とせず自死を選んだ。……筋書きどおりだ。ルクルスは硬化銀の鉱脈を鉱山夫に知られたのは己の失態だと悔(く)いていた。友に反逆者の汚名を着せるは辛い。なれど奴はわしを守れるなら、汚名こそが誉(ほま)れだと笑っていた」

悲憤にふるえる声でそう告げる。

名残を惜しむように閉じたまぶたに触れた。部屋の隅に控えている人形めいた青年たちに、丁重にな、と声をかける。

祭壇の木杯には透明な蒸留酒(じょうりゅうしゅ)が薄く残っている。

計画の成就を祝ったのか、数十年来の友と別れの挨拶(あいさつ)を交わしたのか。穏やかな死に顔を見せている鉱山卿ルクルスの遺体がモルスの子らに運ばれていくのを待ち、外套の男はあらためて国王に向きなおった。

「お久しぶりですウィクトル陛下。〈赤い猛禽（ブルート・フォゲル）〉の報告で来たきりだから、半年ぶり？　おれ、すんげー複雑なお役目かたづけて、証拠品の後始末もちゃんと面倒がらずにやって、ようやくいま戻りました？」

「うむ。大役を見事に果たしたな。おまえの報告書はルクルスと二人で読んだ。いつもながら細部まで完璧な記録で、あやつも安心して死ねると喜んでおった。レミギウスのもとでの長きにわたる潜入活動。本当にご苦労だったな」

褒め言葉とねぎらいを受けた男は、へへ、と頭をかく。

「なにしろおれの団長、面倒な書類仕事をおれに押しつけて武具庫に逃げちゃう、可愛（かわい）くて困った〈女〉だったんで。あ、ねえ聞いてくださいよ陛下。あの人、まーた〈男〉を変えたんですよ。おれから数えて、あの顎髭（あごひげ）で五人目。腹いせにお気に入りの武器を壊してやりたかったんすけど、兄も妹も予想以上にしぶとくて、ちぇーって感じ？」

「リーリエ国騎士団の団長か。おまえが離れて十年で五人はたしかに多いな。しかしそれは〈最初の男〉であるおまえが、あまりにも優れた副団長であったがゆえ、なんど後継を替えても満足できぬのではないかね」

「そっか！　さっすが陛下。陰湿な謀（はかりごと）だけじゃなくて女心まで理解してるなんて、バルトラム国の賢王ウィクトルの名前は伊達（だて）じゃないっすね」

もー大好き、と男は老人の首にしがみつき、皺（しわ）だらけの頬にキスをする。

男の態度は一国の王に対して不敬が過ぎるが、ウィクトルはこれ、と軽くたしなめただけだった。四十代という年齢にしては子供じみた人懐こさを持つ男は、その光彩のない目のごとく、完璧で残酷な間諜の顔を併せもつ。

鷹揚な笑みを浮かべ、ウィクトルは男に告げた。

「リーリエ国騎士団の元副団長にして、いまはバルトラム国王ウィクトル・テオドニウス・セルギウスの〈人形〉よ。そろそろ本題に入ってもらえるかね」

男は居住まいを正して立礼した。

破石王であった往時を思わせる凛とした挙止を見せ、最終的な調査報告を口頭であげる。

語られたのはすべての顚末だ。火の島杯を利用したバルトラム国王甥レミギウスによる国家連合への反乱未遂事件と、競技場の本館地下で発生した水蒸気噴火の被害状況。国家連合の対応や議長選をふくむ今後の見通しと、人的損害を受けた各国の反応に、いまだ混乱する世情に乗じんとする各地の不穏分子の動向に至るまで。

「……まあ水蒸気噴火の規模は見込みちがいでした。地熱の塊に近い地下水路の一部を閉鎖して内部の圧を高め、人為的に大規模な爆発を起こす。レミギウス殿下が観覧台を完全に制御したころ、鳥籠の王族も動きを封じられた騎士団も国家連合上層部も、ぜんぶまとめて最後の皇帝への生贄にする。気味の悪い虫をども蹴散らしながら調整は入念にしたつもりが、威力が想定の半分で？」

「おぬしが敬愛した団長の言葉を借りれば、人も物も制度も、世に完璧はない、だったか。炎竜（フラルドラーゴ）の御心まで左右することはできまい。二十名をこえる王族や数百からなる国家連合職員に騎士団員。それだけ殺せればじゅうぶんだ。そもそもおまえの起こした爆発は、人的損害だけが目的ではない」

ウィクトルは首を横にふった。

概略は報告書で伝えられていたが、ほぼ計画どおりに進行したことを再確認し、祭壇に残された酒杯を見やる。鉱山卿ルクルスの死がまちがいなく無駄ではなかったことに、目を閉じてモルスへの感謝の言葉をつぶやいた。

──国王ウィクトルが硬化銀の鉱脈を発見したのはいまより五十年前。先王テオドニウスが自死してまもなくのことだ。

鉱石の産地で知られるバルトラム国内の採掘場でおきた落盤事故で、穿たれた大穴から顔をのぞかせたのは薄闇に白銀と光る硬化銀の鉱脈。名君と慕（した）われたテオドニウスは超大国バルトラムの領土を狙った小国の謀により、軍事侵攻の疑惑をかけられて自死した。事件をねつ造した小国は自身が制裁によって滅びる結果となったが、無為に死んだ先王はかえらない。

まだ二十代だった国王ウィクトルの脳裏（のうり）には、玉座の間で首をつった先王の遺体が哀れに刻まれている。なす術（すべ）もなく立ちつくし、動揺（どうよう）する国内をおさえて難局を切り抜けて一年後の、先王の命日に与えられた鉱脈発見の報。

　バルトラム国は最後の皇帝の傍系として、新たな皇帝を生んではならぬとの祖先の教訓を堅実に守ってきた。大国の地位に奢らず貧しき小国には分けあたえ、国家連合に誠実な忠誠をささげてきた。

　それがもろくも裏切られたのだ。ほかでもない、己の血脈がつくり守ってきた戦闘競技会制度によって。超大国バルトラムの広大な領土に目がくらみ、判断や調査を蔑ろにして、小国の讒言を丸呑みにした国家連合によって。

　テオドニウスが死に、小国が滅び、そして与えられたのは硬化銀の鉱脈。

　――天恵だと思った。

　火の島は怒っている。最後の皇帝は嘆いている。

　三百年のあいだに理想は腐敗にとってかわられた。国家連合は古代帝国の皇帝家になりかわった。健気につくした自身の子孫をも不合理に奪った、この世を正せと。

　賢明なウィクトルは慎重にことをすすめる。臆病者だとささやかれても国家連合に恭順を示し、叛意を疑われながらも戦闘競技会制度を淡々と遵守した。

　その裏で、国家連合に恨みを持つ国や人を仲間とした。先王の忠臣であった鉱山卿ルクルスを責任者として試行錯誤をかさね、国家連合のものよりも強靱な硬化銀製武器の鋳造を成功させた。制裁で滅んだ国の孤児を保護する慈善活動を装い、身体能力に優れた子供を、将来の手足とするべくモルスの子として教育した。

　圧倒的な敵に挑むに失敗はすなわち死だ。確実な勝利のために焦らず急がず、蜘蛛が網を張るごとく着々と――しかし欲深い鉱山夫が硬化銀製大剣を持ちだして密売し、それをレミギウスに察知されたことで事態は一変する。

　ウィクトルの妹の子であるレミギウスは無能な王甥ではなかった。しかし若さゆえの血気か、国家連合への不満を公然と口にする短慮はウィクトルの計画には不向きで、したがって後継の座を許さず、国家連合理事として自身から遠ざけていた。

　けれど硬化銀製武器の存在は、高い自意識と現状との差異に不満を持つレミギウスの心に野望の火をつけた。国内の強硬派を結集して国家連合に反旗をひるがえし、先王テオドニウスの無念を晴らす。大功をもって次代のバルトラム国王の座を認めさせ、戦闘競技会制度の矛盾に支配される火の島に、実力が実力としてその身に還る公正な戦乱の世を取りもどす。

　レミギウスの動きを知ったウィクトルは決断する。

　準備も機運も賛同者も足りず、反乱の時はまだ到来していない。稚拙な野望ですべてが破綻するくらいなら、レミギウスの目論見そのものを歯車とする。将来の大望成就の障害になる強硬派を一掃する機会とし、国家連合の矛盾を天下に知らしめて生贄をささげ、戦乱のための確実な種を蒔く。

腹心である鉱山卿ルクルスは強硬派の顔でレミギウスに近づいた。モルスの子のなかの失敗作や、リーリエ国騎士団元副団長のような協力者を間諜として送りこみ、糸で操るごとくレミギウスを動かした。

　硬化銀製武器という玩具で調子づいた〈人形〉は大義に酔い、背中につながれた思惑に気づかぬまま踊りつづけた。結局は観覧台の崩落に巻きこまれ、瓦礫に潰されて無様な死を遂げた――

　ウィクトルは穏やかな微笑みを浮かべる。

「……我が甥ながら愚かだな。硬化銀の大剣を発見した五年前、そのまま国家連合に通報すればバルトラム国王を名のれていたやも知れぬに。浅はかな道具の末路としては、炎竜の鉄槌はふさわしかろうが」

「同感っす。陛下と同じ血が流れてるのが嘘ってほど困ったお人でした。こっちがせっせと工作活動の証拠を隠滅してるのに、物証の管理がてんで杜撰で。南方地域の有力騎士襲撃だって、読みが甘くてキントハイト国の副団長に交易船まで拿捕されて。メルちゃんを餌に時間稼ぎだけはできましたが、造船所経由で軍衣を発注した商会がたどられてたら、計画変更もありでした」

　疲れました、と肩をすくめた男は、少し考えてから言う。

「でもレミギウス殿下、ちょっとだけ可哀想かも？　おれがギレンゼン国の元騎士団員とか、モルスの子をつくらせたのは自分とか、硬化銀の鉱脈を発見して密造剣を鋳造してた首謀者は鉱山卿とか。成功するはずのない反乱だって、最後の最後まで意外と純粋に信じてたのに、瓦礫に埋もれてぐちゃぐちゃな終わりじゃ――」

「硬化銀は心だ」

ウィクトルは男の言葉をさえぎる。

「火の島の地中に眠る炎竜の心とされる争いと平和を呼ぶ存在。そして我が父テオドニウスが自死と引きかえに、天恵のごとくバルトラム国に残したもの。戦う武器としたならまだいい。しかしレミギウスは反乱の資金を得る手段として、その一部を南方地域で売っていた。欲望まみれの下卑た輩の手に、我が父の遺品とも思えるものを与えた甥を、わしが許せると思うか？」

静かな声音には、押し殺しても肌が総毛立つほどの、北の大地を統べる竜王の怒りが秘められている。

黒髪の男は背筋を駆けぬけた恐怖に、やっぱ陛下はいいわ、と目を細めた。

礼拝堂に人形めいた表情の青年が戻ってくる。

鉱山卿ルクルスの搬送が終わったこと、国家連合の使者が国境を越えたとの報告を受けた国王ウィクトルは、礼拝堂の奥にあるモルスの像に近づいた。

四女神が一人、北方地域を司る女神モルスが地上に問うのは正義と死。大剣を高く掲げ、冷たく虚空を見すえた女神像の裏にある扉を、ウィクトルは胸元にさげた鍵であける。

　地下墓地の石棺からつづく秘密の礼拝堂のさらに深奥。足を踏み入れるなり濃厚な金属の匂いが充満するそこは、おびただしい数の大剣で満たされた空間だ。

　木箱に剣立てに壁掛け。美しく、けれど触れれば即座に血肉を断つだろう鮮やかな灰銀色は、存在自体が数多の死を約束されているようだ。硬度、切れ味、耐久、柔軟性、打撃力。国家連合の正規品を凌駕する、人を殺傷する能力に長けた高純度硬化銀の大剣。

　五年前に採掘場の保管庫から鉱山夫が持ちだし、裏路地の商人を経てレミギウスの手に渡ったのは、製造の過程で生まれた試作品だ。鉱山卿ルクルスが国王ウィクトルの身代わりとなったように、採掘に従事させていた鉱山夫たちが邪な心を抱いたとき、完成品を守るためのもの。そして今回の事件で国家連合が襲撃者たちから押収したもの。

　数日中にも国家連合に明けわたすことになるだろう硬化銀の鉱脈は、すでにほとんど掘りつくした。ここにはもう、将来の戦乱のための万をこえる完成品がそろっている。

　背後から近づいてきた黒髪の男が、手提灯を左右に掲げる。

　相変わらず壮観っすね、と笑った。

「でもこれ、陛下が生きてるうちに使う機会、本当に来るんすか？」

「その予定ではあるが、叶わなければモルスの子に託してもかまわない。いまの戦闘競技会制度であるかぎり破綻は避けられぬ。愚かなレミギウスは〈人形〉として役目を果たした。熟れた果実が自然と落ちるがごとく、わしが死したとていつか、思いを受けつぐ誰かがこの扉をあけるときが来るだろう」

ウィクトルは確信に導かれて告げる。

平和を祈念しながら、戦闘競技会制度は戦争と同じ矛盾をあわせ持つ。正しいものが勝つのではなく、勝ったものが正しい。いままでになんど、曖昧な帰属におかれていた領土や権利が本来の所属国の手を離れたか。その意味で国家間の問題解決手段である裁定競技会は、勝者と敗者のあいだに禍根を生んできた。

そしてレミギウスの事件は戦闘競技会が騎士の信頼によって成立する側面と、その脆さを、多くの騎士の将来を犠牲に示した。負傷が前提とされるのは勝敗を決する命石を目的とした行為だとの、騎士の誠心があってこそ。互いにそれを捨てたとき、戦闘競技会はただの傷つけあいに変わる。己の誠心に相手は裏切りを返すかも知れない。ひとたび抱いた疑念は、少なからぬ騎士の心に楔として穿たれただろう。

またなによりも喪失は悲しみと怒りを呼ぶ。知的で穏やかな王子だったウィクトルを、賢王の仮面をかぶった憎悪の竜へと変容させたように。

本館の崩落に巻きこまれた死者の遺族は、やがては目に見える問題へと感情の矛先を向けるだろう。黒髪の男がひそかに潜りこませた調査書を参考に、自国の勝利のために組み合わせ表に小細工をした審判部長に。慣習化した不正を見逃し、上層部の利権を守ることにかかずらい、足元で生じていた反乱の芽を見逃した議長に。

人為的に起こされた水蒸気噴火を、現世に対する最後の皇帝の怒りだと――〈炎竜の事変〉と人々が名づけたように。

無数の大剣を満足そうに見わたすヴィクトルに対し、黒髪の男はどこか郷愁を帯びた声で告げた。

「……久しぶりにゼンメル団長と競技できて楽しかったです。でもあんな直情的だった人が、情報の出所も端から調べるほど慎重になるんすね。年をとったのか大事ななにかをなくしたのか。別れた〈女〉の気持ちはわかりませんけど？」

「そうだな。しかしそのおかげでうまく逃げられたのだろう」

「ええ。偽の軍衣の存在と史跡部の修繕記録。物証と侵入経路をおさえるなり、くそ生意気な新兵だった破石王と走りだしました。やばそうな予感がした時点で地下の仕掛けを動かしたんで、なんとか勝ちましたけど。ま、機会があればまたこんど、ちゃーんと遊びたいですかね」

「しかしわしはこれから鉱山卿ルクルスに監禁されていた〈哀れな虜囚〉として、国家連合の調査を受けねばならぬ。レミギウスの罪がそのままバルトラム国の罪とされるのか、ルクルスの献身で最低限の手はうったが、わしの命が拾える保証はない。遊びたいのなら少しでも時を早めるために、新しい仕事でも与えておくか？」

「って陛下、おれ、五年の潜入活動からいまさっき帰ったばっかじゃ――」

そこまで言った男の様子が変わる。

ぐらぐらと頭を横に動かした。深淵を映したごとき虚ろな目を、ぼんやりとウィクトルに向けて問いかける。

「……おれって、どこに帰ればいいんでしたっけ？」

ウィクトルは好々爺の顔で笑った。

仲間の裏切りで家族を奪われ、名前さえ忘れた哀れな男。祖国と自身とを失い、その心に己と同じ憎悪と喪失の穴をもつ。国を守っていた類まれな武器――騎士の中の騎士だった男のなれの果て。

ウィクトルはぽんぽんと男の背をたたいた。

はっと我にかえった男は、あれ、なんだっけ、と周囲を見まわす。

平気だ、問題ない、というふうに首を横にふり、ウィクトルは扉から出ると、胸にさげた鍵を手にした。

北の竜王はそうして、復讐を夢見て眠りに落ちる。

いまはただ――扉をしめる。

※この作品はフィクションです。実在の人物・団体・事件などにはいっさい関係ありません。

集英社オレンジ文庫をお買い上げいただき、ありがとうございます。
ご意見・ご感想をお待ちしております。

● あて先
〒101-8050　東京都千代田区一ツ橋2-5-10
集英社オレンジ文庫編集部 気付
瑚池ことり先生

リーリエ国騎士団とシンデレラの弓音
—竜王の人形—

集英社
オレンジ文庫

2021年2月24日　第1刷発行

著　者　瑚池ことり
発行者　北畠輝幸
発行所　株式会社集英社
〒101-8050東京都千代田区一ツ橋2-5-10
電話【編集部】03-3230-6352
【読者係】03-3230-6080
【販売部】03-3230-6393（書店専用）
印刷所　大日本印刷株式会社

※定価はカバーに表示してあります

ISBN 978-4-08-680355-7 C0193